但馬太郎治伝

Bunroku SHiSHi

獅子文六

P+D BOOKS
小学館

目次

パリの巻

私が二度目にパリへ行ったのは、ヤボ用というのか、家庭の事情というのか、とにかく、学問や芸術と関係ない、外遊だった。一九三〇年のことで、航空事業はまだ発達せず、フランスのM・M会社の船で、ノロノロと、海を渡った。

その時、私は、金がなかった。その前に、パリに長くいた時も、同様だったが、今度も、ラテン区の貧乏ホテル暮しを、避けられない。部屋なぞは、どうでもいいのだが、南京虫《ナンキン》が閉口である。私は、南京虫恐怖症である。以前だって、何度も、ホテルの主人に文句をいうと、これだけは、宿泊人の正当な苦情であるから、主人も、シブ面《つら》をしながらも、駆除作業にかかる。部屋の扉や窓に、目張りをして、硫黄《いおう》ガスを、部屋に充満させる。無論、その間は、別室に移るのだが、荷物を運び出すのが、面倒である。それで、効果があれば、まだ我慢ができるが、あの画鋲《がびょう》に似た平たい虫は、一、二週間もたつと、また、モゾモゾと、体の柔かい部分を、狙いにくるのである。結局、我慢の外はない。それに、度々食われると、だんだん、腫れも、痒みも、少くなってくる恩典も、ないではない。

でも、日本へ帰って、五年間というものは、貧乏暮しは、変らなくても、あんな虫と同居しないで済んだ。カだの、ノミだのは、子供の時から慣れてるし、第一、何となく、清潔な虫ではないか。南京虫というのは、ツブすと、大変くさいというだけでも、気持が悪い。

それに、私は、日本へ帰った間に、ほんのちょんびりではあったが、文名が出たのである。原稿料獲得の味も、覚えたのである。もう私は、昔日のラテン区の貧書生ではない――少くとも、自分では、そう思ってた。パリには知名の士が、よく日本から来遊するが、今度は、自分もその席末を汚《けが》すぐらいの量見が、正直いって、ないこともなかった。

そういう気分であるから、南京虫の出る安ホテルは、もう泊りたくなかった。それは、特に、思い上りというわけでもないだろう。あの虫が出るホテルというのは、単に虫が出るばかりでなく、万事が、暗く、汚《きたな》く、不衛生にできてる。四年間も、そういう所で暮したのだから、いい加減、飽き飽きしてしまった。

そこで、今度は、虫の出ないホテル――つまり、高級ホテルに泊れば、何のことはないのだが、前に述べたとおり、金がない。財布の中味は、貧書生時代と変りがない。ただ、量見だけが、ゼイタクになったに過ぎない。

そんな時に、ふと、耳に入ったのが、パリに新設された、日本学生会館のことである。パリ南部の郊外に、大学都市ができる話は、前回の滞在の時にも、聞いてたが、そこへ、日本人学生のための立派な設備が設けられたという。そんなことが、昨年あたり、日本の新聞に出てた。日本の留学生専用だから、費用も安く、その点でも、私に向いてると思った。

学生会館と名乗るからは、マジメ人間の世界にきまってるから、私には、少しニガ手であるが、近代様式の新築という話だから、南京虫の出ないのは、確かだろう。それに、前回の長い滞在で、パリはサンザン愉《たの》しんだから、今度は、神妙な暮しをするのも、悪くはない。

そして、宿泊費の安いのも、ありがたい。南京虫の出るホテルよりも、もっと安いらしい。

(よし、きめた!)

折りよく、慶応大学の留学生として、友人のIが、その学生会館に、泊ってた。私は彼宛てに手紙を出して、部屋を確保してくれることを、頼んで置いた。

そんなわけで、私がパリのリオン停車場へ着くと、彼が出迎えにきてくれた。

「部屋は、あるかい?」

「うん、いい部屋をとっといた……」

彼も、日本にいた時は、ヤボくさい、教師風の服装だったが、紺地にストライプのダブルなぞ着込んで、男前をあげてた。

「じゃア、ともかく、一ぱい……」

五年ぶりのパリ再見で、私はウキウキしてたので、駅のキャフェへ彼を誘った。そこは、わりと高級であって、日本の駅の食堂と、わけがちがうのである。

私は、水割りのコワントロウ[*1]を、註文したが、彼は、牛乳入りコーヒーだった。私は彼が下戸だったことを、思い出した。

久しぶりのコワントロウを、いい気持で味わってると、Iがブッチョー面を始めて、話しかけた。

「君、おれは、とても、忙がしいんだ」

「何か、用事でもあるのか」

「いや、研究の時間が足りなくて、一分でも、生かして使いたいんだ」

「結構じゃないか」

「もう、留学期限も、残り少いしな」

「うんと、勉強するんだな」

「だから、君がきても、日本にいた時のようなツキアイは、できないと、思ってくれ……」

彼は、その一言がいいたくて、口を開いたのだろう。

私は少しおかしくなった。その頃は、私もまだ、若かった。酒も飲み盛りで、飲めばハシゴになって、キリがなかった。東京で、三田を出た飲み仲間があって、その連中と一緒になると、夜を徹するようなことになった。因果なことに、下戸のIも、その連中と親しかった。時には、一緒に引き回されて、迷惑したのだろう。私の酔態も、彼はよく知ってたのだろう。そういう私が、パリへ着いた途端に、飲み始めたのだから、彼も予防線を張らずに、いられなくなったにちがいない。

「心配するなよ。パリへきたら、個人主義を尊重するから、お前さんを誘い出したりしないよ」

私は笑ったが、よく考えてみると、パリで人からそんなことをいわれたのは、始めてだった。私のパリ友達は、飲みに誘わないという理由で、文句をいう奴ばかりだった。

駅前からタクシーに乗って、大学都市へ行くことになった。じきにセーヌ河を渡って、植物園のわきを、イタリー通りへ走るが、この辺、パリの薄汚いところで、その上、初冬だったから、マロニエ並木も、枯枝ばかりである。

「どんな連中が、住んでるんだい?」

私は、日本学生会館の模様が、知りたくなった。

「いや、みんな勉強家ばかり。君みたいなのは、一人もいないよ」

「それア、わかってるが、主として、モンリューか」

モンリューというのは、パリの日本語であって、文部省留学生の略である。

「やはり、多いが、ぼくのような私大の在外研究員だって、かなりいるよ」

「すると、先生ばかりじゃないか。理窟いっちゃ、ケンカしてるんだろう」

「そうでもないよ。館内の交際はほとんどないくらいだ」

「それア結構だ。学者がホーム・シックを起すと、実に厄介だからな。早く日本へ帰ればいいのに、フランスの悪口をいいながら、グズグズしてる。少し道楽できれば、すぐ癒《なお》るんだが……。ところで、飯はどうなんだ。宿泊人は、義務的に、マズい飯を食わされるのかい?」

「いや、そんなことはない。朝飯だけだ。後の食事は、外ですることになってる」

「外でって、あの辺に、レストオランなんかあるの？」

「あることはあるが、ロクなのはない。ぼくは、オルレアン門まで、食いにいく……」

「部屋は、どうだい？　まさか、屋根裏じゃあるまいな、学生下宿といっても……」

「冗談いうなよ。あんな立派で、近代的な部屋は、ちょっと、左岸のホテルにはないだろう。暖房だって、スチームで、暑いくらいだ」

「へえ、すてきだね。暑い暖房なんて、パリでお目にかかったことないよ。おれなんか、石油ストーブたいて、暮してたんだからな……。じゃア、清潔だろう」

「その点は、保証できる」

「ピュネーズ（南京虫）は、出ないだろうな」

私は、特に、それを確かめたかった。

「ピュネーズ？　そんなものいないよ。第一、パリにいるわけがない……」

「何にも知らねえな。まア、いいや。君が一度も、学生会館であの虫に食われたことがなければ、それでいいんだ」

「絶対に、一度も……」

私は、ほんとに安心した。

そのうち、車はオルレアン門の付近へ達した。パリの南の城壁門である。もう城壁は見当らないが、名だけ残ってる。パリの繁昌《はんじょう》が南へ移る傾向があり、第一次大戦後から、モンマルトルの繁昌が南下して、モンパルナスへ降りてきたが、さらに今度は、もっと南のオルレアン門の方へ移る気配で、その付近は、東京の新宿のようになるのではないかと、噂だったが、来て見れば、まだ、場末の面影が濃かった。

「もう、直《じ》きか」

「うん、まだ、ちょいと……」

「ずいぶん、不便なところだな。大学都市だから、仕方ねえけど……」

私は、南京虫は出ても、出端《では》のいい所に住んでたから、少し心細くなった。

こんなところに、こんな空地があったかと、驚いたくらいだったが、そこに、パリに珍らしい、整然とした一劃《いっかく》が、できあがってた。パリに珍らしい、ピューリタン風な空気と、建物と、樹木があった。

「いやに、清潔なところだな」

私は、少し度胆を抜かれた。

「あれが、アメリカ館、こっちがイギリス館、イタリー館、インド館……」

車の窓から、Ｉが説明してくれたが、どの建物も、金がかかった高層建築で、そして、新しいわりに、落ちついた趣きがあった。

「さア、ここだ……」

車が止まる前から、私は、目当ての日本学生会館の建物を、それと知った。大変、異色のある建築なのである。設計家はフランスの新しい人と、聞いたが、大いに日本色を出すことに、努めたのだろう。つまり、日本の城の外形を、とりいれて、キリヅマが重なってる。確かに、日本館にちがいない。ただ、日本の城の黒と白の色調はない。チョコレートにクリームを混ぜたような、外壁の色である。お菓子の城といったら、いいのか――

運転手に金を払ってから、私は、改めて、建物を仰いで見た。

(今日から、この城に住むのか)

しかし、Iは、城に住み慣れた調子で、私を導いた。入口は、大変広く、ガラスを使ってある。昨今は、東京あたりでも、こんな風なビルの入口が多いが、当時は、とても目新しかった。

「おそく帰ってきたらな、このボタンを押すと、自然に扉が開《あ》くからな」

Iは、私が深夜に帰宅するものと、きめてるようなことをいった。

「一体、門限は、何時なんだ」

「一応、十二時となってるが、それ以後でも、ボタンを押せば、扉が開くから……」

私は、さすがフランスだと思った。マジメ学生のマジメ世界でも、それくらいの自由は、許されてるらしい。

「でも、女を連れてくることは、厳禁だよ」

Iが、すぐ訂正した。

「それアそうだろう。第一、こんなところへ、牝鶏《プール》を連れ込んでも、仕方あるまい……」

「ところが、大胆なのがいたんだよ。会話教師と称して、サン・ミシェル街の女を、自室へ入れてね」

「へえ、モンリューも、なかなかやるんだね」

「それがバレてから、規則がやかましくなったんだ。でも、今だって、サロンまでは、女性を入れても、差支《さしつか》えないことになってる……」

そのサロンが、入口の左側にあって、Iが内部へ案内してくれた。ちょっとしたホテルのポーチぐらいの広さがあり、ソファやイスの間に、植木鉢が置かれ、ピアノも一台あった。しかし、ホテルのポーチのような装飾性は、どこにもなく、ただ、フジタの壁画[*2]がハバをきかせてるだけだった。恐らく、この広間は、講堂にも兼用できるのだろう。そういった空気だから、ここだけは女性出入りの自由があるといっても、利用者は見当らなかった。いや、ガランとした室内に、全然、人影がなかった。

一体、あまり人間の見当らない建物であって、宿泊人の学生の姿はおろか、館の仕事をする人も、歩いてないのは、午後三時というハンパな時間だからだろう。

「おい、何か、入館の手続きをしなくてもいいのか」

私は、入口から突き当りの辺に、またもフジタの壁画を見出し、それを眺めながら、Iにいった。

「いや、大体、ぼくが済ましてある。後で、支配人の室へ顔を出せば、いいだろう」

と、彼は、ノンキなことをいった。もっとも、日本学生会館だから、日本人の宿泊人が主人顔をするのが、当然かも知れない。そして、彼は階段下の鍵箱から、二つの鍵を持ってきた。

「君の部屋の鍵だ。おれは三階だが、君は二階だ。北向きだが、静かな部屋だよ」

と、何でも心得たことをいって、案内に立った。私も、一つきりだが、日本から持ってきたスーツ・ケースの荷物があり、自分で運んで、階段を登った。南京虫の出るホテルでも、到着の時は、ボーイか女中が、カバンを運んでくれるが、そこが学生会館だと思って、我慢する外はなかった。

階段も廊下も広く、清潔だった。廊下の採光も、普通のホテルより明るかった。渡された鍵の番号札で、17号室が割り振られたことはわかったが、その扉の文字を見出すのも、骨は折れなかった。それでも扉を開けると、眩しいほどの光りが、流れてきた。

「どうだ、いい部屋だろう」

Iは、自分の持ち物のように、自慢をしたが、確かに上等の部屋だった。

第一、広い。その上、明るい。窓が新式で、ふんだんにガラスを使い、普通のフランス家屋のカンノン開きではない。金具のワクの引きちがえ風である。その点も、日本風家具を模したのかも知れない。北向きなのに、大変な明るさである。その代り、ガラス張りの家に住んでるようで、外から見透し――恐らく、日本人学生が室内で不善を行いにくい、配慮がなされてるのだろう。

そして、窓際に大きなテーブルがあり、イスがある。新しいデザインで、品物も上等であり、勉強するのに好適である。窓の反対側にベッドがあり、その時分流行の低床で、ちょいと腰かけてみたら、スプリングも上等だし、ベッド・カバーの色も単色で、シブく、地質も上等だった。

ただし、額や花瓶なぞは、一つもない。本箱や衣裳戸棚もハメ込みで、何か、大変ガランとしてる。部屋が広く見えるのも、そのせいかも知れない。そして、珍らしいことに、ジュータンが敷いてない。磨き込んだ床の木肌が、テラテラと光ってる。安ホテルの部屋でも、半分ぐらいは、敷物に掩《おお》われてるが、全然、その影がない。きっと、敷物は埃《ほこり》を吸って、不衛生という考えなのだろう。南京虫は、よく敷物の下に隠れてるが、これでは栖家《すみか》もないわけである。そして、昨年できたばかりの建築だから、壁紙も、洗面所の金具も、ま新しかった。

「つまり、この建築は、近代的質実剛健というのかな」

と、少し考えてから、私は感想を述べた。

「そして、芸術的でもあるんだ。何しろ、ビクトリアン・サルドオの息子が、設計したんだからな」

Iがいった。

ともかく、結構な部屋を獲得して、私は満足だった。その上、部屋代が安い。朝食代を別にして、一カ月二百フランぐらいだという。どん底のホテルへでも行かなければ、そんな値段はない。

「今晩は、飯をオゴろう」

私はIの労を謝して、日本人クラブの食事でもしようという気になった。パリの十一月下旬は、もう冬景色で、時間はまだ早いのに、窓の外は、薄暗くなってた。

一緒に部屋を出たが、廊下を歩いてるうちに、

「ちょいと、事務室《ビューロー》へ挨拶に寄るか」

と、Iが、一室の扉を叩いた。

しかし、館長は外出中で、副館長というのか、大年増《おおどしま》のフランス女が、応接に出た。もう五十ぐらいに見えたが、フランスの婆さん特有の肥り方でなく、スラリとした姿勢と、端正な顔と、銀髪と口紅との対比が、小イキでもあった。私が以前に、パリ生活を送ったと聞いて、彼女は遠慮なくフランス語で、しゃべり出したが、この会館の建築費が、三百五十万フランかかったことだとか、設計者のビクトリアン・サルドオの息子が、いかに卓抜新鋭の建築家であるかとか、大学都市のうちでも、日本学生会館の評判が、他を圧してるとか、そして、彼女自身も、若い時から日本贔屓《ジャポニスト》で、そのために、ここへ奉職したのだとかいうことを、生粋《きっすい》のパリ弁で話したが、声にも、表情にも、残りの色香が充分だった。

「あれア、昔、ウグイス鳴かせたね」

と、部屋を出てから、私がいうと、Iも、

「きっと、美人だったろうな。そして、婆さんなのに、まだ、マドモアゼルと称してるんだぜ」

と、答えた。フランスでは、一度でも結婚すれば、マダムというべきだが、あの年でマドモ

アゼルは、珍奇である。もっとも、少し変った女でなければ、こんなところへ就職はしないだろう。どうせ、高い給料をくれっこないのだから——

「館長というのは、どんな人間だい」

「これア、気のいいオッサンでね。芸術家くずれみたいな男だが、少しは日本研究なぞやってたらしい。アイカイ[*3]（俳諧《はいかい》）がどうしたというようなことを、得々として、弁ずるよ」

「外に、フランス人は？」

「朝飯をつくる料理女でも、部屋女中でも、みんなフランス人さ」

「すると、日本人は宿泊人だけか」

「そうだ、全部……」

「これだけの設備で、この安い料金で、申しぶんはないんだが、日本人がいるのが玉にキズか……」

私はニクマレ口をきいた。

前回、パリについた時に、ソンムラール街の安ホテルに泊ったが、そこは、日本人の巣のようなところで、勝手がきく代りに、実にウルサいことが多かった。日本人同士のツキアイが、面倒なのである。そこの生活を、後に〝達磨町七番地〟という小説に書いたことがあるが、遂にその宿にいたたまれなくなって、日本人の一人もいない界隈《かいわい》に移転した経験があった——

そんな量見なら、日本人クラブへ食事になんか、行かなければいい、ということになるが、生来、米の飯が好きなのだから、仕方がない。以前いた時も、日に一度は、シナ飯屋で米飯をつめ込まないと、気がすまなかった。日本人クラブは、少し高価だから、週一回ぐらいで我慢したが、今度は、まだ到着したてで、懐中も暖かい。そして、フランス船に乗ってきたのだから、もう四十日以上、日本食を口にしてないのである。

地下鉄でマイヨー門まで行き、地上へ出ると、もう灯が輝いてた。街の姿は、五年前と少しも変りがなかった。広場から裏町へ曲って、じきに、日本人クラブがあった。

日本人クラブといっても、普通のフランス家屋であって、タタミやカラカミがあるわけではない。小さなビルの地下から三階を借りてるのである。始めてきた人は、通り過ぎてしまうほど、目立たない場所だが、入口に日の丸の旗を出してから、その惧《おそ》れはなくなった。

一階が食堂、二階が休憩室、三階がビリアード室——そこで故木下杢太郎[*4]が、よく球をついてた。普通、ここへくる日本人は、食堂で飯を食うばかりでなく、二階の休憩室で故国の新聞を読むのが、大きな目的だった。シベリア経由でくるのだから、月おくれほどの古新聞だが、それでも、日本の活字で日本のニュースを知るのは、情がうつる。綴込《とじこ》みの各紙を、ゆっくり読むと、二、三時間かかる。それから、三階でビリアードでもやれば、半日遊んでしまうことになる。

私は日本から着いたばかりだから、新聞に興味はなく、すぐ食堂へ入った。粗末ながらステインド・グラスもある、ちょいとした部屋で、十脚ぐらいテーブルが列《なら》んでるが、パリの夕食時間にはまだ早いので、客は二、三組だった。でも例によって、アルコール・コンロで、スキヤキをやってるから、匂いが大変だった。

顔なじみの日本人ボーイが、註文をとりにきた。できますものは、牛、鳥のスキヤキ、テンプラ、ウナギのカバヤキ、それからライス・カレーとトンカツがある。両方とも、フランスのレストオランで食えぬ品物だから、ここで提供するのだろう。

私は定食とテンプラを註文した。これは、悧巧《りこう》な註文なのである。定食はサシミとお椀とおひたしと、イワシの塩焼がつく。このイワシが一塩《ひとしお》の生干しなのだが、日本のメザシとちがって、サッパリした味で、魚臭も軽い。テンプラは実にヘタな揚げ方をするが、小エビだけは、どうやら食えるのである。少くとも、板のように硬いカバヤキに優ること、万々である。また、ここのスキヤキはよほど腹の空《す》いた時でないと、美味を感じない。

何しろ、パリへ着いた晩であるから、私は飲むのが目的だった。日本酒はあるが、バカ高い上に、後で頭が痛くなる。普通、ビールを飲むのだが、今夜はフンパツして、ブドー酒にした。お国柄だから、こんなところでも、相当の酒が置いてある。

「君も、コップ半分ぐらいなら、いけるだろう」

私はIに酌をした。

Iは、一口飲むと、じきに赤くなり、結局、私一人がグラスを重ねた。久しぶりのブルゴーニュ酒は、実にうまかった。一本を平らげるのに、造作はなかった。

「相変らず、飲むなア。酔っぱらったって、介抱してやらないよ」

「大きなお世話だ。でも、酔っぱらって、タクシーの運転手に、行先きをいうのに、今から、苦労してるんだ」

「なぜ?」

「大学都市というのを、フランス語でいって見ろ」

「シテ・デ・ジュニヴェルシテ……か」

「それ見ろ。フランス文学教授だって、舌を嚙みそうじゃないか」

そろそろ私はいい機嫌になり、ブドー酒の追加を命じるために、ボーイに声をかけようとした時に、

「おや?」

と、食堂へ入ってきた客が、私の側に寄ってきた。昔の飲み友達で、画家のKである。

「いつ来たんだ?」

「着いたばかり——今日の午後だ。君ア、まだいるのか」

「まだって、八年目だよ。これからだ」

「画《え》かきは、気が長いな。まア、坐れ……」

私は、自分たちのテーブルに、Kを招じたが、Iと未知の様子なので、一応の紹介をした。

その頃、在留日本人は三百人に達し、モンパルナス族の画家と、大学都市の住民とは、別世界

の同胞だったのだろう。

「どうだ、一ぱい……。久しぶりだな」

私が酒ビンを持つと、

「いけねえんだ、目下……。肝臓が悪い」

Kは、手を振った。

「肝臓？　ほんとかい。もっと末端の方じゃないのかい」

「余計なことを、聞くなよ。しかし、もう、ほとんどいいんだ。来月になったら、一緒に飲める……」

肝臓なんて、体裁のいいことをいったのは、側にIがいたせいだろう。どちらかというと、Kは口の軽い男で、何でもアケスケにしゃべるのである。それにしても、彼が飲めないとすると、新しく註文した一本は、少しもてあますことになる——

「ところで、どこに泊ってるんだ」

Kはエビアン水[*5]のコップに、口をつけながら、私に聞いた。

「それが、ちょいと不便なところでね。でも南京虫《ピュネーズ》なんか、絶対に出ない家だよ。大学都市の日本学生会館……」

「なんだ、メーゾン・タジマか」

と、Kは意外なような、やや軽蔑した表情で、私を見た。

「タジマ？」

日本学生会館のことを、メーゾン・ジャポネーズと呼ぶことは、私も知ってたが、タジマという名は初耳だった。

「いや通称、そういうんだよ」

と、側から、Ｉが説明した。

「タジマとは、何だい？」

「あの会館の設立者さ」

「君、タジマを知らない？」

今度はＫが、信じられないといった顔つきでいった。

前回、私は一九二二年から二五年まで、パリにいたのだが、日本大使館で催される新年会や天長節のパーティーに、一度だって、顔を出したことはなかった。べつに大使館がきらいというわけではなかったが、エライ日本人を敬遠してたのは、確かである。日本の顕官や貴族や、皇族までもパリに住んでる噂は、聞いてはいたが、そういう連中に、何の興味もなかった。フランスのことは知りたいが、こんなところへきて、日本の風に当っても、仕方がないという考えがあった。

そんなわけで、日本学生会館を独力で設立し、大学都市に寄付した但馬太郎治《たじま》[*6]という富豪が、パリにいたことも、まるで知らなかった。富豪なんて、ちょいと来て、ちょいと帰るものなのに、彼は大変長くパリにいるらしいのである。前回の私の滞在中にも、彼はパリに住んでたらしい。もっとも、福島繁太郎[*7]とか、松方幸次郎[*8]とか、画の好きな富裕な日本人が来てたことは、知ってたが、私には縁遠い人間なので、顔も見たことはなかった。但馬太郎治に至っては、日本でさえ、名を聞いてないのである――

「よっぽど、金持なのかい、その爺さん？」

私はすべてを、Ｋの教えに待つ外はなかった。

「爺さん？　飛んでもない。君より若い男だよ。その上、すばらしい好男子だ。おれは早川雪洲[*9]なんかより、但馬の方が男ぶりが上だと思う……」

その頃は、早川雪洲の映画がパリで人気があり、ことに女性の間で、彼の容貌が異常に騒がれた。

「へえ、羨ましい男だね。若い富豪で、好男子だなんて……。君、会ったことある？」

「ああ、何遍も。何しろ、但馬はパリ日本人芸術家協会というのを起して、まア、われわれのパトロンというべき男だからね。お粗末にゃ扱えないよ」

「そうか。そんな男なのか」

私は但馬太郎治が世の常の日本富豪とちがった性癖があるのに気づいた。第一、若いというだけでも――

「こっちの音楽家や画家とも、ずいぶん広く交際してるらしいんだ。だから、ピアニストのジルマルシェックスを、日本へ連れてって、演奏させたり……」

「そういえば、そんなことがあったな。あれは、但馬の仕事か……」

私は驚いたが、今度はIが口を出した。

「ぼくは会館の館長に聞いたんだが、ムッシュウ・タジマは、コクトオ[*10]やラジゲ[*11]とも親交があるんだそうですね」

これには驚いた。何しろジャン・コクトオとくると、当時のフランス文壇というよりも、社会の花形的存在であって、詩をかき、絵をかき、舞台にも立ち、いちいちそれが話題をまき起し、そのキラビヤカさは、今の三島由紀夫以上だった。そのコクトオの親友に、日本人がいるということだけでも、驚くべきことなのである。

「何しろ、カネモチだからな」

と、Kがいった。

「いくら、金持だからって……」

私は腑に落ちなかった。

但馬太郎治が若い富豪で、好男子で、芸術愛好者で、もう十年もパリにいて、こっちの交際社会《ソシエテ》にも出入りして、フランスの上流人になりきり、昨年はついに、大学都市に日本館を寄付し、その開館式には、大統領もきたほどで、大変な盛儀だったそうだが、その功によって、フランス政府からレジオン・ド・ヌール勲章をもらい——というようなことを聞いて、私は、これは何という羨むべき男がいたものかと、感嘆した。

私もそんな身分になって見たい。何といっても、パリは世界の都であって、こんなに金の使い栄えのするところはない。その上に名誉というものが加わったら、コタエラレンことになる。パリの上流社会も、小説の上だけしか知らないが、一度ぐらい覗いて見たい、と思ってるのに、但馬太郎治はその一員だというのである。そして、レジオン・ド・ヌールという勲章――あれがフランスでは、ひどくご利益のあるもので、赤い略綬《りやくじゆ》のリボンを、上着の襟につけてると、キャフェのボーイですら、扱いがちがうのである。フランスにいる限り、一度はあの赤リボンの功《く》徳《どく》に浴してみたかった――

私が大いに但馬太郎治を、羨望してると、Kが面白がって、

「まだ、まだ、それどころではない……」

「え、何だい。その上、人間の幸福ってあるのかい?」

「あるとも。マダム・タジマを見ずして、美人を語るなかれというくらいのもんだ」

「すると、金に飽かして、パリの女優とでも結婚したのか」

「ノン。生粋の日本女性――華族のお姫さまということだが、あんな美人を見たことないね。一体、パリで日本女性を見ると、ひどく間が抜けて見えるもんだが……」

それは、Kのいうとおりで、日本では一級の麗人でも、パリへくると、妙にオドオドして、ヘンな服を着て、ヘンな歩き方をして、見られたものではない――

「ところが但馬夫人は、パリ美人を圧倒する美しさなんだ。といって、体は小さい。顔も小さい。すべて小型なんだが、そら、わかるだろう、パリ好みのミニヨン型（可愛《かわい》い美人）――あれなんだ。その上に、ひどくシックでね。よくあれだけ、髪でも、お化粧でも、服でも、いい好みを覚え込んだと思うんだが、サン・トノレ街（おしゃれ女の多い街）を歩かしても、人がふりかえるほどの装いだね。その証拠に、彼女、カンヌの美人コンクールで、一等に当選して、新聞に写真が出たよ」

「ホ、ホウ」

こうなると、感嘆詞の外に、返事のしようがない。

「そのシックな美人が、すばらしい車を乗り回すんだ。純銀の車体のクライスラー……」

「それは、あんまり趣味がよくないじゃないか」

「いや、純銀といっても、どんな加工をしたのか、紫がかったシブい銀色でね。クッションや内部塗料は、全部、紫――あんなシックな車は、見たことがないね。ニースの展示会に出して、これまた一等をとった。そのシックな車に、シックな日本美人が乗って、シャンゼリゼエを走るとなったら、評判にならずにいないよ」

その晩は、いい気持に酔って、タクシーで大学都市へ帰った。タクシー・メーターの額からいっても、なるほど、ここはヘンピな場所だと、気がついたが、日本学生会館の扉のボタンを押して、内部へ入った時の気持は、昼間、ここへ着いた時と、だいぶ変っていた。

（但馬という幸運児が建てたのか、この家は……）

そして、廊下でIと別れ、わが部屋で、五年ぶりのパリの夜を送ることになったのだが、多少昂奮《こうふん》したと見えて、ベッドに入っても、ちょっと眠りを催さなかった。

昼間はガラス張りのような部屋だが、さすがに夜は、厚いカーテンが引かれていた。フランスのどの家にもあるヨロイ戸は、ここにはないらしく、その代りに、劇場の幕のような大きなカーテンが、使われてるのだろう。完全に外光を遮断する厚い地質で、品物も上等なら、色調もシブく、枕もとのスタンドの光りを受けた調子が、とてもいい。天井や壁の色も、カーテンと調和があって、とても落ちついた夜の部屋である。こういう部屋で、夜も勉強しろというご趣旨なのだろうが、よく考えてみると、私は曾《かつ》てパリで、こんな近代的で、清潔な部屋で暮した経験がなかった。そして、暖房もよくきいて、汗が出るほどの温度である。

（これも、但馬の恩恵かな）

どうも、私は但馬太郎治という男が、気になってならなかった。

（どんな星の下に、生まれやがったのか。世の中には、何と幸福な男もいるもんだ……）

パリで上流社会に入り、それにふさわしい生活をするというのは、生やさしい金でできることではない。この会館の建築費なぞは、彼にとって小遣銭《こづかいせん》の問題に過ぎないということである、但馬は、よほどの金持にちがいない。日本の富豪といえば、三井、三菱だけかと思ったら、こんな名も知らぬ金持がいたのである。どれだけの金を、パリで使ってるのか。私はフランスへくるのにも、フランス船の三等に乗り、ほんとは南京虫の出るホテルへ泊るところを、ここの厄介になったのである。そして、到着の晩の祝盃も、せいぜい日本人クラブの食堂であげた始末である。何としみったれた星の下に、生まれたことか――

そして、パリ男の眼をそばだてるような、美人の細君――これがまた、羨ましい。パリの日本人の友人で、妻帯者は少いが、そのために彼らは、どんな苦労をしてるか。あんなことに、いちいち金を払うだけでも、厄介な話だが、あげくの果てには、今夜のKのように、酒の飲めない病気にかかったり――

その上に、銀と紫のクライスラー。東京なら麴町に当るパッシイ区の高級住宅。レジオン・ド・ヌール勲章。そして、フランスの六人組音楽家だの、文士だの、画家だのに取り巻かれた、面白おかしい生活――

これは、ちょっと類例がない。先年、前田侯爵[*12]夫妻のパリ栄華物語を知ってるが、まるでケタがちがう。

畜生め！　少しイマイマしいぞ――

*

昨夜は、但馬太郎治に対する羨望で、いつまでも眠れなかったせいか、今朝は、眼が覚めたら、九時近かった。

（大変！　朝飯を食いはぐれる……）

私はベッドを跳び降りて、顔を洗った。洗面場は小さな別室にあって、白い陶器も、銀色の栓も、まだピカピカと、ま新しい。

一体、パリでこんな早起きをしたことはなかった。いつも十時か、ことによると、正午まで、ベッドにいるのである。それから起きて、自分でコーヒーをわかす。安ホテルに泊ってる時でも、ボーイか女中が、朝のコーヒーとクロワッサンを運んでくるのは、十時ごろときまってた。ところが、この学生会館では、自室で食事を許さない。階下の食堂に集まって、宿泊人が一緒に朝飯を食べる規則だそうである。

「八時から九時までが、食事時間なんだ。忘れるなよ」

と、昨夜、Iが注意してくれた時は、何とも思わなかったが、いざ、定刻に食堂へ降りるとなったら、これは大儀なことだと、気がついた。

私は前回のフランス生活で、すっかり悪習を覚えたのである。悪習といってもフランス人なら誰でもやるのだが、寝床の中で朝飯を食うことである。顔を洗わず、歯も磨かない前に、コーヒーを飲むのである。衛生的ではないが、工合のいいことは確かである。フランス人は歯を磨くと、歯ミガキの匂いが残って、コーヒーの味を悪くするという。それも一理あるが、そんなことより、その不精ッたらしさが、私の性分に合ったらしい。寝床でコーヒーを飲み、寝床で新聞を読み、眼がさめてから二時間ぐらい、グズグズしてる時間というものは、かなり愉しいのである。

日本に帰っても、その流儀でやってたのだから、パリへきたら、当然のことと思ってたのに、この会館は、万事、近代的質実剛健主義で、フシダラを許さぬ方針らしい。顔を洗い、歯を磨き、ネクタイを結び、上着をきて、食堂で朝飯を頂戴する規則だという。しかも、九時を過ぎれば、食堂を閉鎖して、一切食事をさせぬという。つまり、寝坊をすれば、朝飯を食わさぬことになってるらしい。

（人をバカにしてるよ。まるで兵営生活じゃないか）

と思ったのだが、その頃は、私も胃が大変丈夫であって、朝はいつも空腹だったから、食事抜きというわけにいかない。それに、パリへ着いてから、まだ一度もコーヒーを飲んでない。イギリス慣れのした人は、フランスの朝飯が貧弱だといって、ひどく軽蔑するけれど、こっちは他の国の生活を知らないから、コーヒー牛乳とクロワッサンだけの食事でなければ、朝飯の感じがしないのである。ことに、クロワッサンの味は、パリ独特のもので、近頃は、日本でも売出してるようだが、とても足許《もと》へ寄れない。

私はイヤイヤながら、ネクタイを結び、靴も拭い、威儀を正して、食堂へ降りて行った。まるで大ホテルへでも泊ったような、窮屈な気分だった。

食堂は一階の隅にあった。

朝飯だけの用途だから、手狭までもあり、ひどく質素で、この大建築の食堂とは思われない設備だった。そして採光も暗く、ひどく冷たい感じで、修道院とか、ことによったら、監獄の一室のような気がした。

その中央に、細長いテーブルがあって、両側に日本人留学生諸君が、大変いかめしい顔で、食事をしてた。誰もキチンとした服装で、姿勢正しく、腰かけてる。髪もキレイに櫛目《くしめ》が通ってる。私は慌てて支度をしたので、モジャモジャ頭だったのが、恥かしいほどだった。Iは早く食事したのか、姿が見えなかった。

「お茶ですか、コーヒーですか」

食堂の女中が、聞きにきた。

「コーヒーだよ、無論……」

私はフランスの朝飯は、コーヒーを飲むものときめていた。それが飲みたいから、わざわざ二階から降りてきたのだ。ところが、周囲の留学生諸君を見ると、申し合わせたように、紅茶なのである。恐らく、コーヒーは刺戟《しげき》的であって、勉学の妨げになるのだろうか——

(これア、人種がちがうわい)

そろそろ、そんな気がしてきた。

やがて、女中が運んできたのは、コーヒー・カップではなく、トッテのない、白い小ドンブリだった。フランスではボルといって、農村なぞで、朝飯に用いるのである。それに満々と、牛乳とコーヒーが注いである。私はうれしくなった。この会館の質実剛健主義も、悪くないと思った。

ところが、味わってみると、一向うまくないのである。卓上のカゴに列べてあるクロワッサンを、食べてみても、それほどでないのである。そんな筈はないと、不審に思ったが、やがて、それは食堂の堅苦しい雰囲気のせいだと、気がついた。

ズラリと列んだ留学生諸君、まるで唖の寄合いみたいに、また、親の仇《かたき》同士が集まったように、険しい表情をして、一語も発しないのである。そのくせ、食う方は相当のもので、まずいフランスの紅茶を、うまそうに啜《すす》ってる。

この光景、何かに似てると思ったら、日本郵船の客船の二等食堂にそっくりだった。日本船の二等には、よく留学生が乗ってたが、彼等は朝の食事の時も、身だしなみよく、行儀正しく、テーブル・マナーに外れざらんことに、汲々《きゅうきゅう》としてたから、見るから窮屈そうだった。でも、食慾は旺盛で、朝からラム・ステークを註文するのもいたが、そんなことをすると、マルセイユに着くまでに、胃を悪くすると、船のボーイがいってた。

でも、日本船二等食堂の方が、まだ、和合的だった。テーブルにつく時は、〝お早よう〟ぐらいの挨拶はしたものである。

ところが、この食堂では、私が着席の時に、両側の人に声をかけても、首を動かすだけで、お返事なしである。そして、無言の行と、蒙古《もうこ》人種独特のモグモグという咀嚼《そしやく》運動が、永遠に続くだけである。

「アーア、やんなっちゃった。アーア、驚いた[*13]……」

と、今なら、歌いたくなるところである。

(もう、あんな朝飯は、二度とご免だ)

私は、心中深く決意して、足音も荒く、自分の部屋に帰った。

あの食堂に集まった、全部の留学生諸君が、気に食わないのである。堅いカラーをつけて、チョビ髭なんか生やしてる面つきが、全然面白くないのである。以前のパリ友達には、あんなのは一人もいなかった。あんな風なスマシヤがいたら、ブーローニュの森に連れてかれて、一発食わされるのが落ちだろう。

まるで人種のちがうあの連中と、毎朝、顔を合わすのは、やりきれない。それに、食堂へ出て朝飯を食うこと自体が、まちがってる。

(もう、食ってやるもんか)

私は好きなパリの朝飯を、放棄する気になった。よくよくの決心である。

(やっぱり、安かろう、悪かろうだ)

タジマ会館の但馬太郎治は、興味ある人物だが、ここの生活には、期待がもてなくなった。南京虫が出ないで、室料の安いところという、こっちの註文がムリなことを、思い知らされた。

まるで、つまらなくなって、私はベッドの上に、寝転んでると、部屋の扉を叩く者があった。

Iかと思って、起き上ると、

「部屋の掃除にきました」

と、フランス語で、女の声である。

今頃から掃除にくるのかと、腹が立った。普通なら、十時を過ぎてからである。でも、それがこの会館の規則なら、仕方がない。

「どうぞ」

と、扉を開けた。

髪を布で包み、藍《あい》色のエプロンをかけ、床拭きの棒と塵取《ちりと》りを持った女中が、二人で現われた。一人はノルマンディあたりの出身らしい、雲つく大女で、見るから好人物そうな顔つきだが、もう一人は、干涸《ひか》らびた、小づくりの三十女で、出戻りか、後家さんが、働きに出たという人相である。

でも、部屋の掃除が二人連れというのは、珍らしい。そんなに骨の折れる仕事ではないのである。

（ハハア、これも、質実剛健主義の現われなんだな）

私はすぐ気がついた。

会館の宿泊人は、独身の男性ばかりだから、その部屋へ女中が単身で出入りしては、マチガイが起る因《もと》になる、という考えなのだろう。もっとも、私の知ってる彫刻家は、ホテルに泊ってる間に、女中とデキて、日本に帰るまで同棲《どうせい》してた例もあるから、まったく杞憂ともいえないのだろう。

だが、次ぎの瞬間に、私は吹き出したくなった。二人の女中のご面相が、あまりにも、マチガイから遠くできあがってるのである。その上、二人ともひどく不愛想な顔をして、働いてる。私はちょっとこの女たちを、からかって見たくなった。

「おい、君たち、二人がかりで襲ってきたって、今はダメだよ。こっちは、朝飯もロクに食わないで、戦力ゼロだからな……」

そんな、お下劣な冗談をいったのは、この会館の空気に、反抗してやる気もあったが、一つには、五年振りで、パリの俗語《アルゴ》を、使ってみたかったからだった。

私は、彼女たちが、憤然として、

「そんな、汚らわしいことをおっしゃると、館長さんにいいつけますよ」

とでも、いいかえすのを、覚悟してた。

ところが、私の言葉を聞くと、二人はいかにも意外らしく、顔を見合わせ、やがてニヤリと、笑いを浮かべた。

「何さ、意気地がないね。二人ぐらいのお対手《あいて》が、できないの」

と、私の側へ寄ってきたのは、干涸らびた、三十女の方だった。好人物らしい大女の方は、ただ、ゲラゲラ笑ってた。

それから、彼女たちは、私に輪をかけた、お下劣なことを、口にし始めた。そして、掃除はそっちのけで、雑巾棒を壁に立てかけてくる始末である。

彼女たちにとって私は、意外な宿泊人だったのだろう。留学生諸兄は、古代フランス語には通じてても、卑俗な現代会話は、不得意であり、その上、謹厳家揃いだから、私のいったようなことは、断じて、口外しなかったにちがいない。

五分ばかり話してると、調子に乗った彼女等は、私も辟易するような猥談《わいだん》を、平気で、しゃべり出した。身振りまで入れるのだから、かなわない。そして、女の猥談というものも、語り手の容貌や、神経の程度によって、興味に関係することを、私も、しみじみ悟った。

「それは、それとしてさ……」

と、私は、話題を転ずる努力をして、

「ここの会館もいいが、朝飯を食堂へ行かなければ、食えないというのは、情けないな」

と、目下の不平を訴えた。

すると、彼女等も、フランス人である。ひどく、私の不平に、同情してくれた。

「ほんとよ。朝のコーヒーなんて、顔洗わないうちに、飲まなくちゃね」

「着物着替えて、朝ご飯食べるのは、イギリス人のすることよ」

と、口をそろえて、会館の方式に反対した。

「だから、明日の朝から、朝飯を食うの止めようかと、思ってるんだ」

「そんなことしなくったって、いい知恵を教えてあげる……」

と、好人物の大女が、猥談のヨシミであろうか、親身になってくれた。

「あんた、病人になるのよ。そうすれば、部屋で朝飯が食べられるのよ。あたしたちが、部屋へ持ってきてあげるからさ」

「わかった。でも、それには、医者の診断書か何か、必要なんだろう」

「そんなもの、要《い》りやしないわよ」

「でも、館長か、副館長に、一こといわなくちゃなるまい」

「それも、不必要よ。ただ、あたしたちが、十七番室のムッシュウが病気だと、料理場のオバさんにいうだけで、結構なのよ」

「ほんとかい。それは、ありがたい。じゃア、明日の朝から、病気になるから、忘れないでくれ給えよ。頼んだよ」

と、私は、急に元気をとりもどした。

さて、翌朝になって、十時ごろまで寝坊をしてると、ノックの音で、眼をさました。

不承々々に、扉を開けに行くと、

「どう？　お望みどおりになったでしょう」

と、大女の方の部屋女中が、朝飯をのせた盆をささげて、入ってきた。

「それは、すまん、すまん……」

あんな約束はしたものの、私は、あまりアテにせず、朝飯抜きの覚悟で、寝坊をきめ込んだのである。

「できるだけおそく、持ってきてあげたのよ」

と、彼女は、恩に着せるようなことをいったが、人の好さそうな顔で、ニコニコ笑ってた。

「ほんとに、すまん……。どうぞ、当分の間、病人ということにしてくれ給え」

「わかったわよ」

と、女中の出て行った後で、ベッド・テーブルの上を見ると、立派な盆の上に、清潔なナプキンなぞ敷いて、牛乳とコーヒー、クロワッサンに、バタまでついてる。私の泊る安ホテルの朝飯より、ずっと、体裁がいい。

（これア、仮病にかぎる……）

そして、私はノビノビと、ベッドの中で、食事をした。やはり、朝飯は、こうして食うべきものである。コーヒーがうまいばかりでなく、五年前と同じように、順調な便意まで催してくる――

私はタジマ会館に、不満を感じる理由を失った。交通不便で、劇場通い（当時、私は演劇人だった）に、困るけれど、あの食堂の朝飯の苦痛が、除かれたのなら、文句はいえないのではないか。このお値段で、南京虫の出ない宿というのは、望まれないのではないか。そして、パリの住居不足は、その頃すでに始まって、格安なホテルは、どこも満員だったのである。

もう一つ、タジマ会館で、気をよくしたのは、館長と懇意になったことだ。正式の館長ではなく、支配人というべき男かも知れないが、ともかく、例の老マドモアゼルより、一級上の役目で、二人で、ここの事務をとってるらしかった。

その男が、その頃はまだ生き残っていた十九世紀型パリ人で、黒い服、黒っぽいネクタイ、そして、黒い三角のアゴひげを生やし、小肥りの腹をつき出して、身振り沢山のオシャベリをする。何でも、東洋学の研究をやってて、大学都市入りをすることになったが、進んで、日本人学生会館に職を奉じたと、自己紹介をした。

そして、私が演劇を学ぶために、前回も、今度も、パリへきたというと、彼は眼を輝かして、私の手を握り、

「いや、私も実は、芝居にかけては、人並み以上の情熱を持ってる。第一次大戦前までは、劇場に入り浸りの時代もあった……。ともかく、あなたのような人が、ここに宿泊してくれるのは、私の喜びである。なぜなら、この会館は、決して、学術研究家のためばかりに、存在するのではない。あなたのような、フランス芸術愛好家にも、是非、利用してもらいたいからである……」

と、いうようなことをいって、また、私の手を握るのである。

そんなわけで、タジマ会館の居心地は、私にとって、苦情をいう点はなかったのだが、といって、楽天地というわけでもなかった。

どうも、ここに住む日本人と、気が合わない。といっても、ほんとのところ、彼等の顔を見るのは、廊下や玄関で、すれちがう時ぐらいであって、話一つ交わしたことはないのだが、一

見して、異人種を感じてしまうのである。よく外国へくると、在留日本人と、絶対につきあわないなんて人間がいるが、私は決してそんな量見を持ってない。現に今度きても、モンパルナスの邦人画家や、日本人クラブの書記なぞとは、一緒に飲んだり、騒いだりしてる。タジマ会館の連中だって、一歩外へ出れば、パリにいて、あんなシカツメらしい顔ばかりしてないのだろうが、あの館内の空気が、何か彼等をそうさせるのだろう。

館の風呂にしても、そうである。各階に一つのバス・ルームがあって、いつでも入浴勝手であり、設備の清潔さは、一流ホテルに負けないほどだが、これがセルフ・サービスなのである。無論、ホテルだって、自分で栓をひねって湯を出すにきまってるが、入浴した後の一切の掃除まで、セルフ・サービスはかなわない。

私はああいうことは、面倒なタチだから、バス・タブの清掃も、いい加減にやって出てきたら、後で、Ｉに叱られた。

「君だろう、髪の毛を一ぱい、湯船に残してきたのは……」

確かに、私の仕業にちがいない。中で頭髪を洗ったのだから。でも、後で水を流したことも、確かなのだが――

とにかく、宿泊の日本人が、謹厳で行儀正しき紳士ばかりなのが、私には気詰まりでならなかった。なまじ、以前にパリにいて、自堕落な生活をしていたのが、ここへきて祟《たた》ってきたのだろう。窮屈なパリという観念は、私にはどうしても、成立しがたいのである。

(でも、安かろう、悪かろうだ……)

私は部屋代のことを考えて、不平を抑えていたのだが、そのうちに、困ったことができた。私の仮病が、バレてきたのである。朝飯を自室で食うために、女中の入れ知恵を働かせたのが、料理人のオバさんに、看破《かんぱ》されたのである。

「そんなに、病気が長びくわけがない。仮病にきまってる」

と、膳ごしらえをしてくれないというのである。考えてみれば、それも当然で、病人のくせに、毎日外出して、夜は門限におくれて帰ってくるのだから、弁解の余地がない。

しかし、フランスでは便法が横行して、警視庁へ居住証明《カルト・デイダンチテ》を貰いに行っても、係官にシガー一本呈上すれば、順番を早くしてくれることを、知ってるから、私は部屋女中を通じて、料理女にハナ薬を、与えようとしたが、女中は手をふって、

「それが、ダメなのよ。ここは、とても規則がやかましくて、あたしたちだって、一銭《スー》もお客からもらえないのよ」

と、平素の不平を訴えた。

「すると、おれは部屋で朝飯が、食えなくなるじゃないか。同情しておくれよ」

と、私が泣き声を出して見せると、女中は、ほんとに、気の毒そうな顔をした。大女の方の女中で、ノルマンディ的善良さと鈍重さを、多分に持ち合わせた女だった。そして、私も彼女一人で掃除にくる時には、イチャついた覚えもあるから、その賜物といえないこともなかった。

「そうね、じゃア、あんた彼女に、ロム（ラム酒）を一本、買ってやんなさい。お金じゃないから、規則にふれないわよ」

と、女中が、また知恵を出してくれた。

「お安いご用だが、あの料理女、そんな強い酒を飲むのかい」

「アル中なのよ。朝からロムを飲んでるわよ」

私はおかしくなった。この厳粛な会館に、アル中女が働いてるとは面白い。

「じゃあ、今日外へ出たら、早速、一本買ってくるよ」

「でも、大ビンの必要ないわよ。小ビンで結構よ」

彼女は、どこまでも、親切気を見せてくれた。

そのハナ薬の効能があって、私はベッドで朝飯を食う悪習を、継続することができたのだが、それも、十日とは続かなかった。今度の苦情は、料理女からではなかった。あの婆さんは、ロムの小ビンの切れたころに、また一本買い足してやれば、文句はないのだが、手強《てごわ》い対手が現われた。

私が外出するために、部屋を出たところで、バッタリと、例の副支配人格の女史に会った。花盛りはだいぶ前に過ぎたといっても、美人の痕跡は、まだ消えやらず、それに、体格がよく、身だしなみがよくて、相当の香水を惜しまず使ってる。

「ムッシュウ、今日はどこのマチネーですか」

彼女も、私の商売を知ってた。

「いや、夜の切符の予約に行こうと、思って……」

「もし、お急ぎでなかったら、あたしの部屋へ、ちょいと、お寄りになりません？」

「はい、喜んで……」

〝昔美人〟とはいえ、こういう女性と対坐するのは、迷惑でなかった。そして、彼女の部屋は、同じ二階にあった。

「あの、私の申しあげることを、決して、悪意におとり下さいませんように……」

と、彼女は、鄭重な前置きをしてから、

「実は、あなたの朝飯《プチ・デジユネ》のことなんですが……」

「あ、露見しましたか」

私は頭をかいて、早くあやまった方が、いいと思った。

「いえ、いえ、フランス人なら誰だって、お気持はわかりますよ。ですから、規則はあっても、あたくしは見て見ぬ振りをしてたんでございますわ。ところが、昨日、お名前は申し上げられませんけれど、あるムッシュウから、なぜ、十七番の部屋だけは、女中が食事を運ぶのかと、質問が出ましてね……。ええ、無論、日本人のムッシュウですけれど……」

これには、私も参った。

対手が威丈高《いたけだか》だと、反抗心も起るのだが、何しろ、〝昔美人〟にニコニコと、フランス語の婉曲性《えんきょく》をもって、攻め寄せられると、もともと、こっちが悪いのだから、一言もなかった。

「それに、イギリス流に、衣服を整えて、食堂でコーヒーを頂くのも、そう悪いものでもございませんよ。あたくしも、最初は閉口しましたが、この頃は、すっかり慣れてしまって……。どうも、あの方が、衛生的でございますわ、ホッホホ」

「いや、わかりました」

私はホーホーの態《てい》で、女史の部屋を出たが、イマイマしかったのは、事実である。

何しろ、女中が大きな盆に、仰々しく食器をのせて、廊下を歩くのだから、人目に立つのは仕方がないが、それを密告する日本人留学生の根性が、面白くない。

(道理で、最初に食堂へ出た時に、どいつも、こいつも、気に入らねえ面だと、思ったよ)

私は急に、タジマ会館にいるのが、いやになった。こうなれば、朝飯の問題ではない。朝飯なんか、食わなくたって、タカが知れてるが、あの会館の空気が、我慢できない。まるで、私の肌に合わない。こんなところへ長くいてやるもんか、という気になった。

そして、私は外へ出たが、今夜の劇場の切符の予約なんか、どうでもよくなった。それよりも、タジマ会館の宿泊人と、まるで気合いのちがった日本人と会って、酒でも飲みたくなった。

私はM新聞のパリ特派員のAの顔が、頭に浮かんだ。彼は飲んだくれで、女好きで、壊れた鈴のような、ガラガラ声を出す男だったが、外語の仏語科を出たにしては、こっちの文学の造詣もあり、私は日本にいた時からの友人だった。

彼の宿は、モンパルナスとセーヌ河の中間あたりの裏町にあった。普通、大新聞の特派員なんてものは、オペラ座付近の中心街に、居室を持ってるものだが、彼は左岸のうらぶれた裏町に、住んでる。しかも、借りてる部屋というのが、労働者キャフェというか、居酒屋《ビストロ》というか、至って振わない店の二階なのである。

サン・スュルピースで地下鉄を降りて、私はその裏町の方へ歩いた。まだ二時過ぎであるが、初冬のパリは、夕暮れのように暗い。雲がひどく厚く、そして低い。いや、雲というよりも、何か酸っぱい味のする濛気《もうき》である。空を見たって、雲の濃淡なんか、全然ない。その頃はスモッグなんて語は、日本になかったが、きっとそれに相当するものだろう。そんな日が、春まで続くのだが、勿論、愉快ではない。でも、ちょいと風情がないこともない。ことに裏町の八百屋とか、肉屋なぞが、店内に昼の灯を点じ、店頭の商品を照らしてる風景なぞ、私には好もしい。

Aの宿のキャフェも、もう灯をつけてた。そして、その隅で、彼がネクタイもつけないで、コーヒーを飲んでた。

「やア、いま起きたところだ。ゆんべご帰館が、おそかったもんだから……」

私はコーヒーよりも、食後酒の方が飲みたかったから、それを註文して、

「いやはや、タジマ会館の居心地ときたら……」

と、精一杯、今日の不平をぶちまけると、

「あたりまえだよ」

Aは対手になってくれない。

「何があたりまえだ」

「あんなところへ、住むのが、まちがってるよ。あれア日本から来たての、金ボタンの学生服を着た連中の泊るところさ」

「そうでもないぞ。チョビ髭のオッサンが、大勢いるよ」

「そのオッサンが、みんな、精神的な金ボタンなんだよ。パリへきても、大学都市とソルボンヌ大学の間を、往復するだけが、日課でな。まア天長節[14]に、大使館へ行くぐらいが関の山さ」

「それにしても、誰も彼も、行儀のいいのには、驚いたよ。君みたいに、ノー・ネクタイで人前に出てくる奴は、一人もないぞ」

「それア、仕方がねえ。あすこは、パリの中の日本というより、パリの中のイギリスだからな。君、あすこの玄関にある、西園寺公[15]の書を見たか」

「そんなものあるのか」

「礼ハ教ノ基――とか何とか、そんな文句が、額になって、かかってる。西園寺公は、あの会館へ泊る日本人は、たとえ博士の肩書きを持ってる連中でも、きっと、浴衣がけにスリッパはいて、館内を横行するからと、あらかじめ、そんな書をかいたんだそうだ」

「すると、薬が効き過ぎたのかな。しかし、あんなところへ、イギリスの植民地が現出したのは、どういうわけだ」

「それア、お上品てことになれア、イギリスだからな。西園寺公も、昔はパリで道楽したくせに、年をとれば、そんな音《ね》が吐きたくなるのさ。それに、あの会館の設立者の但馬太郎治だって、今はパリの伊達《だて》者気取りだが、もともと、オックスフォードの出身でな」

「そうかい、英国紳士か……」

「そうだよ、だから、但馬のフランス語には、英国ナマリがあるんだ」

「君、知ってるの、彼を？」

「うん、去年からね」

「どんな男だ」

「ちょいと、一口にいえない奴だよ——キザなのか、ロマンチストなのか……。でも、去年のあすこの開館式には、奴《やっこ》さん、大得意だったぜ。燕尾服《えんびふく》に勲章なんかつけて、そっくりかえって、フランス語で、一席ブッたぜ。何しろ、ドゥメルグ大統領まで、出席したんだからな」

「へえ！」

「ポアンカレ、[*16]マロー、[*17]みんな来た。日本人のオエラ方も、無論、全部集まった。おれは、そんな晴れの儀式と、思わなかったから、招待状持って、平服で出かけて、恥をかいちゃったよ。千名ほどの客が、どいつも、こいつも、第一公式なんだ。藤田嗣治《つぐはる》まで、借り物の燕尾服でね。なアに、あいつだって、持っちゃいねえさ。でも、但馬の燕尾服が、飛び抜けてたな。黒でなく、紫なんだ。シックだよ。おれアその時始めて、彼を紹介されて、近くで見たから、服地の織り目までわかったがね……」

私はちょいと、度胆を抜かれた。そんな盛大な儀式を、パリでやってのけた日本人、但馬太郎治という男の輪郭が、予想以上に大きいのを、認めないわけにいかなかった。

「開館式も大ゲサだったが、その晩のレセプションが、また、豪華でね。ホテル・リッツへ、お歴々を、三百人も呼びアがったんだよ。おれも、その時はスモーキングに着替えて、出たんだが、パリの社交界というものを見たのは、あの時が始めてさ。あの日一ン日で、但馬は、よほどの金を、使ったね」

Aは、滅多にない経験として、その夜会のことを、細かに話した。実際、パリの社交界なんてものは、およそ私たちに縁のないもので、どんな人種が、どんなムードで集まってるのか——わずかに、オペラ座の金曜の夜の廊下で、その一端を覗くに過ぎなかった。

「一体、但馬って、どうして、そんなに金を持ってるんだ。何者なんだ」

私は、この前、日本人クラブで、画家のKから、但馬のことを聞かされた時にも、その疑問を持ったが、彼は多くのことを、知らなかった。Aなら、新聞記者のことだから、社会知識もあると思った。

「だって、金持だもの。君、但馬商店を知ってるだろう」

「知らない」

「驚いたな。日本一の木綿問屋じゃないか」

「木綿なんて、そんなにもうかるのか」

もっとも、まだ、スフ[18]というものも、出現しない時代だった。

「もうかるから、金持になったんだろう。三井・岩崎ほどじゃないが、長者番付の十番目ぐらいに入ってるんだ。江州《ごうしゅう》商人[19]で、東京へ出て、上野の戦争[20]や、西南戦争[21]の時に、買占めをやって、もうけたらしい……」

「あの但馬がかい」

「冗談じゃない。初代だよ。但馬太郎治は三代目で、ほんとなら、売家《うりいえ》と唐風《からふう》で書く[22]ところを、あんなに、使っても、使っても、使いきれない。よほど、金があるんだな」

「でも、しまいには、なくなるだろう」

「それは、われわれ貧乏人の考えで、金ってものは、使うそばから湧いてくるんだ」

「そうもいくまい。ぼくなんか、もう予定の旅費の半分以上、使っちゃった……。但馬太郎治だって、今に、ロクなことはないぞ」

私は金持に対して、反感を持ってるが、パリへくると、一層、それがひどくなる。ここは、金を使うところで、一銭の金も入る見込みがない土地だからだろう。

「まア、とにかく、すごい金の使い方だよ。おれはちょっと調べて見たんだが、タジマ会館の建築費にしたって、百万円は出してるし、毎月の生活費が、最低に見て、三万を下るまい……」

「三万？　あきれた奴だ」

　一万円あると、利子だけで、一生、生活ができた時代である。

「パッシイの高級アパルトマンにバトラー、[*23]運転手、女中、料理人を置いて、富豪の生活を営んでるんだが、奴さん、浮気者だから、方々に、自分専用のガルソニエール（男の独り住いの家）を、持っててね……」

「浮気者？　だって、彼の細君は、ニースの美人コンクールで、優勝したっていうじゃないか」

　私の疑問は、当然だろう。

「美人さ。あれだけの日本美人は、東京でも、ちょっと、お目にかかれないね。その上、シックなんだ。よくパリ・モードを、あれだけ自分のものにしたね。逆に、こっちの女を感服させてるんだから、大したもんだよ。ポール・ポアレの常顧客《とくい》さ。そして、その大した好みの服を着て、紫色に塗った銀製の車に乗って……」

「知ってるよ、それは。ぼくが不思議に思うのは、そんな美しい細君を持ちながら、なぜ、但馬が浮気をするかってことなんだ」

「そんなこと聞くのは、貧乏人根性だよ。それにパリにいれば、やはり、フランス料理が食いたくなるだろうじゃないか。もっとも、但馬は安料理は食わない。女優か歌手だな。ある女優を、フランスの貴族と争って、ピストルの決闘までやった前歴があるんだよ。もっとも、細君を日本から連れてくる前の話らしいがね……。目下は、エドモンド・ギーを、追っかけてるらしい」

「え、あんな大物を……」

その女優は、美貌で鳴り、〝パラアス〟というミュジック・ホールの女王なのである。

「どうだ、面白いだろう。パリにゃ世界の金持が、金を使いにくるが、但馬の奴は、彼等に伍して、遜色《そんしょく》ないどころか、むしろ、彼等よりアカ抜けがしてるよ。その点、大いに日本のために、気を吐くというもんだ。まア、去年のタジマ会館建設で、ニュース種にもなったし、但馬夫妻の活躍というのを、おれは通信にして、送ろうと思って、いろいろ調べてるわけなんだ……」

Aがそんな気を起したのも、たぶん、一等国日本の意識があったからだろう。第一次大戦後で、戦禍を蒙らなかった日本の国威は隆々、円価は高く、フラン価は低く、パリの日本人はずいぶんモテた。セーヌ河岸に、東京アベニュという町名さえ生まれた。但馬太郎治だって、現在の国力だったら、パリの中流生活がせいぜいだろう。

それでも、その時の私は、一向、彼が国威を発揚してるなぞと、思わなかった。むしろ、ヤけてならなかった。

「でも、太《ふて》え奴だ。そんなに金があって、そんなシックな日本美人を、カカーにして、その上、エドモンド・ギーの跡を追っかけるなんて……。少しア、おつつしみ遊ばせだ」

同じパリに住みながら、私と彼との相違は、ちょっと、ひど過ぎる。

「まア、そう怒んなさんな。金持なんて、スポーツ・マンみたいなもんと思えば、いいんだよ。パリは世界の金持どものスタジアムで、金の使い方の競技をやってるんだから、日本選手が立派なレコードを出せば、拍手すべきじゃないか。おれア但馬を、そういう工合に見てる。おれア新聞記者だからな」

と、Aが少しマジメな声を出した。

「そりア、わかったが……」

「それに、おれはマダム・タジマの崇拝者でもあるんだ」

今度のいい方は、新聞記者らしくない。

「ほんとかい」

「ほんとだとも。開館式の日に、一目で惚れて、それから、会えば会うほど……」

Aはガラガラ蛇のような声で笑った。

「ぼくは信じないな。日本美人は存在するが、パリの空の下では、存在しないという説なんだ」

「そんなことあるもんか。狩野芳崖[*24]の鷲《わし》の図は、プチ・パレエ[*25]で燦然《さんぜん》たる光彩を放ったぜ……」

「絵と人間はちがうよ。君ア但馬夫人のことを、大変シックだと礼讃するが、ぼくはそれすら疑ってるんだ。二年や三年で、パリのモードをマスターできるもんじゃないよ。せいぜい、猿真似だろう」

私が反抗すると、Aは立ち上って、

「そんなことというなら、生きた証拠を拝ませてやる。おれの部屋へ来い」

と、店の横の階段の方へ、歩き出した。

「何だい、まさか、マダム・タジマが……」

私は彼女が二階のAの部屋に、潜伏でもしてるのかと、錯覚を起した。

「バカだなア。そんなハシタない女なら、おれも崇拝なんかしないよ」

そして、彼の後について二階へ上ると、二間続きの、わりと広い部屋で、奥の寝室は、まだベッドも乱れたままで、男くさい空気がこもってた。

「エーと、材料はそろえてあったんだが……」

彼は大きい方の部屋の中央に、デンと据えられた大机《ビューロー》の上を、やたらにかき回してたが、やがて、ヒキダシの奥から、大きな封筒をとり出した。

「これ、これ……。つつしんで、拝観するんだぜ」

と、書類の中から、数枚の写真を抜き出した。どれも、パリで有名な写真師のサイン入りだった。

「何だ、写真か……」

私は期待もなく、それを電燈の下へ持ってった。

「どうだ、美人だろう」

Aは得意気だった。

「美人にアチがいないが、これ、日本人か」

私はそういわないでおられなかった。一見して、あまりにもパリ的な、完全パリ製の美人なのである。イスに斜めにかけた全身像だが、頭部と体との均斉が、まるで日本人放れがしている。今の言葉でいうなら、八頭身なのだろうが、その小さい頭部の美しさを、露わに示す髪かたち——つまり一九三〇年頃に最も流行した〝ボブ〟なのである。日本でもそのオカッパ・断髪をやったのは、新劇女優の花柳はるみだけだったが、まるでシロモノがちがう。マダム・但馬のは、ただ髪を切ったというもんじゃない。美容院のイスに三時間ぐらい坐って、一流美容師（きっと男だろう）が、ひどくテマをかけたにちがいない。実に形がいい。そして眉毛まで垂れた髪の下に、何ともいえない情味のある眼が、斜めの方角を見てる。その下のスンナリした、癖のない鼻、そして、小さい花のような唇——

「よく見ろよ。こんな可愛らしい、上品な唇を、フランス女が持ってるかってんだ……」

Aは写真の上を、指さした。

「うん、そういえば、見てるうちに、だんだん日本人になってくる……」

私も次第に、マダム・但馬の写真に、魅了されてきた。

実にパリ美人そのものであって、同時に、源氏物語に出てきそうな、みやびた、おっとりした、東洋的気品がある。

「おい、このマダム、華族の娘とかいったな」

私はAに問いかけた。

「うん、山城伯爵[26]の娘だ。たしか、堂上華族[27]だと思うが……」

「道理で……。これア、十二単衣《ひとえ》を着せても、似合うぜ」

「さア、日本美人の瓜実《うりざね》顔とは、まるでちがうぜ」

「いや、似合う。紫式部時代の日本の女は、案外、こんな均斉のとれた顔と体だったかも知れない……。とにかく、カブトを脱いだよ。パリの空の下にも、日本美人が存在することを、認めるよ」

と、私が写真を返すと、Aは大得意で、まだその外にも、二葉を持ち出した。

「気品のみならず、イットだってあるだろう」

イットは〝it〟であって、その頃流行した言葉だが、イロケとでもいうのであるか——

「そうだ、大有りだ。童顔の要素と、コケットの要素と、両方備えてるのは、不思議だな」

「この写真、全部、お手ずから頂いてきたんだぜ」

Aは写真を頂くマネをした。

「すると、君は、日常の彼女を、知ってるわけだな」

「まアね」

「気取ってるのか」

「全然」

「じゃア、オチャッピーか」

「そうでもない。まア、一口にいって、天真ランマン。年だって、まだ、二十二か、三だろう。但馬と七つちがい……」

「そんなに若くて、よく、パリの社交生活が勤まるな」

「無邪気なところが、かえって、通用するんじゃないかな。オットリしてるが、一向、もの怖じしない人でね。夜おそくまで、モンマルトルで遊んだりしてるよ」

「亭主が連れてくんだろう」

「いや、一人で……。といっても、取り巻きがついてるんだが、ムーラン・ルージュの楽屋へ入って、踊子の絵をかいたり……。いや、彼女、ラプラード[*28]やローランサン[*29]の弟子で、ちょいと面白い絵をかくよ。そのうち、一枚もらうことになってるんだが……」

Aの話を聞いて、私は驚いた。在留日本人の細君で、道楽に絵をかく女ぐらいいるかも知れないが、ムーラン・ルージュの楽屋に、画材を求めるというのは、でき過ぎてる。パリ生活をよく味わい、パリ画壇の伝統もよく知った者でなければ、ミュジック・ホールの楽屋なぞかく気にならないだろう。

「大胆なもんだな、怖いもの知らずなんじゃないのか」

私はそう判断した。

「確かに、そういえるだろう。でも、そこが彼女の魅力でもあってね。絵ばかりじゃない。亭主は亭主、自分は自分というパリの夫婦生活を、よくまア、早いとこ身につけたと思って、感心するよ……」

私はAの言葉に、ナゾを感じた。

「すると何か——但馬は女優なんか追っかけて、浮気をするし、細君は細君で、パリ式によろしくやってる、という意味か。そこまで彼等は、こっちの上流人にカブれてるのか」

と、問いかけると、Aは手を振って、

「いや、マダムの方は、情人《アミ》をつくる興味はないだろう。ただ、自由を享楽するが、実行の必要を認めないんだろう。第一、そんなことしたら、おれが承知しない」

「君なんか、問題じゃないが、一人で、モンマルトルの夜歩きなんかして、フランスの男が捨てとくはずがないぜ」

「それア、小生に負けない崇拝者が、フランス人にもいるそうだが、彼女、眼もくれないらしい……」

「信じられんな」

「じゃア、真相を話そうか。彼女、どうも、レスビアンの傾向があるんだ。同性には、実に大胆な、イチャツキぶりを見せるよ。スジー・ソリドールなんて、シャンソン歌手と、キャフェのテラスで、頬ずりなんか、平気でやるからな」

「同性愛まで、覚え込んだのか。じゃア、彼女のパリ修行《しゆぎよう》も、ホンモノというところだな」

今ほど盛んでなかったにしろ、その頃すでに、パリの芸術家や上流社会に、そんな流行があることを、私も聞いてた。

「ところで、但馬の写真もあるんだが、見るか……」

Aはさっきの封筒から、別な写真をとり出した。私はどうでもよかったが、手にとって眺めると、

「これア、美青年《ボー・ギャルソン》だ」

と、声を出さないでいられなかった。

貴公子然としてるが、眉が秀で、眼光鋭く、頬の肉づきもガッシリして、単なるイロオトコではない。髪の分け方も、服装も、日本人放れがして、エジプトあたりの皇太子ぐらいに、踏めるのである。

「今は、これより肥ってるが……」

「少しぐらい肥ったって、これだけの男前で、まだ三十にもならなくて、フンダンに金があって、美人の細君を持って、パリでしたい三昧《ざんまい》をして暮すというのは、一体、どういう果報者なんだ……」

私は、その写真をテーブルの上に置くのも、手荒らになった。

「ハッハハ、それア、誰だって、いまいましいさ。でもな、そういう日本人が、パリにいるっ

てことは、ちょっと意外だろう。ことに日本の読者にとっちゃ、話の種になるよ。だから、おれは通信に書いて、本紙にでも、社の週刊にでも、送ってやろうと思って、材料を集めてるんだ」

「どうせ、但馬夫人のことばかり賞め上げて書くんだろう。おれには、興味ないな……。それより、どうだ、シナ飯でも食いに行かないか」

「まだ、早いだろう」

「少し早くても、シナ飯なら店を開けてるよ。それに、今夜は、少しメートルをあげたいんだ。タジマ会館の一件が、シャクでならないんだから……」

＊

その晩は、ソルボンヌ大学前に、新しくできた上海楼で、Aと食事をしてから、モンパルナスを飲み歩いて、門限以後に、会館へ帰ったが、翌朝は、宿酔《ふつかよい》のせいもあって、朝飯を食べなかった。

しかし、そのまた翌朝は、腹がすいた。でも、朝飯を食わなかった。食堂に降りてって、私の悪事を密告した連中と、食事を共にするのを、いさぎよしとしなかったのである。

そして、四、五日は、コーヒー抜きの朝を、送ったのだが、

（もう、我慢できねえ。こんなところは、出てやらア）

という気になってきたのである。

無論、会館の質実剛健主義に対する反抗だが、但馬太郎治への反感も、大いに手伝ってた。

Aから聞いた彼等夫婦の栄華物語は、日がたつにつれて、いよいよシャクの種になってきた。彼等がアメリカの金持のように、パリへきて、ただ金を蒔きちらすのだったら、どうということもないのだが、フランスの富豪そこのけのスノッブ生活[*30]を愉しんでるのが、シャクなのである。なまじ、彼等夫婦に芸術趣味があって、パリの高名な音楽家や文士や芸能人と交際したり、パトロンぶったりしてるのが、シャクなのである。

また、但馬夫人が絵をかくことだって、面白くない。どうせ、高い金を払って、あんな有名な師匠につき、ゼイタクなモデルを使って、おなぐさみの絵筆をふるってるのだろうが、

(モンパルナスには、絵具代にも不自由してる日本人画家が、何人もいるんだ！)

と、義憤まで起きてくるのである。

要するに、彼等の富と幸福に対するヤッカミであるが、二人の写真を見て、美男と美女の組合せに、その方のオカヤキも、手伝ったのだろう。

指をくわえて、好一対を眺めるとなると、こっちが男であるせいか、どうしても但馬太郎治の方が、より多くシャクにさわってくる。

そして、そんな奴が、搾取(当時の日本の流行語)によって建てたこの会館の恩恵に浴しては、男の一分が立たない。

(それに、彼自身が好き放題の生活をしながら、この会館の宿泊人には、スパルタ的規律を課するのは、センエツだよ)

あらゆる理由が、私を退館の決意に、持ちこんだ。そして、そう憤慨し始めると、南京虫の脅威も、それほどでなくなるから、不思議である。

私は八方、部屋探しの口をかけたが、ラテン区の学生街の付近のホテルも、貸間屋も、どこも満員だった。そうなると、一層、タジマ会館にいるのが、いやになって、外泊なぞすることもあったが、ある日、サン・ジェルマン通りの旧知の服屋へ、服をあつらえに行ったついでに、イタリー系のそこのオヤジに、部屋探しのことを話すと、

「セーヌ街でよかったら、一軒、知ってるホテルがある。電話かけて、聞いてあげよう」

私はついに、タジマ会館を出ることにした。

そのことを、Ⅰに告げに行くと、

「きっと、そのうち、そういうと思ってたよ。ここは君のような我儘者《わがままもの》には、最初からムリなんだから……」

と、ニヤニヤ笑うだけで、一向、引き留める気色がない。

ついでに、支配人のところへ寄って、退館の意志表示をすると、彼は、両手を大きくひろげながら、

「それア、残念である。しかし、あなたのようなメチエ[*31]の人が、ここに住むのが不適当であることは、以前から、私も考えていた。どうしても、劇場帰りは、夜半を過ぎてしまうからね。

そこで、私はモンマルトルで私の知ってるホテルを、紹介しようと思ってたところなんだ。あすこなら、劇場が近い。そして、その家の主人は親切である。しかし、あなた自身が、すでにホテルを探したのなら、その必要もなくなったが……」

と、彼もまた、惜別の態度を示さなかった。どうやら、私の出ていくのを、待ってたという形跡もないではなかった。

ただ、大女の部屋女中だけは、

「あんたが出てくと、あたしたちと話をしてくれるお客さんが、一人もなくなるわ」

と、寂しい顔をした。彼女も、この会館のスパルタ主義には、服従したくないのだろう。

そして、年末もクリスマスを過ぎたある日に、タジマ会館を退散した。引越しといっても、スーツ・ケース一つの身軽さで、タクシーに乗りさえすればよかった。

（アバヨ、但馬さん！）

玄関を出る時は、実にセイセイした気分だった。

そして、新しい宿だが、これが、何から何まで、タジマ会館の正反対だった。

セーヌ街というのは、左岸の端で、最も古い界隈であり、狭い道幅の両側に、小さなキャフェ、八百屋、肉屋が多かったが、そうかと思うと、古本屋、骨董屋、画廊なぞが、散見された。付近に学士院や国立美術学校があるのを、反映してるのだろう。ちょっと味のある町で、以前から私は好きだった。

私のホテルは街路に面し、ルネサンス風石造の正面は、芸術的には、この街随一と思われるほど、古雅なものだった。そして、名も〝ホテル・ルイ十四世《キャトルズ》〟という立派なもので、昔、ここにボードレエル[*32]が住んだことがあると、パリ市の歴史標が出てるくらいである。

しかし、その内部の古さ、汚さといったら、恐らくこの街のホテル随一で、無論、エレベーターの設備なぞはない。バス付きの部屋もない。三階の私の部屋なぞは、街路に面してるけど、いやに暗く、ウナギの寝床のように細長い。

(これァ、虫が出るぞ)

私はすぐ直感した。ボードレエルの血を吸った南京虫が、子孫繁栄して、私の体に襲いかかるだろうことを、覚悟しなければならなかった。

でも、それも仕方がない。但馬太郎治とちがって、私のパリ生活は、南京虫と共にあることを、運命づけられてるのだろう。

ところが、不思議なこともあるもので、その晩も、翌晩も――いつまでたっても、オンボロの木製ベッドから、忌わしい虫が、這い出してこないのである。

(しめた!)

私は実にうれしかった。こんなことなら、何もタジマ会館なぞに、寄り道をしないで、直接ここへくればよかった。

そして、その後の居心地も、悪くなかった。宿泊人も旅行者は一人もいず、パリで働いてる庶民ばかりで、いかにも下町風の空気にあふれてた。パリのホテルも、ピンからキリまでだが、ここなぞはキリの部で、東京なら、神田あたりの安アパートに、似たものだろう。面白いのは、ホテル主人がタクシーの運転手で、早朝でなければ家にいない。ミスタンゲット[*33]に似た反《そ》ッ歯のおかみさんが、ホテルの経営者なのである。

それでも朝は、チャーンと、部屋女中が食事を、部屋に運んでくれる。タジマ会館のような、清潔な器具ではないが、コーヒーの味は、なかなかよろしい。しかも、その運搬人は、ジャンヌといって、十八ぐらいのカワイコちゃんで、ホテルの女中には珍らしい、下町娘だった。

私はこのホテルに満足した。

(これから、やっと、パリ生活が始まるんだ)

そんな気がした。実際、私の部屋の窓から、猥雑なセーヌ街を見降すと、ジミな服装の左岸人が、ゾロゾロ歩いてるし、肉屋の店先では、皿盛りしたウサギやコウシの骨つき肉の前で、店員が大声をあげて、価格を叫んでるし、古本と古版画屋の飾窓は、ヒッソリと昼の燈火を点じてるし、町角の石ダタミの上で、黒いタブリエ[*34]を着た子供が、石けりをやってるし、どこを見ても、パリの下町らしい風景に、溢れてた。

(それにしても、飛んだ寄り道をしたものだ)

私はタジマ会館の滞在を、後悔しないでいられなかった。あの近代的で、清潔な建物は、あらゆる点で、このホテルと反対だが、およそパリと縁遠い空気が、充満してた。あすこは、パリの隔離所だった。地理的にパリの中心から遠いばかりでなく、すべてが、パリとも、フランスとも遠い生活の場所だった。

私はタジマ会館を出て、ほんとにセイセイした。そして、出ると同時に、但馬太郎治という男も、あの美人の細君のことも、きれいサッパリ忘れてしまった。彼等に対する私の羨望も、あまり根深いものではなかったのだろう。その上、パリは広く、抱擁力が大きいので、何も、但馬夫妻のような豪奢《ごうしや》な生活をしなくても、貧乏人は、それなりに、この都会を享楽する道が、沢山あった。べつに清貧なぞを、愉しむ必要はなかった。

だから、但馬夫妻を縁なき衆生として、忘れるのも、早かったのだが、ある日、Aがホテルに訪ねてきて、

「おい、大変だ。但馬夫人が喀血《かつけつ》したよ」

と、告げられても、何の感動も受けなかった。それにパリにいる日本人が、肺結核になるのは、珍らしいことでなかった。私の友人の画家も、数人が同じ病気にかかって、帰国した。金持だって、例外は望まれないだろう。

そうは思っても、あの美しい但馬夫人の運命が、少しは気にならないでもなかった。第一、あんな健康そうな女が、銀と紫の自動車で、事故でも起したのなら、わかってるが、喀血とは、意外なのである。

Aの部屋で見せられた彼女の写真は、よく記憶に残ってるが、美人のことだから、無論、首

が太いとか、肩がたくましいということはなかった。でも、およそ腺病質《せんびょうしつ》とは、遠い肉体だった。ことに、曲げた左腕は、半袖の服で、あらわな肌を見せてたが、その肉づきは、日本の女として、むしろ豊かであって、弾力と輝きを、感じさせた。或いは、餅肌というのではないかと、つまらぬことを、想像したくらいである。

それに、顔立ちが、明るい。日本の美人を、ケンのあるのと、愛嬌型と、二つにわけると、彼女は、明らかに後者だった。何かの古画で見た吉祥《きちじょう》天女に、彼女とそっくりのものがあった。夜会服の写真の方は、多少、憂愁の色があったが、これは、師事するマリー・ローランサンの画の影響かも知れず、お化粧や髪かたち、ポーズのとり方に、技巧的なものが感じられた。とにかく、均斉のとれた、健康で、幸福な女の印象だった。あんな女でも、パリの結核菌には、敵しがたいのか。

そう思ったことは、事実であるが、パリの毎日は、何かと匆忙《そうぼう》だった。それに、今度の滞在は、半年間の予定なので、出発までにしたいことも多く、一人の日本美人の運命を、ゆっくり考える閑《ひま》もなかった。そして、美人ということになれば、劇場へ行っても、街路を歩いても、こちら産の眼にもアヤなのが、いくらもいるので、但馬夫人のことを考える必要もなかった。パリにいれば、パリ美人の方が、魅力的であって、フランス料亭で、懐石料理を思い出すのは愚だった。

そのうちに、冬が去り、復活祭の赤い卵が、店頭に列ぶようになった。と思う間もなく、枯五月は、一変してきた。青空と微風の季節に、陰鬱な天候から、芽を吹き出し、れた並木が、パリの最も美しい時だが、六月には、日本へ帰らねばならぬと思うと、悲しくてやりきれなかった。今度は友人と共に、シベリア鉄道で帰ることにしたので、旅路は短いが、それだけ、一日でも、パリの滞在を長くしたかった。

その頃に、モンパルナスを歩いてると、偶然、Aに会い、キャフェ・ドームのテラスで、休むことにした。

「君は、来月、日本に帰るというが、うらやましい……」

と、Aは、ガラにない、湿った声を出した。

「何いってるんだ。日本へ帰ったって、面白いことは、一つもありアしないや」

「いや、パリだって、面白くなくなったんだ」

「なぜ?」

「マダム・タジマが、パリを去るんだ。スイスのメジューブの療養所へ、入ることになったんだ……」

と、新聞記者にあるまじき感傷を、口にするので、私は大いに笑い、Aの肩をひっぱたいてやった。

「いい加減にしろ」

駿河台の巻

話が飛ぶ。

新聞小説として、話が飛ぶのは、禁物なのだが、今度は、長い時間の事実を書くつもりなので、そうもいってられない。

十七年後の話になるのだが、場所も、パリから東京都千代田区の駿河台《するがだい》に、飛ぶことになる。

しかし、十七年も時間がたつと、この話の語り手である私という男も、いつの間にか、飯の食える文士になっていたのだから、大変化である。一つことを長くやってると、何とか道が開けるのは、日本のありがたさである。

そして、一人前の文士になったおかげで、私は、駿河台なんて高級住宅地に、住むことになったのである。といって、自分の稼ぎで、家や土地を買った、というわけではない。そこまで、大飯が食えたわけではない。早くいえば、ジャーナリズムが、そんな場所に、私の住居を与えてくれたのである。

昭和二十二年のことで、その十七年間には、戦争というドエライことが起った。フランスへ行く船の中で、浜口首相[*35]が東京駅で狙撃されたニュースを、聞かされたが、後で考えると、あの頃からして、日本は危い橋を渡り始めたので、こっちは飯の食える文士になる努力で、明け暮れしてたから、一向に気がつかなかった。

そして、ドカンと戦争になって、慌てて、四国の果てに、疎開をしてしまった。当時、私は中野に住んでいて、もう、妻子もあったのだが、その家がアメリカ軍の空襲で、焼かれるなんてことは、切実に考えなかった。私は帝国陸海軍の力を、ずいぶん信じてたのである。

しかし、食い物の方で、音を上げてしまった。その頃、私は八升のヤミ米を、リュックに入れて、わが家に運搬する使命を托されたが、家に着いた時には、腰が抜けそうになった。これでは、とても戦時下の東京で、生活する資格がないものと、痛感した。そして、物資豊かな妻の郷里へ、疎開する決心になったのである。

果して、四国へ行ったら、食糧に不自由しなかった。その上、土地の人と馴染みになって、寂しい思いもしなかった。私なぞは疎開者として、成功した方だろう。それで腰が落ちついてしまい、戦争が済んでも、東京へ帰る気にならなかった。

というのも、私が初老を迎えて、奮発心がなくなったせいだろうが、若い者はそうはいかない。年ごろの娘が、何が何でも、東京へ帰るのだといって、一足先きに、飛び出してしまった。親類の家の厄介になったが、そういつまでも、迷惑はかけられない。

仕方がなしに、昭和二十二年の秋に、私たちも東京転入ということをしたのだが、中野の家は空襲で焼けてしまい、売家も貸家も、一切ない世の中だったので、知合いの婦人雑誌社の社長に、相談をした。

すると、その雑誌社の社員の寮が、駿河台にあるという。荒れ果ててはいるが、そこでよかったらという話なので、屋根さえあれば結構と、入居させてもらうことになったのである。

戦前に、私は明治大学の講師をやったことがあり、駿河台というところに、土地勘がないこともなかったが、ここへ住むようになろうとは、思いもよらなかった。何しろ、西園寺公を始め、華族*36や金持の家が、沢山あって、後は病院と学校ばかりといった、界隈だからである。

もっとも、駿河台も底辺の方へいくと、貴顕の宏大《こうだい》な家が見られなくなり、私の友人の佐野学*37が、母親と共に住んでた家なぞは、ありきたりの二階家だった。

その二階で、佐野がドイツ語の本を出して、

「君、デーメルの詩は、いいですね」

と、何か、得意顔をしたのを、覚えてる。彼も、新人会に入りたてで、社会派詩人が面白くなり、それまでの文学青年的言辞と、少し変ったことが、いって見たかったのだろう。彼の兄が有名な神経科医で、近所で病院をやってたから、彼もあんなところに住んでたにちがいない。大正初期の頃である。

その少し以前には、やはり私の友人が、その付近に下宿していた。そこは、かなり広く、そして静かな街路に面してたが、恐らく大震災後に、区劃整理があったのか、今は跡形も残ってない道路である。

その友人の宿を、私はよく訪ねたが、彼の室から街路がよく見えた。その窓が、武者窓なのである。外側へ出ると、一層、その家の古さがわかったが、大名屋敷に従属した、お長屋だったのだろう。明治末期でも、あんな古風な家は、東京に少なかった。

その家は素人下宿で、松平シズさんという老未亡人が、万事の世話をしてた。この松平さんが、大変品のいい婆さんではあっても、大変質素な生活ぶりで、友人は飯がまずいと、年中、不平をいってた。私も一度、ここで午飯《ひるめし》を出されたことがあったが、古タクワンだけの茶漬けだったには驚いた。

その街路のつきあたりに、大きな邸宅があった。戸田という子爵だか、伯爵だかで、どうやら松平婆さんの旧主らしかった。以前は戸田邸も、大名門が建ってたそうだが、その頃は明治式洋風の石門と石塀で、二本の門柱の上に、装飾電燈がついてるのが、大変立派に見えた。

戸田邸は駿河台の丘陵にかけた、宏大な屋敷づくりで、広い道路も門前までで、狭い坂道が塀添いに、迂回してた。どうして、そんな細かいことまで、覚えてるかというと、戸田邸の存在が、どうも気になる理由があった。

戸田伯夫人なるものが、華族界で一、二を争う美人といわれたのである。その頃の日本人は、皇族や華族のことを、ずいぶん気にしたものだが、戸田夫人の写真が雑誌によく出るので、中学上級生の私や友人も、その美人なることを、知ってた。

そして、たった一度だけ、友人の室の武者窓から、その美しい奥方が、馬車に乗って通行するのを、見たことがあった。二頭立ての馬車で、ホロをかけてたから、内部が暗くて、洋装をした女性の顔はよくわからなかったけれど、どうも美人にちがいないように、思われた。馬車が余香を曳《ひ》いてくように、思われた。

そのような記憶があるものだから、駿河台は、私の住む場所と思えなかったのである。しかし、タカが雑誌社の寮であるから、金殿玉楼であるわけもあるまい。同じ駿河台でも、底辺の方へ行けば、佐野学の家や、友人の下宿のような、庶民の住む一劃があるから、恐らく、その辺が所在地なのだと思った。

(夏は、きっと暑いぜ、あの付近……)

でも、そんな文句はいってられない。まだ防空壕《ぼうくうごう》*38に住む人もあった時代で、東京の屋根の下に入れるというだけで、感謝すべきなのである。

そして、秋の曇り日の午近くに、私と妻が東京駅へ着くと(ここも戦災の跡が、間に合わせの修復で、みじめな状態だったが)雑誌社の人が迎えにきてくれた。

「お部屋は、すっかり掃除させときましたから、すぐお住めになれます」

どうも、ありがたいことだと思った。着いたら、ゾーキンがけぐらい手伝わせせられると、覚悟してたのである。私たちには寮の一部が与えられることになってたが、その部屋には、一カ月ほど前まで、社の幹部の一家が住んでた。その人が退社したので、私たちが入ることになったのだが、明き家になってたから、相当荒れてると、思ってたのである。

「車も、持って参りましたから……」

いよいよ、ありがたい。その頃は新聞雑誌社にガソリンの特配があったのだが、とにかく自動車は、まだ貴重品だった。雑誌社がこんなに好意を見せてくれるのは、やはり、飯の食える文士になったおかげだと、改めて感謝したのである。

そして、何年ぶりかで、ガソリン自動車[*39]に乗って、神田までの道中の変り方を、浦島的感慨をもって、眺めてるうちに、駿河台下へきた。南側の方は焼けたと見えて、バラックが多いが、例の底辺の方は、古い家がだいぶ残ってる。恐らく、車はそっちの方へ曲るだろうと思ってると、駿河台の大通りをまっ直ぐに、登り始めた。

「おや、寮は、どこなんです」

「ええ、お茶の水だもんですから……」

お茶の水なら、台地の頂上である。貴顕の邸宅の多い界隈である。

「へえ、そんなところに、建てたんですか」

「いえ、建てたというわけではないんで……。前からあった建物を、戦災に遇った社員のために、寮として用いましたんで……」

「すると、以前は……」

「一時、出版報国会に貸してたので、社用には使われませんでした。ほんとは、前社長の個人的所有物なんで、社の建物ではなかったもんですから……」

そのうちに、車は坂を登りきり、お茶の水橋の手前から、左折した。その辺は、空襲の被害もなく、昔ながらの閑静な街路で、大きな病院の建物がそびえていた。その病院の向側に、高いコンクリートの塀が、長く続き、まるで昔の戸田伯爵邸のような、大きな石門のある家があった。何サマのお屋敷かと思ってると、その前で車が止まった。

「ここです」

「え、ここ？」

私は驚いた。

「まア、こんな立派なところ？」

妻は、気の小さい方だったから、心配そうに石門を見上げた。

「でも、おれたちだけが、住むんじゃない。皆と一緒だから……」

とはいっても、私だって、こんな豪壮住宅は気がひける。

門内の敷地は、二千坪（その時分へクタールなんて勘定はない）ぐらいあるだろうが、左手に古い洋館の屋根が、見えるだけで、森のような樹木の繁った小山の下の地面は、大部分、畑になってた。都会の空地は、皆、畑にされる頃で、青い菜の列ができてるのには、驚かなかったが、空襲を免かれたはずなのに、そんな広い地面が残されてるのは、腑に落ちなかった。後で、それは広い芝生の跡だと、わかった。

「さア、どうぞ、こちらから……」

雑誌社の人は、洋館の玄関の方へ行かないで、アーチ風のバラの垣根をくぐり、畑の方へ出た。

そこに、二階建てのモルタル塗り洋館の中心部があった。そして、石造のテラスがあり、二基の石の花台の間に、半円型の石段があった。何か、妙に外国くさい家であり、テラスの石のランカンの柱の形なぞ、ちょっと日本ばなれのした、フランス調だった。

「ずいぶんハイカラだけれど、また、ずいぶん古ぼけた家ですね」

と、正直に感想をのべると、

「それア、一時はバケモノ屋敷の評判が立ったくらいで……。でも、前の編集局長が住んで、事実無根を確かめてありますから、ご安心を願います」

と、雑誌の人は、石段をドンドン登って、テラスに面した、ガラス扉を開けた。二枚開きのそのガラス扉も、ちょっと、普通はない型だった。

「玄関の方の部屋は、社長のご縁辺の方が、住んでられますので、出入りは、ご不自由でも、こちらから、どうぞ……」

「いや、結構です」

そして、内部へ入ると、二十畳ぐらいの広い純粋の洋室で、正面に、すばらしい大理石のマントル・ピースが見えたが、大変不調和なことに、安物の畳が、敷き詰めてあった。きっと、寮に使うようになってから、そんな改造をしたのだろうが、ひどくガランとしてる。そして、入口から室内が、まる見えになるのを防ぐために、ニス塗りの大きな衝立《ついたて》が、置いてあった。

これも、明らかな安物であって、事務室や編集部室内で、よく見かけるような、殺風景な家具だった。

しかし、私は、少しも文句をいう気はなかった。とにかく、部屋があり、家具があれば、満足すべき時代だったのである。そして、二十畳ほどのこの一間があれば、私たち三人家族は、寝ることと、食うことに充分な空間を、所有したことになるのである。

そして、私と妻と、東京駅に迎えにきた娘とは、そこにカバンを置き、まだ、荷物が着かないから、座布団はないけれど、とにかく腰を下そうとすると、社員がいった。

「では、一応、他の部屋のご案内もさせて頂きまして……」

「まだ、部屋があるんですか」

私は驚いた。

「はい、まだ、四室、使って頂くことになってます」

「え、そんな、ゼイタクな……」

誰も住居に困ってる時に、五つの部屋を占有するなんて、申訳がないと思ったが、一間ぐらいより、せめて、仕事部屋がある生活の方が、いいにきまってた。

「はい、お書斎向きの部屋も、心がけて置きました。是非、ここで、本誌のために、傑作を……」

と、雑誌の人は、ニヤニヤした。

「傑作はアテになりませんが、疎開以来、何も書いてないから、モリモリ書くことは、お約束しますよ」

私も、それくらいのお愛想を、いわずにいれなかった。

そして、その書斎用の部屋というのは、テラスに面して、広間の次ぎにあったが、連続した二つの部屋の一つは、マントル・ピースがついた、小ぢんまりした洋間で、もう一つは、明らかに婦人の化粧室《ブードワール》と思われる、キャシャなはめ込み戸棚があるけれど、寮になってから、畳を敷き込んだと見えて、和洋定かならぬ趣きを、呈してた。

（何でもいい。畳敷きの方を、書斎にして、隣室を応接間に、使えばいい）

私は即座に、部屋の使用法を考えたが、現在の東京で、応接間というものを持てる生活は、何とすばらしいことかと思った。

「では、こちらへ……」

雑誌の人は、また、廊下へ出た。その廊下に、深紅のジュータンが敷いてあるのを、その時はじめて気づいた。これは、この家の最初の持主が、敷いたものにちがいなく、品物はなかなか上等だったが、ところまんだらに色もはげ、各所が磨《す》りきれて、見るも無残な有様だった。そういえば、廊下の天井の白いシックイも、雨洩りのシミが茶色にひろがり、廃屋《はいおく》の感じが濃かった。バケモノ屋敷の評判も、こういうところから出たのかも知れなかった。

（いいさ。占領下の東京そのものが、西洋バケモノ屋敷なんだから……）

私は心の中で、虚勢を張ったが、案内者は廊下の向側の室のドアを開けた。ドアといっても、正方形の格子にカット・グラスをはめた、二枚開きの豪華なもので、白いエナメルに、金線の縁が、わずかに残ってた。

広い部屋だが、薄暗く、プンと、カビ臭かった。雑誌の人は、

「この部屋が、一番荒れてるのですが……」

といって、外窓のヨロイ戸を開けると、急に光線と外気が入ってきた。

「やア、壁画がありますね」

私は驚いた。埃《ほこり》だらけの大シャンデリアのある天井も、周囲の壁も、日本には珍らしい、フラゴナール[*40]風の筆致で、長い裳《もすそ》をひるがえして、ブランコへ乗る貴婦人だの、森だの、池だの、矢をつがえて、空を飛ぶキューピットだのが、極めて精密に描いてある。

「これア、日本人の画じゃないな」

私は思わずつぶやいた。

壁画には驚いたが、この部屋の荒れ方にも驚いた。

この家は東向きに建ってるから、裏側のこの部屋の窓は、当然、西にあたるが、隣りの建物の関係で、日があたらないのか、窓も、壁も、ひどく、湿気を吸ってる。ヨロイ戸なぞは、サンが抜け、蝶番《ちょうつがい》が狂い、名ばかりのものになってる。

窓そのものは、フランス窓というのか、外部に半円につき出し（そうだ、パリの日本人クラ

ブの食堂に、この窓があった）内部も、それに準じた半円形のつくりつけのソファになってるのだが、そのクッションは、腐蝕《ふしょく》したように機能を失い、一面にカビが生えていた。とても、坐れるどころの状態でない。

よく気をつけると、窓の上部に大きな雨洩りの痕があり、そこから雨水が浸入するのを、長い期間、捨てたままになってたからと、思われた。

「あすこは、直して頂かないと……」

「気がつきませんでした。何しろ、大工が払底なもんで……」

雑誌の人が、頭をかいた。

「それにしても、この家を建てた人は、何に使ったんでしょう」

と、私は、改めて、室内を見回した。

恐らく、舞踏室ではないのか。室の広さからいい、室内装飾の工合からいっても、日常用の部屋とは、思われなかった。そして、舞踏室なぞを備えてるところを見ると、この家を建てた人は、外人ではないかと考えた。壁画の画風からいっても、外人の画家を招聘《しょうへい》したのか、日本へ来遊した画家に、依頼したのか――

「この家屋を、お宅の前社長は、どういう人から、買われたんですか」

私は訊いて見た。

「さア、何しろ、あたしの入社前のことで……」

雑誌の人は、また、頭をかいた。癖かも知れない。

しかし、前の持主のことなぞ、どうでもよかった。一体、この部屋を、何に使ったらいいのか、それが今の問題だった。

「どうだ、お前の部屋に……」

私は娘にいった。

「いやよ、こんなダダっぴろい部屋……」

彼女は、即座に拒否した。なるほど、ピンポンだってできる、この広い部屋は、これから冬に向って、寒いことだろう。燃料不足の折柄、人間の住む部屋には、使えそうもなかった。

「あの、このお家には、押入れが一つもございませんから……」

妻が妙なことをいい出した。

「それア、わかってるよ。純洋館だもの……」

「ですから、布団を入れる場所がございませんわ。それから、私たちのタンスを置く場所も……」

「だから、どうだというんだ」

「ですから、このお部屋を、物置きにお使いになったら？」

それを聞いて、私は腹を抱えてしまった。

壁画やシャンデリアのある物置きというのは、前代未聞である。

もう一つ、部屋があって、そこは使用人用でもあったのか、暗く狭かったが、娘が気に入って、自分の部屋に望んだ。

合計、五室を与えられ、その二つは広間だから、スペースの点では、三人家族に充分以上だった。もっとも、台所と湯殿は、表側に住んでる家族と、共用だったが、両方とも、この家に不似合いな粗末さで、恐らく、出版報国会が借りてる時分に、急設したものと思われた。

何にしても、文句はいえなかった。

「うまいところを、見つけたな。おれなんか、まだ、農家の鶏小屋を借りて、住んでるんだぜ」

と、訪ねてきた友人が、いったくらいだった。

ことに、応接間の方は、雑誌社から、イスとテーブルを貸してくれたので、カッコがつき、隣りの書斎から出てきて、すぐ客と会うなんて、罹災《りさい》した旧宅以上の便利さだった。

ただ、壁画の間だけは、何ともいえぬ滑稽な状態になった。疎開して助かった、女房と娘の桐のタンスが列んだところは、まだいいが、夜具布団が積まれ、ガラクタ道具からゲタ箱まで（家の入口が何分にも狭いので）一切そこへ置いたのだから、奇観この上もない。それでも、部屋が広いので、隅の方へ積んであった三畳分のタタミ（前住者の編集局長が使ったのだろう）を、モザイクの立派なフロアに敷いて見た。その上で、午睡ぐらいできると思った。奥まった部屋で、静かだから、事実、私も午睡を試みたことがあったが、雑然たる家財道具と、ルイ王朝風の壁画と、帝国ホテル大食堂にあるようなシャンデリアとは、あまりにも不調和であって、安眠を妨げた。

結局、壁画の間は、物置き以外の用途を、見出されなかった。

それでも、私たちも西洋バケモノ屋敷の住み方を、いろいろ研究し、それに慣れてきた。入口の広間を居間として、イタリーものらしい大理石のマントル・ピースの前に、チャブ台を置き、瀬戸火鉢を置き、油揚げとナッパの煮たので、飯をかき込むという所業が、次第にイタについてきた。この棟の同居者は、表側と二階にいるわけだが、どれも静かな人たちで、また洋風建築のために、まったく隔離されてるので、独立家屋に住むのと、変らなかった。

私は一人で、書斎に寝たが、朝晩はその部屋の戸締りぐらい、自分でやることにした。すると、緑色に塗ったヨロイ戸や、窓のガラス扉や、応接間の大きなガラス扉の開閉が、いかにも工合がいいのである。フランス式のノッブがあって、右に動かすと、止金がかかる仕組みだが、少しも、調子が狂ってない。焼けた旧宅にも、洋間があったが、新築なのに、窓のワクが狂い、蝶番がガタガタした。日本の洋風建築は、そういう細部に抜けたところがあるのに、この家は、これだけ古いにかかわらず、実にシッカリしてる。私は金具を注意して見たら、どうも日本の細工ではなかった。

「この家の外壁のモルタルは、普通の三倍の厚さがありますよ」

友人の建築家も、そういったが、すべてが日本放れのしてることが、明らかだった。

そのうちに、ある日、私は書斎の戸棚を、物入れに使おうと思って、内部の掃除をしてるうちに、妙なものを発見した。

埃《ほこり》だらけの青銅製の板なのだが、大型の封筒ぐらいの大きさで、やや楕円形《だえん》で、中央に洋字が浮き出してる。ちょっと読みにくい字体だったが、フランス語であることがわかった。

Villa de mon caprice
そう書いてある。

「標札かな」

金具の両端に、穴が明いてるから、私は、すぐ、そう判断した。しかし、標札の意匠よりも、私にとって、文句の方が興味があった。

ヴィラ（Villa）というのは、別荘の意味だろうが、そうでなくても、軽い気持で建てた家のことを、フランス人は、そう呼ぶ。そしてモン・キャプリス（mon caprice）というのは、私の気まぐれ、わがまま、浮気なぞの意味がある。

（ほう、気まぐれ荘か。この家に命名したとすると、なかなか、シャれた人間がいたものだな。それに、ヴィラ・ド・モン・キャプリスなんて、語呂《ごろ》もいいや）

私は青銅の標札を眺めながら、何か面白い気持になった。

この家の建て方といい、壁画のある舞踏室といい、窓や扉の金具といい、どうも建てた人は外人と思われたが、この標札から見ると、それはフランス人か、フランス趣味の外人と判断できた。でも、日本に住む外人は、商人が多いが、地価の高い駿河台に、こんな広い土地を買い、これだけの建築をするのは、よほど富んだ外人にちがいない。その上、〝ヴィラ・ド・モン・キャプリス〟なんて名を、わが家に与えるのは、風流人の心がけである。フランス文学なぞも、多少は親しんだ人間かも知れない。

でも、そんな外人が、日本にいたのだろうか。ポール・クローデル[*41]のような人は、外交官として、来朝してたから、話はわかるが、その外人は、どういう人間なのか。少くとも、日本に永住するつもりでなかったら、こんなところへ、家を建てないだろう。

とにかく、このフランス臭い家へ、住むことになったのは、悪い気持がしなかった。故久保田万太郎は、戦時中に、

　フランスの遠くなりたる牡丹《ぼたん》かな

という句を、私のために、詠んでくれたが、実のところ、フランスを忘れるところまで立ち至っていなかったのである。

それにしても、どうして、そんな標札が、あの戸棚の隅に入ってたのだろうか。前にも書いたとおり、あの部屋は、婦人の化粧室として建てられた形跡が濃く、その戸棚というのも、日本のどこかの離宮のそれを模したような、キャシャな和風がとり入れられてあり、婦人の身辺に用いる品物が、なまめかしく置いてあったのだろう。無論、不用の標札なぞを、入れる場所ではない。

恐らく、あの標札は、玄関に掲げてあったのを、出版報国会時代に、誰かとり外して、あん

なところへ納いこんだのではないか。あの会は、戦時中にできて、横文字排撃の方の趣旨にちがいなかった。

その頃は、日比谷の第一生命に、まだマッカーサーが、がんばっていたし、世間の風潮もひどく窮屈で、誰も彼も、自由を口にしながら、最も自由の欠乏した時代だったが、そんな世の中に〝キャプリス荘〟なんて家屋に住むことは、ちょいと面白かった。私は友人に手紙を出す時なぞ、恣《し》意《い》荘内とシャれて見たが、対手に通じたか、どうか。

それに、私の日常も、およそ、気まぐれと遠かった。秋も暮れて、寒さが襲ってくると、炭の心配が始まった。何しろ、ダダっ広い家で、ひどく寒いのである。この家を建てた人は、恐らく、中央暖房を用いたのだろうが、金属供出でもしたのか、ラジエーターの影もない。よしんば、あったところで、石炭入手の道もなかったが、私たちの疎開地が木炭の生産地だったので、人目につかぬよう、大きな木箱に入れて、持ってきた。その炭を、チビチビと、瀬戸火鉢に入れたり、置きゴタツをしたりして、わずかに暖をとった。しかし、マントル・ピースのある洋間の置きゴタツは、妙なものだった。

「やっぱり、四国にいた方が、よかったなア」

私は、何度も、妻にグチをいうようになった。

幸い、家が東向きなので、天気のいい日は、朝から陽が射し込んで、家の中が暖かだった。

そんな朝は、私も広い邸内を散歩してみるのだが、〝キャプリス荘〟の正反対の側に、泉石の跡や、五輪の石塔が残っていて、明らかに、そこを庭とした日本家屋があったことを、物語ってた。そして、家扶《かふ》でも住んだかと思われる、古びた小家屋があり、そこに社員の一家が入ってた。そういう小家屋は〝キャプリス荘〟の裏にもあった。また、新しいバラックの家屋も、二軒ほどあり、それぞれ社員が住んでるから、やはり、社の寮にちがいなかった。

それにしても、同じ地内に、大きな日本邸宅があったらしいのは、外人の住居とすると、理窟に合わぬと思われた。

でも、そんなことは、どっちでもよかった。それよりも、この〝キャプリス荘〟の家賃であるが、雑誌社の方は、タダでよろしいという。私は社員でもないのに、恩典は心苦しいから、名目だけでも、家賃をとってくれるように、交渉した結果、やっと最近になって、家賃通帳というものが、回ってきた。

私はそれを持って、家賃を収めるために、駿河台大通りにある雑誌社を、訪れることにした。その雑誌社も、戦前、大きな社屋を増築したのだが、その方は、占領軍女子部隊の宿舎に徴用されて、小さな旧社屋で、編集や事務を行ってる。

その日は、三階の編集局に用はないから、一階の経理の方の窓口へ行って、金を払おうとすると、専務が会うから、応接室へ通ってくれという。

やがて、顔なじみの温厚な専務が、姿を現わした。

「恐れ入りますなア、わざわざ……」

「いや、こちらこそ、恐れ入ります」

あんまり家賃が安いので、ほんとに恐縮なのである。

暫らく、専務と話してるうちに、私は、かねがね頭の中にある〝キャプリス荘〟の由来を、聞いてみたくなった。

この専務は、社でも最も古株であるのみならず、経理の出身だから、買入れたあの邸宅のことも、よく知ってると思ったからである。

「あの寮のことなんですが……」

私は口を切った。

「あア、雨洩りのことですか。もう、とっくに職人を手配してありますから、必ず……」

「いや、このところ、天気が続きますから、そのご心配なく……。それより、あの家と土地のことなんですが、たしか、あれは前社長が……」

前社長という人は、有名な出版人であるが、追放を受けたので、息子に代を譲って、湘南に隠栖《いんせい》してるのである。

「そうです。前社長が、戦前、個人的に買われたんです。それも、押しつけられたような形で……」

「どういう人に、押しつけられたんです。外人ですか」

「いや、日本人です。関東大震災の前には、駿河台で鳴らした富豪です。あの付近でも、あれだけの屋敷は、ちょっと少なかったですからね。その上、大した普請でね。京都あたりから、大工左官を呼んで、桂離宮の一部を模したとかいうんで、当時、問題になったくらいです。あの辺を、鈴木町といったんですが、町の大部分を、あの屋敷の塀が占めてましたからね。でも、震災で家は焼けました……」

「大した金持ですね。でも、そんな人間が、前社長にあすこを買ってくれと、押しつけたんですか」

「ええ、それは、昭和十四、五年の頃ですが、その時分には、その人も左前になってきたんです」

「なるほど。しかし、今、私の住んでる洋館も、その富豪が建てたんでしょう。あれだけ、震災を免れたんですか」

「いや、いや、あれは、震災後に建てたもので、当主が住んだわけじゃないんです」

「すると、誰が？」

私は探偵小説的な興味が、湧いてきた。

「長男なんです。これが、海外で生活していて、時々、日本へ帰ってくる時の用意に、あんなものを建てたんです。ずいぶん外国で、ハデに金を使って、そのために、家運が傾いたらしいんですよ」

「それで、わかりました。どうも、日本に珍らしい、純洋風の建築ですからね。私は外人が建てたとばかり、思ってたほどで……」

「その長男が、日本へ帰った時に、あの家で、ひどくゼイタクな暮しをやりましてね。フランス人のコックを置いて、純銀の自動車に、すばらしい美人の奥さんを乗せて、お茶の水あたりを……」

「ちょっと、待って下さい……」

私の頭に、ちょいと閃《ひら》めくものがあった。

「その長男というのは、もしや、但馬太郎治といいはしませんか」

「そうです、そうです、その男です。ご存じですか」

「いや、パリにいた時に、その男の名を聞いたことがあるんです。それだけです」

「そう。パリに日本学生会館とかいうのを、建てた男ですよ。もっとも、金は全部、オヤジの但馬太兵衛が、出したそうですが……」

(へえ、ここは、但馬太郎治の家だったのか)

雑誌社からわが家へ帰ると、改めて家の中を、見回さないでいられない気持だった。でも、すべてが肯《うなず》けた。但馬太郎治なら、こんな家を建てるだろう。この家の隅々まで、フランス趣味が行きわたり、フランス風な壁画があり、フランスから取り寄せたらしい窓ワクや金具があるのも、彼の家とすれば、不思議はなかった。私が外人の住宅と思ったのも、ひどい見当ちがいではないだろう。あの男なら、半フランス人というべきである。

そして、私は十七年前のパリ生活を、思い出した。タジマ会館へ入ったことや、出たことの事情も、思い出した。といって、私はべつに、奇縁ということも、感じなかった。パリへ行って、タジマ会館へ泊った人は、大勢いるだろう。私が珍らしい例というわけではない。そして、彼の昔の住居に、私が入ったのも、私が金を出して買ったのなら、何かの因縁というべきだが、駿河台の雑誌社の所有に過ぎない。ただ、私も多少は持ってるフランス趣味が〝キャプリス荘〟の入居者として、不適当ともいえないことも、確かだった。もっとも、フランス王朝風な壁画のある室を、物置きに使ってるのだから、威張ったこともいえない。

それにしても、但馬太郎治自身よりも、あの美しい夫人がここに寝起きしてた事実の方を、私が強く意識したのは、やはり、女に甘いからなのか。パリで見た彼女の写真が、アリアリと眼に浮かび、あんな美人は高嶺《たかね》の花だと思ってたのに、急に、身近かに感じられてきたのである。

一つには、私の書斎に使ってる部屋が、彼女の化粧室だったと、推測するからだろう。机に向って、執筆してる間に、ふと、フランス香水の匂いが、鼻をかすめるような、気のすることもあった。そして、接続した応接間は、彼女の寝室だったと思われ、絶世の美人が、彼女の好きなうす紫色のネグリジェでも着て、静かな寝いきを立ててる想像が、しばしば浮かんだ。

（でも、あの二人は、その後……？）

十七年前に但馬夫人が、スイスの療養所へ入ったという噂を、聞いたきりで、私は何も知らないのである。但馬太郎治に至っては、まだ、パリで栄華生活を続けてるのか。いや、あれから戦争というものがあった。そうもいくまいと、思うのだが、何の消息も聞いてない。何しろあの時は、幸福な二人に対する反感で、わざと眼を外らして、記憶に留めようとしなかったが、彼等の旧居に、住む縁があるのだったら、せめてあの時代の二人のことに、もっと注意を払ったのに——。私は急に、但馬夫婦のことが、知りたくなった。

(そうだ、Aなら、きっと、何か知ってるぞ)

私はあの頃M新聞のパリ特派員だった、Aのことを思い出した。あれほど、但馬夫人を崇拝して、中世の騎士の心意気をマネた彼なら、少くとも彼女の消息だけは、知ってるだろう。

といって、私は、すぐAを訪ねるほど、熱心さはなかったが、そのうちに、先方からやってくる機会ができた。というのは、M新聞との間に、執筆の話がもち上ったからである。

その時分は、Aは閑職にいた。彼もパリ特派員から、東京本社の学芸部長になった頃は、ハナバナしかったが、それから十数年もたって、停年に近くなった今日は、編集局参与とかいう名をもらって、ブラブラ出勤してるに過ぎない。

それでも、前部長という経歴と、私とパリで親しかった関係で、執筆依頼の交渉には、現部長と二人で、姿を現わした。

「おい、何とか都合して、書いてやってくれよ」

Aは相変らず、無遠慮な口をきいた。ガラガラ声を出すところは、昔と変らないが、どこかショボリして、パリの安キャフェの二階に住んでた頃の元気がない。

「どうだ、相変らず、飲んでるか」

私はすぐ返事をしないで、別な話を始めた、というのは、ちょいとモッタイをつけたのである。日本の文士の性癖に過ぎない。

「飲むったって、カストリだからね。パリ時代のような、うめえ酒は、飲めねえや」

彼の鼻の頭が、ヘンに赤いのは、悪酒を飲むせいかも知れなかった。

「よく飲んだな、あの時分は……」

「酒ばかりじゃねえ。何でもかんでも、やたらに面白かったよ、パリは……」

「マダム・但馬もいたしな」

私はちょっとカラかって見た。

「つまらんことをいうな。何事も夢じゃ、夢じゃ……」

Aは、舞台の熊谷蓮生坊《れんしょう》*42のようなことをいったが、感傷の実感はないようだった。

「ずいぶん血道をあげてたじゃないか」

「そういうけどな、もう、十七年たったんだぜ。新聞記者は、往事に拘泥《こうでい》せんものでな……」

ほんとにAは、但馬夫人のことなぞ、どうでもよさそうだった。それより、近くに迫った停年後の身のふり方が、心を占めてるのだろう。

「そうか。じゃア、驚くべき事実を、告げてやろうと思ったんだが、やめるかな」

「何だ、気をもたせるなよ」

「いや、君が今いる場所——つまり、この部屋はだな、その昔、彼女の寝室だったということを、ちょっと、知らせてやりたかっただけだ」

「え、この部屋？」

さすがに、Ａは驚いたらしく、キョロキョロと、室内を見回した。しかし、西洋バケモノ屋敷となってから、もう久しいし、私の書斎との境界には、安物の建具の障子まで入ってる始末で、彼の想像力は、順調に運ばないらしかった。

「冗談いうなよ」

「そんなことで、人をカツぐ興味はないよ。君だって、但馬太郎治の東京の住居が、駿河台だったぐらいは、聞いてたろう。君がパリから帰った時分は、ここに住んでたんだから……」

「そういえば、そうだ。確かに、但馬が駿河台に住んでるって、聞いたことがある。でも、おれは、訪ねる気にアならなかったんだ。あれから、パリで、但馬と一度、ケンカしたこともあるし……」

Ａはボツボツと、記憶をたぐってるようだった。

「なんで？」

「大した理由もなかったが、あいつ、一体ナマイキでね。自分だけフランス人のような面《つら》しやがるし、栄耀栄華を誇ってやがるのも、シャクだったし……」

「でも、君は但馬夫婦のことを、通信に書くといってたが……」

「書いたよ、〝週刊Ｍ〟に、その時分は、まだケンカしてなかったから、わりと賞めて書いてやったんだ」

「ことに、但馬夫人のことはね」

「勿論。彼女、その頃は、もうメジューブの療養所で、重態になってたんでね、一層、同情が加わってね……」

「すると、あの美人も、スイスの土となったのか」

「いや、一時は、大変悪かったんだが、また持ち直して、日本へ帰ったんだ」

「ほウ。すると、この家へ……」

「それア知らん。とにかく、富士見の療養所へ入ったということは、聞いたな」

「例の正木不如丘《ふじょきゅう》*43のサナトリュウムかい。一度ぐらい、見舞いに行ってやったか」

「その気がないこともなかったが、何しろ、日本へ帰ると、新聞記者は多忙で……」

Aは薄情なことをいったが、考えてみれば、但馬夫人も、パリでこそ、ただ一人の日本美人だったが、日本国には日本の美人が、ウヨウヨしてたのかも知れない。

「で、その後の様子は？」

「全然、聞かない。でも、もし死んだんなら、あれほどの家だから、新聞広告ぐらい出すだろう。まだ、療養生活を送ってるんじゃないかな。それにしても、ずいぶん長い期間だね。おれが帰朝したのが、昭和七年だから、その時分から富士見へ行ったとしても、もう十四、五年になるからな」

「じゃア、病みほおけて、もう、美人の資格を失ったかも、知れないぞ」

「うん、それに、年だって、四十を越した勘定になるからな」

さすがにAも、多少は〝往時に拘泥〟する気になった様子を見せた。

「やはり、美人薄命だな」

「しかし、あの人、ほんとに、この家へ住んでたのかな、こんな、ボロ屋敷に……」

Aは、また、部屋の中を見回した。

「建てた時には、ボロじゃなかったろう……。ところで、君、但馬太郎治は、どうしてる？

どこで、何をやってるんだ」

「知らん。とにかく、戦時中に、日本へ帰らずに、ヨーロッパで……」

「お話の途中ですが……」

と、同席のM新聞学芸部長が、口を出した。

「連載の件をきめて頂いて、それから、ごゆっくり、懐旧談に移って下さると、都合がいいのですが……」

用談の方は、私にとって、問題はなかった。

ただ、承諾すればいいのである。東京に屋根の下を見出したが、まだ、仕事らしい仕事をしてない。その上、戦争中期から今日まで、筆を休めてたので、気分はハリキリである。戦後最初の新聞小説を、書くとなれば、意気込みもちがってくる。

「やらしてもらいましょう」

たちまち、商談成立。

Aも介添えにきたカイがあったと喜び、それから三人で、どこかへビールでも飲みに行った気がするが、アテにならない。何しろ、一ぱいやるにも、苦心を要した時代で、お茶の水の角で、喫茶店が開いてたが、紅茶ぐらいが関の山。ビールなんて、思いもよらなかった。もっとも、新聞社や雑誌社は、表は旅館営業の妙な場所を、接客に用いてたから、そういうところへでも、連れていかれたのか。とにかく、私は但馬夫婦のことについて、飲みながら、Aとオシャベリをしたのを、覚えてる。

でも、翌日から、但馬夫婦のことは、念頭になかった。舞い込んだ大きな仕事で、それどころではないのである。文士も構想を立てる間が一番難儀であって、あれがなければ、ラクな商売である。久しぶりで書くのだから、心は勇むのだが、頭の方が思うように、働いてくれない。ツワリの女に似た苦しみが、毎日続くと、机の前がいやになって、散歩に出かけるが、その日は理髪店へ行く気になった。

大通りの角に、私が明大に勤めてた頃にも、刈ったことのある、古い店があって、そこが一番近かった。いつも、客の多い店なのだが、午前中のせいか、空いていて、

「さア、どうぞ……」

五十ぐらいのデップリした小男の主人が、私をイスに招いた。

「いつもの通りですか」

白布を首に巻き終ると、主人がそういったが、私はこの店へきたのも、まだ三度目ぐらいで、馴染み客扱いをされる覚えはなかった。でも、別な刈り方を望むわけでないから、

「うん」

と、答えて置いた。

やがて後頭部で、ハサミの音が始まって、理髪が進行すると、私は眼を閉じた。いつも、そうするのである。私は、元来、理髪店が好きでない。なるべく、行かない算段をする。そして、いよいよ刈らなくてはならぬハメになっても、早く終ってくれることを念願する。そのために、眼を閉じるのである。それと、もう一つ目的がある。眼をつぶってれば、刈りながら、職人が話しかけない。客が眠ってると、思うのだろう。理髪店の職人は、どうして、あんな愚にもつかぬことを、話しかけるのだろうか。それに悩まされるのは、私ばかりではない。フランスの小話に、

「旦那、どんな風に刈りましょうか」

「沈黙刈り……」

というのがある。フランスの理髪職人も、日本人以上に、うるさく話しかけ、ツバキを客の顔に、飛ばすこともある。

私はすぐ眼を閉じたが、少し閉じ方が早かったのか、理髪店の親方は、睡眠中と認めてくれ

なかった。

「いつまでも、寒うがすな」

戦前はよく聞いた、下町弁である。疎開から帰ってきて、こんな口調は、あまり耳にしなかった。

「うん」

私もタヌキと見破られた以上、それくらいの返事はしなければならない。

「ほんとに、燃料だけは、何とかしてもらえねえもんですかね」

「………」

「せめて、ガスを自由に使わしてくれれア、洗髪だって、すぐ始めるんだがね。シャボンはヤミで、結構、手に入るんだから……」

それで済んだかと思うと、しばらくたって、また始める。

「旦那、お住いは？」

「近所だよ」

「近所って、どこ？」

そう追求されると、秘《かく》すのも面倒になる。

「病院の前の雑誌社の寮だよ」

「じゃア、但馬屋敷じゃねえですか、昔の……」

「知ってるのかい」

「知ってるにも、何にも……。まだガキの時分から、あすこにアよく遊びにいったもの……」

「オヤジさんの若い時も、あの家は明き家だったのかい」

「冗談じゃねえ。まず、この近辺で、あれだけ立派な暮しの家は、なかったねえ。あたしなんか、ほんとは、遊びにいける身分じゃなかったんだけど、太郎ちゃんがあたしでねえと、遊び対手がねえもんだから、女中さんを、迎えによこして……」

「太郎ちゃんて、但馬太郎治のことかね」

「そう、そう。あたしと同い年でね、弱虫のくせに、乱暴もんで……」

と、親方の口調は、注油した機械のようになってきた。

「何しろ、太郎ちゃんのいうとおりにしねえと、すぐ、耳をひっぱるんだよ。あたしだって、面白かアねえさ。でも、うめえお菓子を食べさしてくれるし、それに、庭が広くて、どんな遊びだってできるし……。何しろ、木がコンモリ繁ってて、タヌキがいたくらいだからね」

「まさか、駿河台に……」

「ほんとだよ。ほんとに、いたんだよ。太郎ちゃんとこの女中さんが、何遍、化かされたか知れねえんだよ。大入道になって、女中さんのハバカリの窓から、覗くんだよ……」

「わかったよ。それほど広い邸だったということなんだな」

「広いにも、何にも。あれだけの屋敷は、滅多にあるもんじゃねえ。何しろ大金持だもん

「……」

「へえ、そんなお大尽か」

「旦那、知らねえの。但馬商店といやア、日本一の木綿問屋でさ。日本橋の田所町に本店があって、大阪や横浜にも、支店があって、それア、豪勢なもんだったよ。初代の太兵衛さんて人が、腕一本で、身代をこしらえたんだ……」

床屋の親方の話によると、初代の但馬太兵衛は、江州の貧農のセガレで、少年の頃、江戸へ出て、日本橋の呉服屋に奉公し、十八年勤続して後、木綿商として、独立した。

それまでの苦労が、大変なものだったらしいが、典型的な近江《おうみ》商人であって、驚くべき忍耐力と、奮発心をもってた。

もっとも、運もよかったのである。但馬商店の基礎を築いたのは、上野の戦争の時だったらしいが、その時は、江戸が大混乱で、多くの商店が、店を閉じたり、田舎へ逃げたりした中で、太兵衛の店だけは、平素の通り、業を続けた。というのも、彼は田舎者で、江戸に愛着もなかったろうが、事実、脱出の資金にもことを欠き、戦火に焼かれたら、また出直しだと、度胸をきめたに過ぎない。ところが、戦争は二日間で済み、戦禍は少なかった。そして、開店してる唯一の木綿商として、太兵衛の店に、顧客が殺到したのである。

その時の儲けで、資本らしい資本ができたのだが、西南戦争の時には、買占めをやって、成功したという話だから、時勢を見る商才も、敏だったのだろう。そして、但馬商店は、着々として、大を成したのだが、太兵衛の日常は、超人的な精励恪勤《かっきん》だったらしい。
毎日、午前三時に起きて、自分で飯を炊いて、掃除をして、それから店員たちを起したという。その頃、彼はすでに妻帯してたのだから、男が飯を炊くというのは、どうも変ってるが、よほどマメな男だったにちがいない。

そして、生涯、木綿以外を身につけず、老年まで、人力車を用いなかったという。明治の新富豪は、大体、太兵衛と同じような勤倹振りだが、成功後は花柳の巷《ちまた》*44でハバをきかす例なのに、彼はついにそのことがなかった。だから、大いに溜ってしまって、八十歳で歿する頃には、全国の長者番付で十位ぐらいに顔を出し、ゴッソリと、長男の二代目太兵衛に、残したらしい。実に、身を粉にして、築いた財産というべきだろう。

その頃の但馬商店は、電話が六つあるというので、有名だった。今はインチキ会社でも、やたらに電話番号を列べるが、当時は、加入者が至って少く、六つも電話を持って、どうするのだと、笑われた。とにかく、但馬商店は木綿問屋として、日本一ということになった。しかし、どこまでも個人商店であって、店号も、丁⃝（まるちょう）で通っていた。丁というのは、太兵衛が小僧から番頭を勤めた呉服屋が、丁吟（ちょうぎん）と称し、そのノレンを貰った関係からであるが、主家なぞは問題でない富豪に、伸し上ったのである。

駿河台に住宅を構えたのは、初代の時からだが、その時分のことは、理髪店の親方も、よく知らぬらしい。とにかく豪壮邸宅として付近の評判になったのは、二代目太兵衛が旧邸を、新築してからだという。二代目は普請道楽《ふしん》といわれ、京都から大工や左官を呼んで、ひどくゼイタクな建築を行い、桂離宮の一部を模したとかいう理由で、暴力団の脅迫を受けたこともあるという。

実をいうと、私にとって、そんな話は、どうでもよかった。二代目太兵衛が、親が辛苦して溜めた金で、桂離宮まがいの邸宅を建てたって、建てなくたって、問題ではない。第一、その但馬屋敷も、関東大震災で焼けて、二代目は代々木初台に、それに劣らぬ豪壮な家を建てて、駿河台を去ってるのである。

私の知りたいのは、但馬太郎治のことである。彼が私の住んでる雑誌社の寮の前身であるキャプリス荘を、父の家の焼跡に建て、そこでどんな生活を行ってたか、ということなのである。

「すると、つまり、太郎治は、親父の日本趣味の家の跡へ、あのハイカラ普請をやったというわけか」

私は、親方にきいて見た。

「だけど、場所がちがうんでさ。焼けたお屋敷の西側のところへ、建てたんだね。焼跡は、すっかり芝生にしてね」

それで、私にも、大体、但馬屋敷の過去の規模がわかった。東側に築山《つきやま》や、五輪塔が残ってるが、そっちに、旧邸の庭があったのだろう。そして、現在の家庭菜園は、太郎治の設計した芝生の跡だったのだろう。すると、今も残ってるフランス風のバラを絡ませた垣根が、芝生と車寄せの境界だったことも、うなずけるのである。

「で、親方は、太郎治があの西洋館を、建ててからも、遊びに行ったの」

私は、話を引き出しにかかった。

「冗談いっちゃいけない。大人になってからは、太郎ちゃんと、身分がちがうもの。遊びになんか、いけたもんじゃねえ」

「でも、頭ぐらい、刈りにきたろう」

「何が、こんな、ちっぽけな店へ、来るもんかね。もっとも、フランス人のコックさんは、よく、刈りにきたがね。アントニオさんて人で、陽気な、面白い男で……」

「アントニオなら、イタリー人かな」

「さア、どっちだかね。夫婦者で働いててね、おかみさんの方は、確かに、フランス人だった。一人が料理をやって、一人が給仕をするんだって話だった……」

それを聞いて、私は、ひどく羨ましかった。現在、私はスケソー鱈《だら》のようなのばかり、食ってるのに、同じ家で、太郎治は、結構なフランス料理を、毎日、食べてたにちがいない。

「ずいぶん、ゼイタクな暮しをしてたんだろうな」

「それア、旦那、豪勢なもんだったよ。年中、お客をするんだよ。フランスの偉い人が、日本へくると、あの家へ泊るしさ。それから、夜会っていうのかね、あれがある晩なんか、あの家へカンカン電気がついて、門の中へ、一ぱい自動車が列んで、音楽が外まで聞えてさ。あんまり面白そうなんで、門の外まで、覗きに行ったもんだ。いつかはフランスの海軍の士官と水兵が、大勢きたよ。フランスというと、太郎ちゃんは、何でも、引き受けちゃうんだ。でも、日本人だって、偉い人は別さ。華族さんが、よく出入りしてたね。何かの夜会の時に、皇族の妃殿下まで来たよ。巡査が何人も、見張りに立ったくれえのもんだ……」

但馬太郎治が、キャプリス荘でも、聞きしにまさる、フランス風な栄華生活をやったことは、親方の話で、よくわかった。東京でそんな暮しぶりをするのは、ただ、金があるだけではむつかしく、彼のフランス傾倒がよほどのものだった、証拠になるだろう。

「でも、親方なんかから見ると、太郎治はハイカラ野郎で、キザだったろうな」

私は対手の気を、ひいてみた。

「それがさ、太郎ちゃんてのは、少し変ってたな。まるでフランス人みてえな風つきしてるかと思うと、お召の着物に角帯締めたりしてね。これが好男子だから、よく似合うのさ。もっとも、西洋館に住んでた時分は、すっかり肥って、押出しア、よかったね」

「へえ、そんな風つきで、散歩でもするというわけか」

「なアに、散歩なんかじゃねえ、行先きア、ちゃんと、知れてるんだ。自動車の運転手が、うちへ刈りにくるから、みんな、ベラベラさ……柳橋[*45]だよ」

「え、柳橋？　太郎治にそんな趣味があるとは、驚いた……」

私は、実際、驚いた。彼がパリで、独身時代に、名ある女優から、町角に立つ女まで、手を出したぐらいのことは、知ってるが、それも、フランス傾倒の一端と、思ってたのである。

「それがね、ちょいと一ぱいやって、帰るってえような、遊びじゃねえんですよ。二日も三日も居続けをして……」

「ちょいと、待った……」

私は、大きな疑問が、起きたのである。

「その時分、あの家には、とても美人の奥さんが、いたんじゃないのか」

「美人にも、何にも、あたしアあんなキレイな人を、見たことアないね。まア、生き弁天さま……」

「そんなに、美人か」

私は、写真を見たことなぞ、話さなかった。

「ほんとのピカ一さ。この辺のお屋敷にア、ずいぶんベッピンのお嬢さんや、奥さんがいたけど、キヨ子さんとは、比べものにならねえ」

「キヨっていうのかい。平凡な名だな」

「でも、むつかしい字なんですぜ。紀州の紀の字と……」

「何でもいいや、華族の家から、嫁にきたんだろう」

「旦那、よく知ってるね。山城っていう、大臣をしたこともある、伯爵の家だよ。帝国ホテルで、婚礼をしたんですぜ。仲人をしたのが、公爵でね。三条だったか、四条だったか、それとも五条だったかな……」

「何条でもいいが、とにかく、奥さんは、お姫さまだったんだろう。その上、絶世の美人で、フランス語が話せて、画も上手で、文句のない女房じゃないか。それを、太郎治は、何が不足で、柳橋で道楽を始めたんだい」

「そこまでは、あたしにもわからねえ。まア、金持の気持なんてものは、そういっちゃ何だが、旦那だって、見当はつかねえでしょう……」

＊

理髪店から、帰ってきた私は、但馬太郎治夫妻について——少くとも、彼等の駿河台生活について、多少のイメージが、固まってきた。

この荒廃したキャプリス荘で、昔は、そんな栄華の生活が営まれたと思うと、私の住み心地もちがってくる。しばしば、外人や貴顕を招いて、夜会が催されたとすると、あの壁画の間は、私の想像どおり、舞踏室に用いられたにちがいなく、絶世の美人の紀代子夫人が、ホステスとなって、客の款待《かんたい》をする中を、コックのアントニオがつくったアントルメ[*46]の類や、銀槽《ぎんそう》で冷やされたシャンパンが、何とも、うまそうに、シャンデリアの光りに、輝いたことだろう。まだ、食物不自由の頃だから、私には、そのゼイタクな飲食物が、最も魅力ある幻影だったが、昔にしても、東京でそのようなフランス風栄華の生活を究めた日本人は、彼等の外になかったろう。そういう但馬太郎治夫妻に、私は、かなり興味を感じるようになった。ゼイタクは敵といわれた時代を、どうやら生き抜いた反動で、ゼイタク万歳を叫びたくなった折柄、パリ時代のような、彼等夫婦に対する反感も消え、逆に、このバケモノ屋敷の中で、彼等の余香をしのびたい気持に、なってきた。とはいっても、絢爛《けんらん》たる壁画の間も、今は、雨洩りのシミと、雑具の堆積で、見るも殺風景な物置きと、化してるのである。この部屋へ入ると、私は〝荒城の月〟という唄のメロディが、自然と、口に出てくるのである。〝昔の光り今いずこ〟という歌詞も、切実な感傷となって、胸に浮かぶのである。

しかし、壁画やシャンデリアよりも、肝心の但馬夫婦は、どういうことになったのか。この屋敷を、雑誌社の社長に売って、もう長い月日がたつが、彼等は、現在、どんな生活をしてるのかと、私も、ひと事ながら、気が揉めるのだが、理髪店の親方の話では、

「太郎ちゃんは、西洋に行ったっきり、戦争になっても、帰って来ねえんだ。きっと、あっちで、好きな暮しをしてるんでしょう」

と、いうことだった。

また、美しき紀代子夫人のことについては、

「あの人は、お気の毒さ。胸の病いで、信州の山の病院へ入っちゃったから、もう、夫婦別れ別れでね……」

「だって、それア、ずいぶん昔の話だろう。今でも、入院してるのかね」

「そうだ、病院を出て、その近所に、別荘を建てたって話を、聞いたよ。きっと、今だに、そ

こで、養生してるんでしょう。でも、ずいぶん長いね。もう、二十年も前のことだからね。あの奥方も、もう、年増だろう。いや、年増どころじゃねえ。四十を越してる、勘定だ。もう、弁天さまとも、いえねえかな」

と、親方の話は、頼りなかった。

でも、そういわれて、私は、自分の妻が、紀代子夫人と、大体、同年輩だと、気がついた。妻は〝美しき夫人〟と、だいぶ遠く、その上、フランス趣味のカケラも持たない女だが、私と共にキャプリス荘に住んで、内助の功を致してる。

しかし、私も、そう毎日〝荒城の月〟の感傷に、浸っていたわけでもなかった。

M新聞の連載小説の構想が、なかなかまとまらないのも、苦の種だった。私は四国疎開中に見聞したことを土台に、滑稽な敗戦振りを書いてみたかったが、筋立てが容易でなく、いたずらに、机の上で頭を抱えてた。

そういう時に、気を変えるために、外へ出るのも、一策だった。もっとも、お茶の水付近は、往来が混雑して、散歩に適さないが、キャプリス荘の邸内は、広いので、ブラブラ歩きができないこともなかった。

ことに、北側の国鉄線路が、崖の下を通る部分は、小公園のように、樹木が多く、昔、タヌキが住んでたというのも、このあたりではないかと、思われた。

私は、よく、その樹間の道を歩いたが、国電の線路は、ずっと下を走っていて、姿は見えなかった。轟音《ごうおん》も、それほど響いて来なかった。その代り、お茶の水の本郷側の崖は、すぐ正面だった。

お茶の水という名は、その崖の中腹に、良質の水を噴き出す泉があって、徳川将軍が、茶を点じる時の水に用いた、という由来だそうで、その泉は、現存するといわれた。でも、戦後のせいか、その崖は、ひどく荒れてて、その時は、寒い時候だったから、枯葉と赤い土が、醜い斑状《はんじょう》を呈し、下の河から、臭気が立ちのぼり、どこに名泉があるかと、疑わせた。

その上、崖の斜面に、寄せ集めの木片やブリキで、見すぼらしい掘立て小屋が、二軒ほど建って、一層、景観を悪くしてた。そして、人の住んでいる証拠には、洗濯物が、家の回りに干してあった。戦後の家不足で、そんな所へ住む気になったのだろうが、ことによったら、名泉の水を頼ってるのではないかとも、思われた。

そういう家は、お茶の水橋の下が、一番多かった。あの橋の下は、もう余地がなくなって、こっちへハミ出してきたにちがいなかった。

私は樹《き》の間から、その小屋の様子を眺めると、子供をおぶったおかみさんが、炊事の煙りをあげたり、洗濯をしたりするのが、よく見えた。

私は、そこに住む人の生活を考えた。郵便も来ないだろうし、電燈の集金人も、税金の取立ても、やって来ないだろうと思った。現在、東京に住む人の中で、その小屋の住人が、最も自由を享受してるような想像も、浮かんできた。

（もし、一人のインテリが、あの世界へ飛び込んだら、どんなことになるだろう）

何か、面白いことになるような気がした。四国の田舎の戦後現象を書くより、東京のことを書いた方が、イキイキして、読者も喜ぶような気がした。

といって、新しい構想を立てる勇気もなかった。それに、掲載の日も、迫ってた。結局、気を紛らせるつもりの散歩が、気を迷わせる結果に終り、私は、再び、浮かない顔で、机の前に帰ることになった。

そして、その日も、私は考えあぐんで、外へ出た。もう庭歩きも、飽きたから、往来へ出ることにした。

寒い、曇った日の午後で、戦災を免れた付近の大きな建物も、ションボリと、沈んだ表情だった。街路樹も、葉が落ちて、黒いガイコツのようだった。

私はお茶の水橋の方へ、歩いて行った。本郷台を一回りしてみようと、思ったからである。すると、私の行途《ゆくて》に、赤い旗を立てた自動車が、走ってきた。新聞社の車である。それが、私と行きちがう時に、急ブレーキで止まった。

M新聞の車で、中に、私の係りのT記者が乗ってた。彼は、すぐドアを開けて、歩道に降りてきた。

「お宅にうかがおうと思って、来たんですが、弱ったことになりました」

と、ひどく困却《こんきやく》の色を、浮かべてた。

「いや、今、発表になったんですが、あなたがパージ*47の仮指定を、受けたんです」

その頃、パージという英語が、厄病神のような力を持ってた。誰それがパージになったというと、あいつもコレラにかかったかというようなものだった。もっとも、人がコレラになったといって、同情する者はなかった。噂の種になるだけである。

私は四国に疎開しているうちから、

「あんたは、そのうち、マッカーサーが捕縛《ほばく》にくるじゃろが、おおかた、死刑にはせんじゃろ」

と、慰められたこともあるくらいで、スネに傷もつ体だったから、追放といわれても、そう驚かなかった。それに、文士が追放になっても、ものを書いて差支えないと、聞いてたので、一層、気楽に考えてた。

「それを、知らせに来てくれたの。ありがとう。じゃア、これから散歩に行くところでね……」

「ノンキなこといっちゃ困りますよ。連載をやめて頂かなくちゃならないんで、そのご相談に、飛んできたんです」

「連載をやめる？」

私は、意外だった。

T君の話では、文士が追放になると、ものを書いてもいいが、新聞小説と小説の映画化だけは、禁止されるというのである。

「ヘンなんだね」

「ヘンでも、そういう指令なんです。わが社としても、予定の時期に掲載はできなくなったんです。ということは、仮指定が解けるにしても、三カ月ぐらいかかるし、それでは……」

「わかった。要するに、掲載中止もしくは延期と、いうことなんだね……」

私は、助かったと、思った。構想がまとまらないので、したくもない散歩に出た仕儀なのだから、こっちは、あまり困らない。

「そんなことといってて、いいんですか。パージは、やっぱり、皆さん閉口してますよ。あたしの方としても、せっかくお願いしたんだから、何とか、仮指定を解いてもらって、この次ぎの次ぎに、登場して頂きたいんですよ。社にも、パージ係りがあって、いろいろ方法を心得てますから、尽力させますよ。無論、そちらも動いてくれなくちゃ、いけませんが……」

そして、私はT記者と別れて、近所を一回りして、家へ帰ったのだが、その日の夕方になると、続々と、電話がかかってきたり、人が訪ねてきた。

パージ見舞いなのである。その日のラジオのニュースで、私を入れて、四、五名の文士が、仮指定を受けたと、報道されたらしい。

「飛んだことになりました。でも、ご心配にならないで……。運動のいかんによって、解除になりますから……」

来訪者はジャーナリズム関係の人ばかりだったが、同じようなことをいった。やはり、コレラ患者扱いであり、医学進歩の今日は、死ぬときまった病いではないと、枕頭《ちんとう》で激励される感じだった。

しかし、私も次第に、追放を重病と考えるようになった。新聞小説と映画化だけの禁止と、タカをくってたが、ジャーナリズムが臆病になって、追放文士には、なるべく原稿も頼まなくなると聞いては、一大事と考える外はなかった。

追放というのは、まず、仮指定を行って、それで当人の申し開きが立てば、解除になるし、さもなければ、本ぎまりとなる順序のものだと、私は始めて知った。そして、異議申立書のようなものを、第一に提出しなければならぬが、何をどう書いていいやら、さっぱり、わからない。でも、T記者がいったように、その頃は各社に、パージ係りというのがあった。その連中が、私にチエを貸しにきてくれた。私の代りに書いてやるという人も、現われた。

それにしても、履歴書だけは、自分で書かなければならなかったが、これは、何でも三通ぐらい出すので、カーボン紙を間にはさんで、代書屋のように、鉄筆で書くのである。そういう用具も、ある社から回してくれたが、いざ書くとなると、ひどく面倒なものだった。新聞小説の構想を立てるのに、原稿紙と睨《にら》めっこをするのも、つらかったが、この方も、ひどく身が入らなかった。

しかし、コレラ患者も、すべての人に忌みきらわれるわけでもないことが、わかってきた。

べつに、私と利害関係もないのに、私の助命運動を買って出る人も、出てきた。故鈴木文史朗*48氏などが、そうだった。助命運動といって、追放をきめる委員会へ、この男は軍国主義者にあらず、というような書類を、出してくれることなのだが、そういう人たち自身が、自由主義者として知られてないと、効力がなかった。

そんな人が、三、四名あった。その中で、意外な人もあった。例えば、ある官省の課長のY氏である。

この人は、洒脱《しゃだつ》な随筆集など出して、文芸趣味のある人だったが、酒飲みでもあり、その方で、私は親しみを持った。彼が、私のために、助命嘆願書(?)を書いてくれるというのである。役人でありながら、そんなことをしてくれるのは、よくよくの厚意と、思わなければならない。

「これから、家内に、その書類をお届けさせますから、ちょいと、眼を通して下さい」

彼から電話があった時には、私も、心から礼をいわずにいられなかった。

やがて、外人が和服を着たような、明るい姿で、Y夫人が現われた。

私はY氏とは懇意でも、夫人とは初対面だった。それに、そんな用件で、足を運んでくれたのだから、私も恭《うやうや》しく、入口に迎えた。

すると、彼女は、テラスから家の外側を仰ぎながら、

「まア、呆れた……」

と、大仰《おおぎょう》な声を発した。

「どうなすったんですか」

私の方が、呆れてしまった。始めて人の家へ来ながら、そんなことをいう女の人を、見たことがない。

「まア、あなたのお宅って、ここだったんですか」

私の答えを、ロクに聞かずに、Y夫人は、また、ハデな叫びを立てた。

「まあ、懐かしい。なアんて、懐かしいんでしょう、この家……」

「へえ、それは、それは……。ともかく、お入り下さい」

私は、テラスに面した応接間へ、彼女を導いた。

「今度は、ご主人の特別なご配慮を頂きまして……」

私は、立ったまま、頭を下げた。

「始めまして。Yの家内でございます。いつも、Yが……」

夫人も、尋常な挨拶を始めた。戦前の着物かも知れないが、上等の大島を着て、指のエメラルドも大きい。美人とはいえないが、ハッキリした顔立ちで、声も、四十を越した女のサビがあった。

彼女は、ハンドバッグの中から、封筒をとり出して、テーブルに置き、

「これをご覧下すって、これでおよろしかったら、こちらから委員会の方へ、お出し下さいま

すように、申しておりました」

と、よどみない口上を述べた。

「ほんとに、ありがとうございます。わざわざ、お届け頂いて、恐縮です」

「いいえ……。でも、よかったわ。あたし、自分でお届けにうかがったから、〝ヴィラ・ド・モン・キャプリス〟を、もう一度、見れたんですわ。あたし、きっと、この家は、戦災でやられたと、思ってましたの」

「すると、奥さまは、ここにお住いになったことでも……」

「あら、あたし、そんなブルジョアじゃございませんわ。でも、但馬さんが、ここをお建てになった時分に、よく、お邪魔したんですの。紀代子さま——但馬夫人が、あたくしのクラス・メートで、仲よくして頂いたもんですから……」

「なるほど、そういうわけだったんですか。それで、万事わかりました。でも、その頃は、この屋敷も、立派だったでしょうが、今はご覧のとおり……」

「ほんと……。このお部屋、たぶん、紀代子さまのベッド・ルームじゃなかったか知ら。あんまり荒れてるから、ちょいと、見当がつきませんけど……」

と、彼女は、部屋の中を見回した。

「やっぱり、そうね。この部屋だわ。そして、お隣りが、化粧室……」

「つまり、目下の私の仕事部屋ですね」

「そう。でも、無論、そんな、タタミなんて、敷いてなかったわ……。紫のジュータンで、壁紙も、カーテンも、ストールも、三面鏡のフチまで、みんな、紫の諧調《かいちょう》でしたわ」

「よほど、紫色が好きだったんですね」

「そうね。自動車の色もそうだったし、ドレスも……」

「でも、紫って色は、そう誰にも着こなせるもんじゃないでしょう」

「ところが、紀代子さまには、ピッタリ……。あんな、紫の似合う人ってありませんでしたわ」

私は、何だか、うれしくなってきた。私の想像どおり、美しき但馬夫人の閨房《けいぼう》の跡であったことが、確認されたばかりでなく、彼女の人柄も、大体、私の頭のなかにあったものと、隔りがないように思われた。

「紫の似合う女ってのは、上品だけれど、どこか、冷たいといいますね」

私は、追放問題なぞ、すっかり忘れて、そんな方へ、話を持ってった。

「紀代子さまが？　ウソですわ。お品はいいけど、絶対にそんな……」

「すると、情熱的なんですか。そういえば、クレオパトラは、紫色が好きだったらしいが……」

「情熱的ってわけでもないのよ。でも冷たい人だなんて……」

「じゃア、どうなんですか、穏健で、タシナミのある……」

「それとも、ちがいますわ。何といったら、いいのかな……そう、無邪気なのよ。まるで、お嬢さま――、いつまでも、お嬢さまといった……」

「ほんとですか」

それでは、私のイメージの但馬夫人と、ちょっと、ちがってくる。パリの社交界の美風も、悪徳も、隈なく身につけた彼女ではなかったか。現に、M新聞特派員のAの部屋で、私の見た写真には、有名な女芸人と、頬ずりしてる姿もあったではないか。

私は、そのことを、Y夫人に語った。

「あら、紀代子さまが、同性愛なんて……」

彼女は、世にもおかしそうに、笑い出した。よほど、トッピな連想なのだろう。

「そんなに、健全無比なんですか」

べつに、落胆する必要もないのだが、私はガッカリした。

「もともと、あの方は、質素で厳格な家庭で、お育ちになったんですもの。その上、お気立てが、素直で、清潔で……」

「でも、少くとも、コケットの素質はあったでしょう」

私はパリ時代の彼女のすばらしい服飾趣味を、思い出さずにいられなかった。

「それも、パリからお帰りになってからよ。学習院時代の紀代子さまといったら、いつも、メイセンの着物で、一向、眼立たない方でしたわ。それに、不思議なことに、学校時代は、おきりょうだって、そんなに……」

「信じられませんな」

Y夫人の言は、私を迷わせた。

そんなに、人眼につかない娘を、但馬太郎治は、どうして妻に迎えたのか。芸妓の女将のように、将来は美人となると、鑑定する眼力でもあったのか。聞くところによれば、太郎治は、彼が招聘したピアニスト、ジルマルシェックスの演奏会を、女子学習院の講堂で開いた時に、彼女を見染めたというではないか――

「じゃア、一体、紀代子夫人は、いつ頃から、そんな美人になったんですか」

私はその点を、追求したくなった。

「待って頂戴……。そういえば、結婚式の時のお写真が、家にあるけど、あの時は、もう、お美しかったわね。あたくしも、帝国ホテルへお招きを受けましたわ。ポール・クローデルさんが、主賓の席から、フランス語でお祝いのスピーチをなさって……」

「そんなことは、どうでもいいが、結婚式の時は、もう、美人だったんですね。確かですね」

「ええ、確か……。でも、何といっていいかな、美人だけれど、ちょっと、モッサリ型だったのよ」

「それア、そうでしょう。華族の令嬢だから……」

「でも、特別に、そういう感じの方だったのよ。ところが、お婿さんの太郎治さんは、飛び抜けたスマートな、美男子だったから、好一対というより、ちょいと……」

「そんなに、但馬は美男子だったんですか」

「ええ。六代目菊五郎より、ずっと、魅力がありましたわ。それにあの若さで、チャキチャキの国際人ですもの」

「すると、フランスへ行く前は、美男美女夫婦とはいっても、夫人の方が見劣りしてたわけですね」

「まアね。でも、パリからお帰りになった時は、アベコベ……。太郎治さんは、ブクブク肥っちゃったのに、紀代子さまのお美しさは、別人のよう……。ほんとに、生まれ変ったように、スッキリと、アカ抜けのした……」

「なるほど。パリの水と空気が、璞玉《あらたま》を磨き上げたわけですね」

「それにしても、パリに行った日本の女が、誰でも、あんなシックな美人になりはしませんわ」

「だから、但馬夫人自身が、玉を磨く才能があったんじゃないですか」

「でもね、あの方、日本にいる時は、ハイヒールもはいたことなかったくらい。いつも、和装で、およそ、西洋趣味のない人でしたのよ。あたくしは、玉を磨く技師がべつにいたと、思いますの」

「へえ、誰でしょう」

「ご主人よ。太郎治さんよ」

「そんな、マメな亭主って、いるでしょうか。自分の女房の化粧や服装を、いちいち指導したり——考えただけでも面倒くさい……」

「そんな不精な亭主は、美人の奥さまを持つ資格がないと、思いますわ。太郎治さんは、紀代子さまを、ご自分の芸術作品として……」

Y夫人は、但馬太郎治が紀代子夫人を、美しいパリ女として仕立てあげた工程について、ずいぶん詳しく、語ってくれた。

服、下着、帽子、靴、宝石、香水の一流中の名店へ、彼は妻を連れてった。型や色気や匂いの選択は、すべて彼がやった。自動車コンクールで、一等になった、あのデラックス車も、彼の趣味による註文だった。

「つまり、紫の車でしょう。すると、紫好みは、細君の趣味というより、太郎治の方じゃありませんか」

私が質問すると、Y夫人はうなずいた。

「そうよ。でも、紫を紀代子さまに押しつけたんじゃないわ。あの方を最も美しくする色として、但馬さんが選んだのだし、紀代子さまが、またそれを、自分の色として、すっかり身につけておしまいになったのだから、彼女のセンスもよかったのよ」

「じゃア、典型的な夫唱婦随の夫婦ですな」

と、私は新しく羨望を感じたが、Y夫人は、ニヤリと笑ったきりだった。その笑いが、気になって、

「そうでもなかったんですか」

と、追求すると、

「さア、とにかく、渡仏当時の紀代子さまは、大変なご修行だったらしいわ」

パリ社交界の礼儀や応対や、フランス語の勉強。女の流行のすべて。そして、音楽、絵画、演劇等の知識の急速な獲得。ダンスも、一通りのことは——

短時間に、大変な勉強だったらしいが、彼女は、敢然と、良人《おっと》の希望に応えたのである。論より証拠は、私がパリで見た、彼女の写真である。あれだけ優雅な完全なパリジェンヌになり切ったのである。容易なことではなかったろう。

「でも、ちょっと、そのご努力が、過ぎたんじゃない？　それも、あのお病気の一因じゃない？」

Y夫人は、意外なことをいった。

絶え間のないストレスが、但馬夫人を疲れさせたのは、無論のことだが、飲酒ということを覚えたのも、健康を傷つけたというのである。彼女の実家は、軍人貴族の厳格な家風で、女に酒など飲ませる習慣がなかったのに、パリのパーティーでは、酒がつきものである。食事の前に飲み、間に飲み、また後で飲み、それから、夜半のスーペ（小夜食）で、また飲む。そして女が大いに飲む。酒の飲めない女というのは、フランスにいない。その中へ入って、彼女は、次第に、酒の味を覚えたというのである。それから、夜会の招待が多ければ、彼女も、腕や肩を露わしたソワレ[*49]を、着なければならぬが、彼女は、そういう服を着ることを、パリへ行ってから、覚えた。そして、よく、感冒にかかった。でも、発熱を知りながら、女主人として、出席せねばならぬ場合が、よくあった。主人の太郎治が、やたらに、宴会《バンケ》を催すことが好きで、しかも、会果ててから、モンマルトルあたりのゼイタク遊びが好きで、彼女も、ついそのお供をしてしまう――

「それに、パリって、結核の多いところなんでしょう」

「ええ、おっしゃるとおり……」

つまり、但馬夫人はパリで、あんな上流生活をしなかったら、肺結核なぞに罹《かか》りはしないと、Y夫人はいうのだが、或いはそうかも知れない。パリで、発病前の但馬夫人の写真を見たわけだが、私は、彼女の健かな肉づきに、魅せられたほどだった。

「それにしても、ずいぶん長い、療養生活じゃありませんか。少しは、快方に向われてるんですか」

「あたくしも暫らくお見舞いしないから、最近のことは存じませんけど、ずっと、お元気のようよ」

紀代子夫人が富士見のサナトリュウムへ入ったのは、シナ事変[*50]の起きた年で、その後一年ほどで、軽快になったが、彼女はその土地を動こうとしなかった。サナトリュウムから少し離れたところへ、家を建てて、そこから通院してた。

富士見高原には、何かロマンチックな空気があるらしく、あのサナトリュウムが小説の舞台に使われたこともあったが、恐らく、彼女はパリ生活の裏返しのような、単純で清潔な毎日に、生き甲斐を感じたのではなかったか。そういう感傷癖は、彼女も多分に持ってたし、また、感傷に落ち入らざるを得ない事情も、彼女の身辺にあったと、Y夫人はいうのである。

「だって、紀代子さまは、十何年間も、富士見で未亡人のような生活をお続けになったのよ。太郎治さんが、見舞いにお出でになったにしても、そう度々じゃなかったはずよ。だって、太郎治さんは、第二次大戦の始まる前から、ヨーロッパへお出でになって、戦争もあちらでお迎えになって、それっきり、いまだにお帰りにならないんですもの……」

「なるほど。それじゃ、夫唱婦随の夫婦とも、いえなくなりましたね」

美しき紀代子夫人の運命が、そんな悲劇調を帯びてるとは、私も意外だった。二年や三年の別居生活なら、珍らしいともいえないが、十数年も妻を捨てて、外国生活を続けてる太郎治の気持は、どの辺にあるのか。少くとも、彼を、愛妻家と呼ぶことはできないだろう。

「でも、紀代子さまは、富士見の生活を、それなりに、愉しんでいらっしたわ」

彼女の建てた家というのは、フランス風の山小屋だったが、二階建てで、一七〇平方メートルもあり、建築プランも、自分で考えたらしかった。土地に珍らしい西洋風な家であり、その持主が絶世の美人というので、噂の種になり、見物人がくるほどだった。

その家で、彼女は、三人の使用人と共に、暮してた。女中二人と、看護婦一人である。そして、駿河台のキャプリス荘にあった絵画や家具や、電気機具や、赤いジュータンなぞを、運んできて、家の中を飾った。恐らく、その頃は、キャプリス荘に誰も住む者がなくなって、売りに出していたのかも知れない。

落葉松《からまつ》にとりまかれたその山荘の療養生活で、彼女は、一時は健康人と変りない日々を、送ることができたのである。

戦前の日本で、一人の女が、そんな生活を続け得たのは、羨まれていいだろう。生活費を誰が出したかというと、良人の太郎治は、糸の切れたタコのように、ヨーロッパで遊んでいたのだから（もっとも、手紙は妻のもとへ、よく送ったそうだが）彼女の面倒を見たのは、父親の太兵衛だったらしい。しかし、その頃は、但馬商店も、もう看板を下して、一家は居食いの状態だったが、古河に水絶えずの例で、初台の家で、豪奢な暮しを続けていた。商売をやめても、都内に不動産を多く持ってたし、別荘も、京都、熱海、箱根、大磯と、数多かったので、その一つを売っても、相当期間の生活費が出たのだろう。

一体、この二代目太兵衛という人は、初代太兵衛のような、積極的な事業家ではなく、商売も、決して好きな道ではなかった。道楽は、歴史や易学の研究で、金儲けに駆け回るよりも、家の中で読書する方に、精を出した。父親が死んだから、やむを得ず、但馬商店の当主となったものの、運命に甘んじることが、できなかったらしい。それだけに、文化事業には、人一倍の情熱を燃やし、パリの日本学生会館や、ベルギー大学の日本講座設置というようなことも、世間では、息子の太郎治の働きのようにいわれてるが、実のところは、父親太兵衛が、金を出したのである。そのために、外国政府から太兵衛のもとに、度々、勲章が贈られたが、それを胸に飾ることは、彼の大きな喜びだったらしい。

そういえば、少年の太郎治をヨーロッパに送ったことも、太郎治がパリで活躍したことも、父親太兵衛が自分で果せなかった夢を、息子に托したかとも思えるのである。それだから、太郎治がパリで濫費《らんぴ》の限りをつくしても、一切文句をいわずに、長いこと、送金を続けたのだろう。その金額は莫大なもので、それが但馬商店没落の一因となったのだが、太兵衛としては、何の悔いもなかったろう。

紀代子夫人が富士見の生活を始めた頃は、商店解散から間もないので、但馬家は緊縮の必要もなかったのだろう。いや、前途の不安はあっても、太兵衛の虚栄心からいって、息子の嫁の療養の仕送りを、欠かすようなことは、できなかったのだろう。それに紀代子夫人の父親の山城伯爵とは、中学時代の同級生であり、一層、不義理なマネは、許されなかったろう。

紀代子夫人の地位は、富士見高原の女王のようなものだった。富んだ上に、美しく、しかも病気が、軽快して、普通生活を許されたのであるから、サナトリュウムの男性患者の眼には憧《どう》憬《けい》の的だった。彼女はサナトリュウムに一年も入っていて、患者とも、医局員とも、馴染みが深かった。

副院長のN博士というのは、温厚な人で、俳句のタシナミがあった。彼は紀代子夫人の主治医だったが、彼女の俳句の師でもあった。彼女と俳句とは、ちょっと不似合いに思われたが、ひどく熱中して、毎日のように句作をした。サナトリュウムに、患者の俳句会があって、彼女もそれに出席した。要するに、ヒマだったのだろうが、胸中の鬱積がないこともなかった。

彼女の俳句は、平凡で、幼稚なものが多かったが、Y夫人のところへ、書き送ってきたものの一つに、

花しどみ嗅げど匂はずただ赤し

というのがあったそうだ。

「これ、あなた、どうお思いになる?」

彼女は探るように、私を見た。

「どうって、別に……」

「何か、お感じになりません?」

「さア……」

「じゃア、あたくしの気のせいだわ。いいのよ」

と、Y夫人は韜晦《とうかい》の様子を見せたので、私は追求してやった。

「困るわ……。でも、この句、ただの花鳥諷詠《ふうえい》じゃないと、思うの。邪推かも知れないけど、太郎治さんに対するお考えが、出てるような気がしてなりませんわ」

なるほど、そういわれると、そんな気がしないでもない。上品で、素直な夫人として、精一ぱいの恨みごとかも知れない。

「でも、毎日、俳句読んだり、人を三人も使って、高原の療養生活をやってるのだから、但馬夫人も、決して不幸な女とはいえませんね」

私は公平なところを述べた。

「ところが、それが、長く続かなかったのよ」

Y夫人の話では、なにもかも、戦争が悪い、というのである。富士見へ行って、四、五年目に、戦争が始まったわけだが、最初のうちは、紀代子夫人も面白半分、村人の勤労奉仕を手伝ったりしてたが、やがて、上諏訪からご用聞きも来なくなり、食糧不足が始まって、女ばかりの一家は、心細い毎日を送った。そのうちに、彼女が一番頼りにしてた看護婦が、用事で東京へ出た時に、生憎《あいにく》、空襲に遭い、防空壕へ入るところを、直撃弾を受けて、死んでしまったのである。

明治の富豪や華族の家には、病人もいないのに、看護婦を置く風があった。いわば看護知識のある女中のようなものだが、但馬夫人は、東京で罹病中に彼女を雇い入れ、富士見まで連れてきたのである。そして、もう看護婦の必要がなくなっても、夫人は彼女を手放さず、誰よりも信頼して、相談対手にしてた。

そういう女を、突然、奪われたのだから、彼女の打撃は大きかった。

そして、その頃から急角度に、彼女の運命が傾いてきた。戦争のドサクサで、良人の実家からの仕送りも、途絶えがちになってきたし、村の人たちの態度も、冷たくなってきた。逆に、金銭の必要は、殖えてきた。高い金でヤミ物資を買わなければ生きていけなかった。彼女は、結婚以来、始めて貧窮ということを知った。そして、衣類や宝石を売って、金に代えた。一番つらかったのは、戦争になってから、村人の態度が、一変したことである。彼女はまるで外人でもあるかのように、差別待遇を受けた。そして、ダイヤ供出の時なぞ、最も意地悪い追求を受けたのは、彼女の家だった。また、彼女の愛犬（ワイヤー・ヘアード）を殺して、食用にすると、脅迫する者もあった。

パリ以来、但馬夫妻について回るイメージは、常に富と栄華に飾られてたが、それを失った紀代子夫人の現状は、同情を催すというより、どうもチグハグな感じで困った。

「やはり、美人薄命なんですね」

そんなことでもいうより外はなかった。

「お気の毒だわ。ご運がおよろしそうに見えて、とてもお悪かった方なの……」

Y夫人の同級生のうちで、紀代子夫人が誰よりも羨まれた結婚をしたのに、今では、誰よりも不幸な身の上だというのである。

「一昨年の秋に、あたくしお見舞いに行って、一日中お話しして、それで、思いがけない、あの方のご近況が、わかったんですの。でも、おえらいわ、紀代子さま——ちっとだって、運命を嘆くようなこと、おっしゃらないの。当然お恨みになっていい人も、お恨みにならないの。それが、とても自然で、まるで童女の感じ……。いいえ、宗教にお入りになったということは、聞きませんでしたわ……」

Y夫人の話で、人生の無常を知ったが、実のところ、但馬夫人が栄華の頂上から、転落したということは、そんなに、私の心を刺戟しなかった。実際、戦争以来、日本の上流社会はひどいことになって、転落物語は無数である。臣籍降下の内親王殿下だって、バスケットをさげて、市場へ買出しにいかれる世の中である。いちいち、驚いてはいられない。それに、金なんてものは、使えば消え、ことに戦後は使わないでも消えるのが、常法である。但馬夫人にしても、あれだけウンと使ったのだから、消えてなくなるのが当然。

しかし、彼女が絶世の美人である資格は、日本の敗戦ぐらいで、左右さるべき性質のものではない。私はパリで見た、彼女の写真の美しさを、もう一度、思い出して見た。

「どうですか、一昨年、あなたがお会いになった時の印象は……。あれほどの美人が、年増になって、いよいよ美しさの内容を、加えてきたら、これア、ほんとの女の魅力ですからな」

まったく近頃のニュー・フェイスの女優なんて、見た眼はキレイでも、風味の点では、ゼロにひとしい。但馬夫人のような真の美人が、爛熟《らんじゅく》を迎えた姿は、どんなであろうかと、想像したのである。ところが、

「ちょいと……。あたくしの顔を、ご覧になって頂戴」

Y夫人が妙なことをいった。

彼女の容貌は、男性的というのか、強さに溢れてるが、美人に関係のある方でないことは、

最初からわかってた。

「おわかりにならないの？　あたくしと紀代子さまは、同年よ。いくらお美しくても、女が四十を過ぎれば……。それに、あの方は、十何年もご病気続きで、おやつれがひどくて、あの方独特のお顔のハデさが、すっかり消えておしまいになったのよ……。でも、そんなこと、あんまり委《くわ》しくお聞きになるもんじゃないと、思うわ……」

そうだ。但馬紀代子の美貌が、どのように衰えてしまったところで、私が問題にすることはない。そんな間柄でもない。それに、小野小町《おののこまち》*51が、野ざらしになる絵なぞ、私はあまり好きではない。

話のはずみで、但馬夫人に深入りしたが、キャプリス荘の主人公のことを、忘れてはならない。但馬太郎治の運命やいかに。往年の美男子、国際的な一代男世之介の彼は、まだ五十歳に満たず、男盛りだから、世界のどこの隅で、活躍を続けてるのかと、聞いて見たら、

「さア、どこにいらっしゃるんだか、紀代子さまも、よく存じないようだったし、また、あまり知りたいご様子でもなかったわ」

と、ニベのない答えだった。彼女は明らかに、太郎治に強い反感を持ってるようだった。

私はその理由も知りたかったが、Y夫人の来訪の趣意は、要するに、私の追放問題なのである。あまり長く、彼女を引き止めることもできなかったので、

「では、ご主人にくれぐれもよろしく……」

と、やがて、彼女を送り出したのだが、但馬夫妻のことは、やはり、気になった。つまり、Y夫人によって彼等夫婦に対する知識が、豊富にもたらされたからだろう。このキャプリス荘での生活も、ずいぶん具体的に、Y夫人から聞いたが、私が現在、書斎に使ってる紀代子夫人の化粧室に、紫色の几帳《きちょう》が置いてあったということは、いつまでも頭に残った。几帳なんて、大昔の貴人の婦女の用品だが、それをこのフランス好みの室内の装飾にとり入れたのは、ずいぶん思いきった趣向のようで、案外、調和的だったかも知れない。というのも、若かりし日の紀代子夫人に、紫で装わるべき美しさが、多分にあったと想像されるからである。

そんな〝舞台装置〟を考え出したのは、きっと太郎治だったろう。彼はパリにいた時も、フランスの王朝時代のイスやテーブルを、骨董屋から探し出してきて、そのクッションの張り替えをするのに、わざわざ日本から、西陣織の古代巾《ぎれ》を取り寄せたということだから、そのような趣向をこらしたのだろうと、考えられた。

一体、太郎治という男は、生来の芸術家ではないのか。彼が紀代子夫人を妻に迎えたのは、単に彼女を愛したということと、少しちがってるのではないか。彼はおのれの趣味生活を満足させるために、彼女と結婚したのではないか。彼の求める芸術の素材として、妻の美貌と貴族の出生ということが、必要だったのではないか。そして、迎えた妻を、彼は人形師が人形の衣裳を着せるように、自分の趣味で、心ゆくまま、装い立てたのだろう。パリの第一級の典雅さを、よく夫人があれだけ身につけたものと、私は感心したが、実は良人の太郎治の傀儡《かいらい》だったのではないか。

すると、太郎治というのは、よほど変った良人であり、演出家が女優を扱う以上に、妻を愛さなかったことになるのか——

しかし、いつまでも、但馬夫妻のことに、かかずらってもいられなかった。

追放仮指定者というのは、家にいて、ジッと、お裁きの下るのを、待つものと思ったら、そうもいかないのである。

私の運動員のような人が、今日はあすこへ行け、明日はここへ顔を出せ——といって、私を連れてくのである。

「でも、どうか、この私をお助け下さい、というようなことは、いえないね」

と、私も、行き渋ったが、

「そんなことを、いう必要はないんです。ただ、顔さえ出せばいいんです。後は、こっちに任して下さい」

と、いうことなので、一度は、首相官邸の中だか、近所だかの追放審査委員会室へ、出かけた。

この付近へ来るのは始めてであり、きっと、いかめしい空気のところだと思ったら、案外にノビノビしてた。私は、運動員のような人の教えどおり、

「どうぞ、よろしく……」

という以上に、発言しなかったが、事務局長のような人は、

「飛んだご災難で……」

と、大変、もの柔かだった。

事務局は、事務をやる人ばかりだったと思うが、委員は、正銘の自由主義者という連中らしく、実業家だとか、官僚だとかが、多かった。しかし、自分では、私も自由主義者と思ってた。すると、自由主義者が自由主義者を裁くということになるのだが、べつにヘンなことでもなかった。委員たちも、戦時中に、反戦運動をしたわけではなく、要するに、何もしなかったことが、正銘の自由主義者という資格になるのである。こっちは同じ自由主義者でも、日本が勝ってほしいという意志を、行動で示した証拠が残ってる。それが軍国主義者の疑いをかけられるのだろう。しかし、祖国が負けてほしいとは、どうしても思えなかったのだから、仕方がない——

とにかく、三カ月ぐらい、落ちつかない毎日を、送ったわけなのだが、ある日、会があって、神田のテンプラ屋で、夜食をしてると、私の運動をしてくれてる一人のジャーナリストが、

「今、発表になりましたよ。仮指定解除になりました」

と、知らせにきてくれた。

無論、私は喜んだが、今になって考えて見ると、追放審査委員会も、あの頃は、よほど寛大になってたのだと思う。追放騒ぎも、だいぶ下火になってきて、世間も最初の時分ほど、注目しなくなってたし、委員たちも、やがて委員会そのものが、そのうち店じまいをすることも、知ってたのだろう。

そして、これも、後から考えたことだが、私がキャプリス荘の住人となったのは、きっと、方角でも悪かったのではないか。一年半ほど住んでる間に、不幸なことが、三つ起きた。追放事件は、その先駆だったが、次ぎに私は、胃をわずらい、医者から、ガンだと診断されたのである。

ガンといわれて、平然たるわけにいかない。

約十日間、私は無理強いに、死の覚悟をさせられた。妻にもそれを打ち明けざるを得なかったが、彼女は糟糠《そうこう》の妻であり、私を頼り切って生きてきた女だから、よほど心配したようだった。だが結局、それが、誤診とわかった。ガンでなく、胃カイヨウであることが、他の専門病院で、証明されたのだが、吉報であるのに、ヘタヘタと、腰が抜けたような気分になった。

その頃から、私は駿河台の住居に、イヤ気がさしてきた。パージもガンも、相次いで至らんとして、遂に至らなかったのだから、縁起をかつぐ必要もなかったのだが、寮生活というものが、わがまま者の性に合わなくなってきたのだろう。例えば、一個のフロ桶を、三軒の入居者が、順々に使うというようなことが、次第に、やりきれなくなってきた。おまけに、そのフロ場というのは、全然、但馬の栄華生活と関係のない、裏庭の物置小屋の中だった。

その頃、ポツポツと、売家の話なぞ、持ち込まれてきた。それだけ、世の中に余裕が出てきたのだろう。私は〝新潮〟の編集者のK君から持ち込まれた話に、耳を傾けるようになった。

K君は湘南の大磯から、社へ通ってるのだが、土地の人に頼まれたという売家が、二軒ほどあった。私は以前から、東京に近い東海道線沿線では、小田原と大磯を好んでたから、早速、その家を見に行った。最初の家は、問題にならなかった。

二度目の家は、駅から西の方で、かなり遠いが、前は畑、周囲は松林で、いかにも閑静な環境だった。ことに裏山が、京都の山のように赤松が多く、輪郭も柔かだった。そして、古びた家に、老若二人の未亡人が、品よく住んでいて、譲り受ける時の面倒もなさそうだった。私は大体、一目見て、その家を買うことにきめた。

案内のK君も、

「あの値段じゃ、安いですよ。それに、住んでる人が、いい人たちです。シャンソンの石井好子女史も、この家にいたんですよ」

と、いった。

「それは、どういう関係？」

「あの老いた方の未亡人の息子が、彼女の良人だったんですよ。今は、離婚しましたけど、戦時中は、好子さんも、ここに疎開してたわけで……」

その息子というのは、東京に住んでるとのことだったが、私は、その古びた家の前住者が、K君のいうように、安心のできる人たちであることを認めた。キャプリス荘の前住者も、いい人なのだろうが、身分がちがい過ぎて、情がうつらない。

私は妻を連れて、もう一度、大磯の売家を見にきた。妻は田舎生まれだから、東京ぐらしより、こっちの方がよさそうで、広い庭を眺めながらいった。

「あたし、越してきたら、すぐ、鶏を飼いますよ」

家は買ったが、古家の傷《いた》みがひどく、また間取りも、工合が悪く、ことに、台所の汚さと暗さを、妻が訴えた。

そこで、一部改造ということになり、知合いの建築家に頼み、工事が始まった。妻も私も、時々、その進行を見に行った。

考えて見ると、この家が、私の最初の持ち家になるらしいのである。戦災で焼けた中野の家は、亡姉から譲られたので、自分の所有の実感がなかった。今度始めて〝わが家〟を持つ気がしたのである。

もうその頃は、かなり物資も出回ってたので、妻は〝わが家〟へ入れる道具類を、デパートあたりで、探し回った。キャプリス荘の壁画の間に置いてある家財類は、もう古くて、使いものにならないものもあった。ステンレスの流し台なんてものは、私も始めてお目にかかり、米軍占領記念品のような気もしたが、清潔でキレイだと感心した。

「自分の好きなような、お台所にするわ」

妻は建築家と相談して、どこにガラス入りの戸棚をつけて、窓をつけて、電燈も天井と流しもとと二個つけて、というようなことに、夢中になってた。大磯には電気と水道はあるが、ガスがないので、不便にちがいないのだが、まるで、そんなことを気にしてないようだった。

そして、改築工事の始まったのが、新年早々だったと思うのだが、二月の終り頃になって、飛んでもないことが起きた。

妻が死んでしまったのである。二日患って、三日目には、もうこの世の人でなかった。しかも、発病してじきに人事不省となったから、急死も同じことだった。心臓肥大の持病だったが、当人もバカにして、養生もしなかったのを、突然、血栓症が起ったのである。キャプリス荘へきてから、ロクなことは起らなかったが、遂に大悲運に見舞われたのである。

私が呆気にとられてるうちに、葬儀だとか、法要だとか、香典返しというようなことが、ドンドン済んでしまった。皆、人がやってくれるのである。私や娘は、来客に頭でも下げてればいいのである。

そして、葬式騒ぎが、一応済むと、建築家が相談にきた。

「どうなさるんです、大磯の家は？　工事中止にしますか」

妻を失った私は、移転の勇気もなくしたと、想像したのだろう。

「いや、継続して下さい。無論、そのつもりなんです。だって、あの家の他に、行先きがないんですよ」

私はやや昂奮して答えた。

「でも、奥さんなしでは、あの家は住みにくいですよ。それに、ここの寮は、いつまでいらっしても、差支えないんです。決して、ご遠慮なさらないで……」

彼は、その雑誌社の社長の一族で、社の建築関係のことは、一切引き受けてたから、そんな言も吐けるわけだった。

「いや、遠慮じゃありません。もう、ここにいるのが、いやになってきたんです。妻の死ぬ前までは、それほどでもなかったんですが、急に、一刻も早く、移転したくなって……」

私は正直な気持をいった。

わずか一年半の住居だったけれど、亡妻の記憶が、どこの隅にも、ナマナマしく染みついてるので、私は早くキャプリス荘を出たかったのだ。駿河台という界隈も、坂が多いので彼女は苦に病んでたのだ。早春の曇った日に、彼女はアメリカの姉から送ってきた、食品の小包を、神田郵便局へ受取りに行き、寒かったので、一口坂《いもあらいざか》を急いで登ってきたのが、心臓の発作を起させる原因になったのだ——

こんなところは、居づらいのだが、大磯の普請がおくれて、すぐ移転もできなかった。しかも、妻の死後、家の中は一層ガランとして、西洋バケモノ屋敷の真価を、示し始めた。昼間は手伝いのばあさんがきても、夜は娘と二人きりになり、その寂しさは、言語に絶した。

妻の葬式が三月二日で、その日はひどく寒かったが、さすがに日を追うて、春めいてきた。M新聞のAが、久し振りに電話してきたのも、のどかな日だったと思うが、私も追放騒ぎで順番の延びた連載小説を、前年に発表して、彼ともしばらく疎遠になってた。

「君、マダム・但馬が、昨日、死んだよ、富士見高原で……」

彼の声は、ひどく平静だった。諏訪の支局から知らせてきたが、記事にするまでもないニュースだけれど、私に知らせて置くというのである。どうも、パリ時代の騎士の言としては、故人に情熱を欠くものと、思われた。

「そうか、それは気の毒な……。年はいくつだ?」

「四十四だとさ」

それを聞いて、私は一層、但馬夫人の死の衝撃を受けた。彼女は亡妻と、ほぼ同年だったではないか。亡妻はおよそ美人と遠い女だったが、死んだ月も同じなら、行年もあまり変らぬとなると、但馬夫人に対して、曾て覚えぬ同情をそそられるようになった。亡妻を連想させることには、何でも感傷が起きてくるのである。そして、Y夫人と話した時の美人薄命説も、あれっきり忘れてたが、今度また、思いをあらたにさせられるのである。

(謹んで、ご冥福を祈ります……)

私は、まるで昵懇《じっこん》な女性の死を迎えた気持になるのだが、考えて見ると、彼女には一度も、会ったことはなかった。ただパリで、あまりに美しい彼女の写真を見て、自分のイメージをこしらえあげたに過ぎないが、あれから、もう二十年も時間がたってる。そして、偶然にも、彼女の住んだ家に住むことになって、彼女を回想したり、羨んだりしたが、もし、ここの寮に入らなかったら、彼女は、まったく私にとって、無縁の人だったろう。そして、私が近くこの家を離れようとする時になって、彼女の訃報に接するのも、何かのピリオドを打たれたように思えた。

恐らく、Y夫人は親友のことだから、Aよりも詳しいことを、知ってるにちがいなかったが、わざわざ聞きに行く気も起きず、そのうち、移転の日を迎えた。

大磯の巻

四月下旬の薄ぐもりの日だったが、ついに私たちは、神田駿河台の丘を降ることができた。

いろいろ不幸なこともあったが、それだけ思い出も残るキャプリス荘を出る時は、帽子でも振りたい気持だった。私はトラックの運転台に乗せられたので、建物の全体を眺め渡し、一層、そんな気持になったのだろう。しかし、キャプリス荘も、そうやって眺めて見ると、ほんとによく荒れ果てた建物だった。疎開地から帰って、入居した時は、まだ、今ほど荒れてなかったのか、それとも、東京の屋根の下を見出したうれしさで、そんなことに気づかなかったのか。

(さよなら、キャプリス荘よ。もう二度と、こんな界隈に住むことはないだろう)

そして、私は死んだ妻のことを考えた。彼女の霊魂は、きっとトラックに乗って、私と共に大磯へ行くにちがいない。しかし、富士見高原で死んだ紀代子夫人の霊魂は、どういうことになるのか。霊魂は仮りの宿に留まらぬものだから、恐らく、富士見からこの駿河台へ帰ってきてるだろう。そして、私たちの去った跡の廃屋の主人となるのではないか――

(さよなら、但馬夫妻の記憶よ)

動き出したトラックの上で、私はきれいさっぱりと、キャプリス荘のあらゆるものに対して、別れを告げた。

娘やお手伝いさんは先発して、大磯の新宅で待ってるのだが、私は道案内役として、助手台に乗せられたのである。雑誌社の好意で、トラックを回してくれたのだが、運転手は市外の地理に不案内であり、また、大磯の家へ東海道から入る目標が、ちょっとわかりにくいので、私が同乗することになったのである。それにしても、トラックの助手台に乗るなんて、まだ若かったからこそ、できた芸当にちがいない。

でも、助手台に乗ったおかげで、私は戦後の東海道を、心ゆくばかり眺めることができた。桜はもう散ってたが、ツツジが咲き、若葉が鮮かだった。まだ京浜国道は〝第一〟しかなかったし、戸塚のワンマン道路[*52]も未開通で、東海道といっても、道路は貧弱だったが、車の交通量は、今の三分の一もなかったから、進行は流れるようだった。そして、広重[*53]を回顧させる松並木や、古い街道沿いの民家も、まだ残ってた。西は晴れてたから、富士もよく見えた。平塚は戦災復興都市気分だったが、大磯へ入ると、家並みも古く、細長い街道が、眠った蛇のように活気がなかった。しかし、その沈滞気分と、町のどこかにある品位とが、魅力となって私に働きかけたので、文句はいえないのである。

東海道から山手へ曲る町角は、私も見誤るほど狭い横丁だった。わが家の門前も狭く、トラックが止まると、道一ぱいで、すぐ畑が迫ってた。

しかし、門を入れば、プンと、松の香がした。松の木が家を囲み、芝生の庭があった。そして松の幹の間に、エニシダの黄色い花が、満開だった。こんなにエニシダの木が多かったかと、驚くほどだった。その景色が、首尾よく東京脱出を遂げたことを、思わせた。

引越しのゴタゴタに、そう気分を乱されなかったのも、荷物が少なかったからだろう。疎開生活と、駿河台の仮住いの道具類は、知れたものだった。私の蔵書だって、ほとんど空襲で焼かれたから、いくらもなかった。

荷物は、少いに限る。私の最初のパリ生活を回顧すると、トランク一個、スーツ・ケース一個に納まる衣類と、僅少の書籍と文房具だけで、四年近い月日を、さまで不自由とも思わず、送ることができた。必需品というのは、ずいぶん切り詰められるもので、それ引越しといっても、タクシー一台に積めるから、大変気楽だった。

大磯へ持ってきた荷物は、トラック一台あったにしても、物資豊富時代の三分の一に過ぎなかったろう。これくらいの荷物が、降すにも、納《しま》うにも、手ごろであり、おかげで、移転の二、三日後には、落ちついた日常生活の気分が始まった。

その家は、曲尺《かねざし》型であって、東と南に面した二棟が、結ばれてるのだが、改築したのは、東棟だった。木の新しい応接間や浴室や台所は、そっちの棟で、日当りと風通しのいい南棟は、旧態のままだが、そっちに茶の間や寝室があった。

私は裏側の山の見える八畳を、書斎に定めたが、茶の間か、寝所に宛てた客間で、くつろぐ時間が多かった。南側の景色は、ひどく明るかった。庭の松の樹間を通して、畑が見え、東海道線の線路が見え、更に、国道の松並木が見え、伊藤公[*54]の住んでた滄浪閣《そうろう》の屋根が見えた。私の家は滄浪閣の真正面の山寄りになることがわかった。そして、滄浪閣の先きは海なので、そっちの方から、いつも微風が吹いてきた、時には、明らかに、潮の香を運んだ。太陽の光線も、そっち側から家の中へ、射し込んできた。

私はこの新環境を愛した。私は一体、子供の時から海が好きだったが、大磯の住居が気に入ったのは、そればかりではない、広い地面と空の眺めを、身辺に持ちたかったのである。それは風流と関係がない。空襲の恐怖が身に浸みた結果に過ぎない。

戦争は済んだといっても、日本の生活は危険が一ぱいなので、人が大勢住む場所を、遠ざかった方がいい。神田駿河台なんてところは、私の住所として不適当なのである。東京の中心にいれば、どうしても日本の危険に襲われる率が高い。私が追放仮指定を受けたのも、あんな便利な所へ住んでたから、狙われたという気がする。

大磯へきて、よかった。私が最も心配したのは、妻のいない生活の寂しさと不便さだったが、それは案外、娘が代役を勤めてくれた。ヤモメぐらしの殺風景さも、そう味わわずに済んだ。それにしても、やはり、環境がよかったからである。土地も家も、明るく、高燥《こうそう》の感じで、ジメジメしたものから遠かった。

（ここを、ついの栖家にするか。余生を、ここで送るとするか）

そんな気持も湧いてきた。

しかし、ずいぶん古い家であって、ことに南向きの棟は、アク洗いをしただけで、手を加えてないから、蒼然《そうぜん》たるものだが、建て方も、ひどく大マカで、明治調が豊かだった。客間の十畳なぞは、ガラス戸と障子を明け放すと、風が吹き抜けて、まるで、戸外に住んでるようなものだった。夏向きの大磯の住いを考えて、こんな設計をしたのだろうが、今の建築家は、こんな無鉄砲なことをしないだろう。つまり、万事が明治の海岸別荘づくりなのである。

そういえば、この家を買う時に、新潮社のK君がいった。

「あの家は、昔、伊藤公が滄浪閣に住んでた時分に、別荘の別荘として、建てたんだそうで……」

滄浪閣がすでに伊藤公の別荘なのだが、あまり人の来訪が多いので、休息の場所に、もう一軒、小さな家が欲しくなり、滄浪閣の真正面の山寄りに、第二別荘を建てたのが、それだという。そして、流水園とか、清琴亭とか、風雅な名で、呼ばれたそうである。そして、後には末《すえ》松謙澄《まつけんちょう》が、住んでたことも聞いた。末松は青萍《せいひょう》と号し、英訳〝源氏物語〟の著書もあり、また演劇改良論者として、明治の文壇に聞えたが、同時に官僚政治家でもあって、法制局長官や、枢密顧問官を歴任した。文学博士であり、また子爵であるが、伊藤公の乾分《こぶん》であり、また女婿《じょせい》でもあったから、この家を与えられたといっても、おかしくないのである。

もっとも、伊藤公はこの家の他にも〝別荘の別荘〟というべき隠れ家が、大磯にあったという。現在、坂西志保女史が住んでる家の前身も、その一つだという説もある。その家の付近には、新橋や赤坂の有名な芸妓家の大磯営業所みたいなものがあって、伊藤公のかくれ遊びに便宜を与えたということも、聞いている。

一体、明治期の大磯は、現在の軽井沢であって、金と地位のある人間が、競争的に別荘を設け、東海道の宿駅が、一躍して時流の町となったのだが、よほどの繁昌ぶりだったらしい。日本の海水浴発祥地[*55]として、繁栄したようにいうけれど、実は伊藤公の居住地なるが故に、そうなったのである。伊藤公が繁栄したから、大磯も繁栄したのである。その頃の公の勢力を、今日の日本人に想像しろといっても、ムリな註文だろう。個人がそのような大きな勢力を持つことは、もう許されないのである。その証拠に、吉田茂が今日の大磯に住んでるが、人間として伊藤公と大差ある人物と思われないけれど、町から格別の扱いは受けてない。

しかし伊藤公となると、自分の乗った急行列車を、自由に停車させる勢力を、持ってた。それも大磯駅へ停めるなら、まだ話はわかるが、滄浪閣前の畑の中――つまり私の家の垣根越しに見えるフミキリ（その時分は何もなかったそうだが）のあたりに、列車を停めさせた。そして、そこに待機した大磯駅長等が、専用のフミ台を列車のデッキに繋ぎ、公を安全に下車させたということである。そんなことをしても、大磯町民はおろか、天下の輿論《よろん》も、問題としなかったらしい。

それほど勢力のあった伊藤公の持ち物だったから、〝別荘の別荘〟とはいっても、地所が、二千坪もあって、松が何百本、弁天をまつる古刹《こさつ》と池さえあったらしい。

といって、私がそんな宏大な地所屋敷を、手に入れたと、早合点されては困る。それほど働きのある、文士でもない。私の買ったのは、全体の五分の一ほどの部分に過ぎない。それだけが、戦時中に、売り物に出たらしい。それを買った前住者（石井好子さんの婚家）の人が、今度、私に売ってくれたのである。

ただ、建物だけは、伊藤公時代の家を解体して、関東震災後に建て直したのだということを聞いた。なるほど、古いわけである。もっとも、伊藤公時代といえども、そんな宏壮な建物ではなく、高級な木材も使ってなかったのは、明治人らしいタシナミからだろう。

とにかく私はその家に入って、ちょっと不思議に感じたのは、便所が洋式水洗で、湯殿に洋風のタブがあることだった。伊藤公も、シガーやブランデイは愛したらしいが、洋風便器はどうだろうか。それにあの頃は、水洗装置の工事をする職人もなかったろう。また洋風の浴槽も、伊藤公の趣味とは思われず、第一、それほど古色も帯びてなかった。

私としては、洋式便所の方はありがたいから、そのまま頂戴するにしても、バス・タブは廃止して、その代りに五右エ門風呂を新設することにした。私は四国に疎開中に、このフロの味を覚えたのだが、のどかな入浴を愉しめるのである。

それはいいが、洋風浴槽の始末に困った。ホーロー鉄器だと、クズ屋が持ってくのだが、それは陶製らしく、他に使い途がないという。仕方がないから、私はそれを庭に埋めて、睡蓮の池にして見たら、結構役に立った。

その時分から、私はこの家の前住者のことが、気になってきたのである。前住者といっても、すぐ前にいた人は、疎開用に住んだので、洋式改造なぞ思いも寄らぬ時代だったろう。どうしても、その前住者——つまり、伊藤家からこの邸宅を譲り受けた人が、明治・大正的文化生活者だったのだろう。その人が関東大震災後の改築の時に、そんな新式設備を施したのではないかと、推察される。

（しかし、よっぽどハイカラ先生だな）

私はその人物を想像して、興味を起した。なぜといって、私の最初のヨーロッパ行きは、震災の少し前だったが、賀茂丸という汽船に乗って、ひどく洋風便器にマゴついた記憶がある。軽業のようなポーズをとらないと、用が足せなかった。マルセイユへ着くまでには、やっと正式の用法を覚えたが、当時の日本人なんて、大体そんなものである。洋服を着て、洋酒を飲み、洋食を食う人は、多かったが、便器にジカに肌を触れる洋風便所だけは、我慢できないという人も、大多数だった。

そんな時代に、大磯という田舎で、そんな設備のある家に、住んでた人があったのである。私もハイカラは好きだけれど、前に住んだ人の趣味を強《し》いられるのは、面白くないのだが、幸いにして、家そのものは、明治調の純日本風だったから、文句はなかった。ただ、前住者は、日本座敷にムリにストーブを据えたらしく、座敷の壁に、メガネと称する煙突穴の石が、はめ込んであったが、それは不体裁だから、撤去して、普通の壁にした。また、障子やフスマに、内部からカギをかける設備があり、和室に洋室の閉鎖性を求めたようなところがあった。近頃は旅館に泊っても、そんなシカケが見られるが、当時としては、珍らしいものだった。でも、男ヤモメが一人で寝る部屋に、あんまり秘密は存在しないので、私はそのカギを利用したことはなかった。

移転して三ヵ月もたたぬうちに、私は〝自由学校〟という新聞小説を、書き始めなければならなかった。書斎は北側の裏座敷で、山の見晴らしはいいけど、暑いのがキズだった。でも、私はまだ五十代で、暑さにヘコたれることもなかった。第一、あんまり暑ければ、原稿紙を抱えて、表座敷へ行けばいい。ここは、戸外同様に風が吹き抜けて、汗を知らないのである。

私は駿河台に住んでた頃に、その小説の構想を立てたので、どうも、あの付近の風物をとりいれがちだったが、その中でも、お茶の水橋下の自由部落のことは、どうやら本舞台のようになってしまった。小説の主人公を、あの部落の中に住まわせたことが、私の一番の道楽だったかも知れない。

私はキャプリス荘の庭の隅から、遙かに崖下を見降して、部落の人の生活を探索したが、それではもの足りなくなり、新聞社の人に頼んで、ついにあの部落の中を訪れ、掘立て小屋の客となったことがあった。内部が案外清潔なのに驚き、土産《みやげ》の国産ウイスキーとシューマイを、共に飲食して、帰ってきた。

そして、遊びにきたければ、いつでもお出でと、彼等がいうし、私もあの付近に、拠点を持ちたかったので、大磯へ越したものの、キャプリス荘の書斎と応接間だけは——つまり、但馬夫人の化粧室と寝室の跡は、まだ、借り受けてあった。寝具と、簡単な世帯道具ぐらいは、あの部屋に残してあったのである。

そんなわけで、私も駿河台時代のことを、完全な過去として、忘れ去ることはできなかった。少くとも、その新聞小説を書き上げるまでは、私もまだ半分は、キャプリス荘の住人の気持だった。

その時分のことである。

私は〝新潮〟のK君から、驚くべきことを聞いた。

「あなたは、但馬太郎治と、ずいぶん縁がおありなんですね」

「いや、べつに……。駿河台に彼の建てた家に、住んだだけですよ」

「ところが、この大磯のお宅も、但馬家の別荘だったことを、ご存じですか?」

「え? ここも?」

それには、私も驚いた。

どういう因縁なのか。まるで私は但馬太郎治の後を、追跡してるようなものではないか。大磯の家を紹介してくれたのは、K君なのだが、彼がその話を持ってきたのは、まだ私がキャプリス荘にいた時だったのは、いうまでもない。

しかし、彼はキャプリス荘と但馬太郎治の関係なぞ、知るわけもなかったし、また、自分が紹介した売家を建てたのが、伊藤公であること以上に、多くの知識を持ってはいなかった。ただ、私の買った家の最後の所有者と、多少の交際があったというに、過ぎなかったのだろう。

ところが、最近、雑誌記者としての彼の前に、忽然《こつぜん》と、但馬太郎治が出現することになった。

「あの男、日本へ帰ってきたんですよ。さア、いつ頃かわかりませんが、そう以前のことじゃないらしいです」

「ほウ、とうとう、帰ってきましたか。やはり、細君の死を聞いて、里ごころがついたんですかな」

私も、ちょっと、感慨を催した。

「へえ、奥さんが日本にいたんですか。そいつは、知りませんでしたが、とにかく、あれだけの国際人だし、ことに、戦時中をヨーロッパで送って、いろいろ変った経験も持ってるだろうし、一つうちの雑誌へ書かしてみようじゃないかと、編集長がいい出しましてね」

「あの人は、文章を書くんですか」

「ええ。日本の雑誌には、あまり書かないけれど、フランスの刊行物には、相当書いてるというんです。〝シャ・ノワール〟とかいう筆名でね」

「それア知りませんでした。で、〝新潮〟には、どんなものを?」

「思い切って、彼の自叙伝を書かして見ようと、思ってるんです」

「それア、いい。是非、読んで見たいな。でも、自叙伝といえば、長いものでしょう。連載ですか」

「いえ、二百枚ぐらいのものを、一挙掲載の予定なんです。うちの編集長は、思い切ったことをやるのが好きで……」

「そういえば、文芸雑誌が、文士でもない但馬太郎治に、そんなものを書かせるのも、大胆な企画ですね。苦節十年組の文士から、文句が出やしませんか」

「出るでしょう、恐らく……。でも、日本の文芸雑誌も、型にはまってきましたから、それを破りたい、編集長の考えなんでしょう」

「なるほどね。しかし、但馬太郎治は、ずいぶんワガママな男と、聞いてますが、すぐ承知しましたか」

「ええ、快諾してくれました」

「すると、その交渉は、K君が?」

「そうなんです。ぼくが大磯にいるせいもあって、ぼくの仕事になっちゃったんです。というのは、但馬さんは、現在、箱根の別荘に住んでるもんで、距離的に近いから……」

「へえ、但馬太郎治は、帰朝しても、東京にいないで、そんなところに隠栖してるんですか」

＊

K君の話によると、但馬太郎治の別荘というのは、箱根の小涌谷《こわくだに》の丘の上にあって、彼の父親の太兵衛が建てたものだから、ずいぶん古びた家だそうである。昔は、小涌谷あたりは、宮の下よりずっと閑雅であり、景勝に富んでいた。別荘を建てるのが上手な人は、わざと宮の下を嫌って、そっちを選んだらしい。ところが、自動車の交通が発達して、湖畔へ通じる一本道が、バス道路になってから、もともと狭い地域の小涌谷温泉は、車の震動と砂塵《さじん》のために、昔の特色を失った。

但馬別荘も、その例外でなかったらしいが、あまり使用されなかったのか、K君が訪れた時は、ずいぶん荒れ果てた印象だったという。そして、その古びた日本座敷に、外国製の新式な旅行カバンや、フランスから持参したらしい油彩や版画の類が、おびただしく積まれてあるのが、ひどく異様の感じだったという。そして、そういう背景の前に、ガウン姿の彼が、大アグラをかいて応対したという。

「どうです、すばらしい好男子だったでしょう」

私は第一に、それがいいたかった。

「その点は、どうも……。もっとも、ぼくは男性の容貌に、あまり興味のない方で……」

「あたしもご同様だが、それにしても、おかしいな……」

私は二十年前のパリで見た、彼の写真が、頭から消えなかった。六代目菊五郎に品位と、女性味を加えたようなあの美貌は、ちょっと忘れられないものだった。

「そうですな。特に醜い男の印象はありませんでしたが、何しろ、ブクブク肥って……」

「え、ブクブク肥ったんですか、あの男……」

何だか、情けなくなってしまった。私は、女に対して、点の甘い方だが、男の容貌には、厳格なのである。それなのに、あの写真を見て、稀代《きたい》の美男子と評価したのである。紀代子夫人も美しかったが、それ以上に但馬太郎治に、点数を入れたのである。その好男子が、K君に何の印象も与えなかったというのは、どういうわけなのだろう。もっとも、あれから二十年もたつから、彼も中年の終りに達して、多少の肥満は免れないだろう。それでも好男子というものは、それなりに魅力を失わないはずである。それだからこそ、好男子といえるのではないか。

「でも、いくら肥ったにしても、中華民国の大人《たいじん》とか、株屋の旦那とかいう風な、油ぎった感じではないでしょう。どこか、優雅な、デリケートな、ロマンス・グレーの紳士といったところは、なかったですか」

私は、しつこく質問した。

「でも、白髪《しらが》はあんまり……」

「とにかく、あれくらい、外国でシャれた暮しを、長く続けた男はないんだから、体じゅうから、プンプンと、ハイカラの匂いが、発散してるはずなんだが……」

「そう。その点は、確かに、珍らしい人物でしたよ……」

私は、やっと安心した。

私も金があったら、但馬太郎治のように、外国で、栄華の生活がしたかった。そして、紀代子夫人のような、美人の細君が持ちたかった——きっと、そうなのだ。それで、パリ時代に、彼を羨んだり、憎んだり、そして、二十年後の今日でも、彼のことが気になって、根掘り葉掘り、K君に、彼の現状を聞き出すのだと、解釈する外はなかった。

それにしても、私がパリの但馬会館に滞在したり、神田駿河台のキャプリス荘で暮したり、それだけでも、縁のある男だと思ったのに、今度の大磯の家が、彼の家の別荘だったというのは、まったく奇縁である。一度も会った男ではないのに、私が、まるで、彼の足跡を追いかけるような始末になってるのは、どういう因縁なのだろうか。

私は更めて、但馬太郎治という男に、興味を持たずにいられなくなったのである。

「でも、この大磯の家が、その昔、彼の家の別荘だったということは、どうしてわかったんですか」

その点が疑問だった。

「それア何でもないんです。ぼくが大磯の住人だと話したら、但馬さんは、自分も大磯で暮したことがあると、いうんですね。そこで、いろいろ話を聞いてみると、この家なんですよ。但馬太郎治のお父さんが、伊藤家から、この家を買ったというんです。大磯の全盛時代のことらしいんですがね。そして、但馬太郎治も、少年時代に、体を悪くして、この家で、しばらく、療養生活を送ったそうですよ。だから、大磯の話を、よく知ってましてね。彼自身も、この別荘が好きだったらしいんです。まったく、いい家ですからね」

K君は、自分が紹介した家だから、多少、ご自慢らしかった。

「それでも、その時分は、現在の五倍もあったんでしょう」

昔の敷地の周囲が、松の木でとり巻かれてるので、一見して、それとわかるのだが、二千坪もある広大な庭を、一人占めにしてたら、さぞ住み心地もよかったろう。

「でも、昔は、大きな邸宅が多かったんですよ。富豪や顕官ばかりでしたからね。島崎藤村や正宗白鳥の住んだ家は、ちっぽけでしたが、それはずっと後のことで、大磯の斜陽時代のことです」

「それで、但馬家は、いつ頃まで、この家を持ってたんでしょう」

私の知る限り、この家の居住者は、私で四代目である。但馬家は二代目の持主だが、三代目に譲り渡したのは、いつのことか。

「さア、そこまでは聞きませんでしたが、関東大震災で、神田の本邸が焼けた後に、一家で大磯に住んだことがあると、いってましたよ。もっとも、その頃は、但馬太郎治も、一年の大半は外国にいたそうですが……」

と、K君は、ちょっと考えてから、

「そう、そう。彼の細君というのが、外国で胸を悪くして、日本へ帰ってきて、暫らく、大磯の家にいたと、いってました」

「ほう、紀代子夫人も？」

「何でも、ここから、富士見高原の療養所へ、入院したとかいうことで……」

その頃から、但馬太郎治という男に、私の関心が加わってきたのは、争われなかった。何か、マンザラの他人とも、思えなくなってきたのである。

といっても、大磯の家は、純粋な日本家屋で、駿河台のキャプリス荘のように、彼の設計や意匠をうかがえるものではなかったが、それは、彼の父親が、この家を、伊藤公から買ったまま、住んでたからだろう。太郎治の好きな、フランス趣味の住宅にするのだったら、新しく、この家を建て変えるより、仕方がなかったろう。

(でも、洋式便所や洋風浴槽は、彼の置き土産だったのだな)

それは、明らかだと、考えられた。長い外国生活をやった者に、昔風の便所は、まったく苦痛であり、湯を替えないで入浴することも、我慢できなかったにちがいない。そこで、親父を説いて、改造したのだろうが、それに賛成した彼の父親も、西洋好きな人だったかも知れない。

でも、西洋便器とは、おかしなものである。近頃は、ホテルなぞに泊っても、消毒済みと書いた紙が、便器に封印してあるが、私の泊るパリの安ホテルなぞでは、あんな衛生的なことはしてなかった。それで、最初の頃は、便器を使用するのが、どうも気持が悪かったが、あれは、日本人独特の神経らしい。他人の使用した馬蹄《ばてい》型の木ワクに、ジカに肌を触れるということも、考えよう一つであって、必ずしもバイキンの恐怖ではない。日本人的潔癖に過ぎない。

私も今度の家を改築する時に、便所も新築したのだが、便器や水洗器具の方は、まだ入手難だというので、置き土産を使った。見たところ、それほど古びていなかったし、結構ものの役に立った。

でも、K君の話を聞いてから、

（但馬太郎治の体温が、まだ、残ってはいないかな）

と、木ワクの上に腰かける時に、つまらぬことが、気になってきた。

駿河台のキャプリス荘の便所も洋式だったが、それは階段の下にムリに取りつけたもので、あの豪華な邸宅の本来のそれではなかった。少くとも、主人の太郎治夫妻が、あんな粗末な便所を、使用するわけがなかった。だから、私も、彼のことを、想像する必要はなかったのだが、今度は、そうはいかない。

そして、洋風浴槽の方は、廃物利用の妙案で、睡蓮を植えた池にして、土中に埋めたが、縁側から、咲き出した花の姿を眺めて、あらぬ幻想を、抑えかねたのも、K君の話を聞いてからだった。

美しい紀代子夫人の入浴の図なのである。彼女も、この別荘で暮したことが、確実となったが、すると、あの陶製の浴槽の湯も滑らかに、凝脂《ぎようし》を洗うという光景が見られたことも、確実だろう――

＊

そして、あれは、昭和二十六年の夏だったと思うが、私の手許に〝新潮〟の九月号が届いた。今から十五年ほど前の〝新潮〟という雑誌は、表紙の調子や、編集の工合も、今とはだいぶちがってたように、思われる。

何か、従来の文芸雑誌の型を破って、文学青年以外にも、読者を拡げたい意慾が見られたのだが、卑俗化の評判が立っては大変、といったような、フンギリの悪いところもあった。戦後まだ数年であって、何事も手さぐりの時代だったのだろう。

私はすぐ目次を物色したのだが、無論、K君の扱った、但馬太郎治の文章の掲載を、確かめるためだった。

（おや、来月回しか、それとも、ボツか）

と、私は早合点したのは、

わが半生の夢　但馬太郎治

という標字が、いかにも呼び物らしく、目次の最初の行に、大きく掲げられてあったからである。私は、文士として無名の但馬のことだから、きっと、小さな活字で出てるかと、そっちばかり、注意したのが、いけなかった。〝新潮〟もかなり思い切ったことを、やるものである。長い原稿だと見えて、雑誌の半分ぐらいの量を占めている。

（ほう、よく、これだけ書いたもんだな）

私は、但馬太郎治が長い文章を書いたことに、感心した。音楽や絵画に趣味の深い男と知ってたが、〝新潮〟が流行作家の力作をのせる巻頭に書くとは、えらいものである。その月の呼び物として、扱われたのだろう。

（きっと、面白いぞ、これは……）

そう思ったが、私は、すぐにはそれを読まなかった。

彼が久し振りで、日本へ帰ってきて、そんな文章を書き始めたということは、彼について多少の知識を持ってる私に、いろいろ考えさせることが、あったからである。

一体、現在の彼は、まだ昔日の富豪なのか、私がパリで彼の名を知った当時の威勢が、まだ残ってるのか。金があり、万事意のままになる男というものは、文章なぞ書く気にならぬのではないか。それに、私が駿河台のキャプリス荘や、大磯のこの家に住むことになったのも、もとはといえば、彼が――いや、彼の父が、それらの屋敷を、手放したからである。

そして、両方の家を手放したのは、ほとんど同時期であって、昭和十四年ごろのことらしい。して見ると、その頃すでに、但馬家は斜陽というか、没落の方角をたどったのだと、推察できるのである。

それからでも、すでに十二年たってる。その間に戦争があり、太郎治は日本を留守にしてたらしいが、家運はどうなったのか。彼は失意の人として、〝半生の夢〟を顧みたのか。

でも私は、やっと、〝わが半生の夢〟を読み始めた。

――駿河台のわが家は、一町あまりもある石垣に囲まれ、大名門のある邸宅で、老木鬱蒼《うつそう》と茂り、庭番の爺さんは、まだチョン髷《まげ》の所有者だった。

右のように、太郎治の記述は、幼時の追憶から始まるが、彼の生まれたのは明治三十四年だから、大体、時代の見当がつくのである。

その駿河台の家というのは、無論、私の住んだキャプリス荘ではなく、また、太郎治の父親が建てた、有名なゼイタク普請でもなく、同じ地所に、それ以前、初代太兵衛が構えた、最初の居宅のことらしい。

一代にして巨富を築いた初代太兵衛は、近江商人らしい勤倹努力の人だったが、一面、進歩的な事業家でもあったという。彼は綿布輸入のために、横浜の外国商館との取引きが多く、文明開化に早く眼がひらいたのだろう。駿河台の家に、日本最初の避雷針を設備したというし、ゴム輪の人力車に、一番早く乗ったというし、自宅に洋館を建てた時の披露式には、海軍軍楽隊を招き、外人の客と共に、彼自身もワルツを踊ったという。

ダンスする明治商人というのは、珍らしい。初代太兵衛のこの開化振りは、二代目太兵衛の文化癖となり、三代太郎治のあの徹底したフランス振りとなったと、考えられぬこともない。

もっとも、明治期のハイカラ生活は、富者の常であったが、太郎治の幼時は、但馬家の家運も、絶頂だったのだろう。初代の富を次いだ二代目は、富豪の娘を迎えた。妻の実家が日本の毛織物工業の創始者で、富豪と呼ばれたらしい。太郎治の幼時に、母の実家の庭園で遊んだ記憶を、なつかしげに述べてるが、両国付近で一万数千坪の邸宅というと、大変なもので、きっと、大名屋敷でも買い取ったのだろう。大きな池があり、隅田川から流れ込む魚が、沢山泳いでいて、ボートを浮かべる愉しみがあったという。

そのボートに乗って、太郎治はすでに海外旅行の冒険と猟奇を、夢見たというが、そんな量見を起したのも、金銀財宝の池の上に浮かぶ自分を、知ったからだろう。

初代太兵衛の妻は、小呉服店の娘に過ぎなかったが、二代目太兵衛の方は、金持同士の縁組みで、太郎治がものごころのつく頃は、わが家も、母の実家も、どっちを向いても、金がウナる環境だった。どっちかが、普通の家だったら、彼の生い立ちも、少しは変ったろうが、両方金持ではかなわない。父も富豪の子、母も富豪の子、そして、太郎治の毛並みは、純血であり、そのような育て方を受けた。落語の〝ヒナ鍔《つば》[*56]〟の少年のような存在でなかったにしても、金銭に対する考えは、おのずから世間の子供とちがってたろう。その上、彼は三代目であり、金を集めるより、散ずる方の役回りとなったのは、当然かも知れない。

太郎治は、明治四十年に、九段の精華小学校へ入学したが、二級上に福島慶子[*57]、一級下に沢田美喜[*58]（当時は岩崎姓）がいたというのは、面白い。二人とも、外国と縁が深い女性であり、また男まさりな、有為《ゆうい》の女性である。もし太郎治が、二人の女性の影響を受けたとすると、彼の生涯も変ってきたろうが、その頃は、将来の女傑も、まだ卵に過ぎなかったらしい。

それよりも、小学三年生の時に、彼の祖父が死んだことが、大事件だった。初代太兵衛は、彼にとっても、但馬家にとっても、偉大な存在であり、葬儀の時に、外国の取引先きから届いた花輪が、百を越したそうだが、父親が太兵衛を襲名して、その跡を次いでから、ガラリと家風が、一変したからである。

二代目太兵衛は、立志伝的な亡父の性格と反対な、好学的、内省的人物であり、太郎治も〝父の時代になると、商人的空気が、家庭から一掃された〟と、書いてる。

彼は易学や歴史の研究を好んだが、園芸癖があって、庭に熱帯植物や蘭科植物の大きな温室を建てた。また初代は、ゴム輪の人力車で満足したが、二代目はビュイックを購入し、その番号は906だったというから、すでに東京でも、それくらいの車台数があったのだろう。

そして、温室の園丁は、園芸研究のために、イギリス渡航を夢み、しばしば太郎治に、海の外の世界を語った。太郎治にとって、最初の旅への誘いだったかも知れない。もっとも、自動車運転手の方は、機械学の知識で、教壇に立てるほどの男だったが、酒癖のために、使用人に甘んじてる変り者で、浪花節のような琵琶歌を、太郎治に語って聞かせた。

父親は、日本の古美術の研究も、洋書で読むような男で、外国文化に憧憬を持ってた。上品好き、名誉好き、また学問・芸術好きで、家庭にあっても、太郎治やその妹たちに、外国文化の優秀さを、説いて聞かせた。

太郎治が、中学に入る頃から、もう、海外渡航を空想してたというのは、家庭の空気がしからしめたとも、考えられる。それと同時に、彼には甘やかされて育った子供の〝怖いもの知らず〟があり、冒険好きの一面があった。彼は高千穂中学に入ったのだが、本来は、学習院中等科へ進むはずだった。しかし乃木院長に面接試験を受けた時に、将来、どんな職業につきたいかと問われ、

「団十郎のような役者になりたい」

と、答えて、入学に失敗したそうである。彼が、乃木大将の威風に、鈍感だったのは、生まれつきの性癖だったのだろう。

彼は子供の時から、芝居の立回りのマネが好きで、役者志望もそれからきたのかも知れないが、人から容貌を賞められ、役者にしたいような坊ちゃんとでも、いわれたのだろう。

そのうち彼は、顔面神経痛にかかり、学校を休んで、大磯の別荘で療養してるうちに、第一次欧州大戦が終ったのを知った。すると、勃然《ぼつぜん》として、英国留学の志が起った。それまでは、戦乱の最中と思って、我慢してたのである。

大正七年の冬に、彼はＮＹＫ[*59]の北野丸で、渡欧したのだが、まだ、十八の少年に過ぎなかった。普通、それくらいの年で、外国留学を望んでも、両親は許可を与えないだろうが、太郎治の場合は、反対だった。

「それア、よかろう。よく、決心したな」

父の二代目太兵衛は、外国文化を礼讃してる上に、明治の初期に貴族の子弟が、太郎治よりもっと幼少な頃に、続々と、海外留学をさせられたことを、知ってた。彼は上流人の意識の強い男だったから、息子が同様の道を進むのを好み、かつ行先きがイギリスであることも、心にかなった。そして、息子ばかりでなく、娘（太郎治の妹）もピアノ修業の目的で、同行させることにした。当時の親として、進歩的といえた。

その船に、一条公爵夫人、黒木伯爵夫人が、乗り合わせてた。前者は、パリ大使館づき武官の良人の許に、行く途中だったが、初旅の若い太郎治とその妹を愛して、よく面倒を見てくれた。貴族と金持は、同類であるから、彼女も木綿王の但馬家に、好意を持ったのだろう。また但馬家の方でも、二代目太兵衛は、非常な貴族好きだった。

一体〝わが半生の夢〟を読むと、西園寺公を始め、続々と、日本の貴族が登場するが、但馬家はもとより一代富豪で、従来からの交際とは思われない。二代目太兵衛の代になって、その方面との接触が開けたのだろうが、一つには、住居が駿河台だった関係もあるだろう。あの一帯は、西園寺公以下、華族の巣のようなところだから、近所交際《づきあい》もあったろう。その上、貴族は金持が好きであり、金持の二代目太兵衛は、貴族好きで、これは有無通ずるのが当然である。太郎治という人間も、そういう家庭の空気で育って、貴族好きというよりも、自分もすでに貴族の一員のような矜持が、あったかも知れない。

そういう少年が、ヨーロッパに第一歩を印したところが、ロンドンであり、上流社会に縁の深い牧師の家で、生活指導を受けたのである。どうしても、小型イギリス紳士ができ上らざるを得ない。黒い山高帽に、金の金具のついたコーモリ傘という、お約束の風体で、お行儀のいい、上品な生活を送らざるを得なかった。

しかし、彼もホンモノの貴族ではなく、江州の土百姓から三代目の血は、まだ、どこかに野性を存してたのだろう。彼に野性の血があることは、その後のヨーロッパ生活の各所で、表《あら》われてくるが、最初は、紳士教育に反抗の形をとった。

彼は両親に対して、オックスフォード大学で、法律や経済学の勉強をしてると、装いながら、実はギリシャ演劇の講義なぞを、聞いてたようである。彼の指導教師《チユーター》は、ノックスという教授で、その家に寄食してた頃は、ロンドンの劇場歩きの愉しみを覚え、ミュジック・ホールのエンパイヤー座の歌姫に、ひそかな想いをこがすことも覚えた。彼女を自分の永遠の女性ときめ込んだというから、彼もまだ少年期を、完全に脱け出してはいなかったのだろう。

しかし、大郎治は大胆に、〝東洋の貴公子〟らしい道を、歩き始めた。風采《ふうさい》がよくて、金があったからだろうが、怖れを知らない彼の性格が、自由な国外の環境の中で、存分に翼をのばし始めたのだろう。

二十《はたち》やそこらの異国の少年が、専用の高級車に乗って、ボンド・スツリートの美術店を買い漁るようなことをするから、人目に立ち、ロンドンのスノッブたちとの交際もできた。その自動車はデムラーで、東京の父のために、買い求めたのだが、しばらく自分用に、使ってたらしい。そして、英人の運転手に、但馬家の定紋の揚げ羽蝶を、金糸で刺繍《ししゆう》した制帽をかぶらせたというから、彼のゼイタク道というか、ゼイタク術というべきものも、この時分から、創作的な芽を吹いたと、いえるだろう。そして、彼の貴公子好みは、東京ですでに育成されてるが、ロンドンというその道の本場で、急速に、磨き上げられたにちがいない。その方のカンも、知恵も、彼が常人にすぐれてることが確かで、単なる貴公子で満足せず、〝東洋の貴公子〟として自分を押し出したのは、その例証といえる。まったく、二十歳の少年の才覚とは、信じられないのである。

その頃のヨーロッパで、社交界や知識階級の人気を、圧倒的に風靡《ふうび》したのは、ジアギレフのロシヤ舞踊だった。一つの芸能団のあれほど大きな勝利は、空前で絶後かも知れない。誰も彼も、ロシヤ舞踊のファンとなったが、太郎治も無論、その例に洩れなかった。

しかし、ファンはいくらもいる。筆者なども、第一次大戦後のパリで、その一人だった。でも、ロンドンにおける太郎治は、ロシヤ舞踊を演じてる劇場の楽屋を、東洋の貴公子らしく、堂々と訪ねてるのである。

その頃のロシヤ舞踊の名手は、男では天才的なニジンスキー、女ではタマール・カルサビナ夫人であるが、これは舞踊が優れてるばかりでなく、大変な美人だった。太郎治はこの女に、心酔してしまい、エンビ服を着て、花束を持って、楽屋を訪問した上に、〝夫人の大理石のような手に接吻した〟と書いてるから、外国映画に出てくるような、上流紳士の所業を、そっくり演じたのであろう。

でも、その時に、カルサビナ夫人は、太郎治に対し、

「お前、子供のくせに、ナマイキだよ」

と、考えなかったにちがいない。

それほど、太郎治の紳士振り、貴公子振りは、イタにつき、日本人に似合わないオペラ・ハッ

トも、彼にはピッタリで、態度もの腰も、事と次第によっては、カルサビナ夫人のパトロンたりかねないほどの威勢を、見せたのだろう。

そういう太郎治を見て、彼の監督者たるノックス教授も、彼が法律や経済学を捨てて、文学、美術の研究に移ることを、容認せざるを得なくなった。そして、彼にフランス語の習得をすすめた。一人の老婦人が、彼にフランス語を教えることになった。彼の進歩は極めて早かったが、そのフランス語が英国ナマリを脱することは、終生できなかった。

太郎治という日本青年が、何か、スラスラと、ロンドンの社交界へ入ってしまった観があるが、そういうことが可能かどうか、疑問を持つ向きもあるだろう。

しかし、普通の英国青年にとって、むつかしい道も、外国人であった彼には、案外、容易に開かれたのかも知れない。無論、どの日本人にとっても、容易とはいえないが、太郎治は社交界へ出入りする資格を、多分に持ってたと考えられる。

まず、彼は日本の上流人だった。彼が日本の木綿王の息子であることを、ロンドン人は知らなくても、オックスフォードに学ぶというだけでも、日本の貧乏人のセガレとは考えられない。そして、彼が日本の上流人であることを、保証するような、容貌と風采がある。実際、若い頃の彼は、美青年である上に、気品も兼備して、その頃の日本人留学生のような貧乏くささが、全然ない。彼に、〝男爵《バロン》〟という呼び名が生まれたのは、ロンドン時代か、パリ時代か知らないが、それくらいの押出しは、充分だったろう。

その上に、金がある。これがないと、せっかくの風采も、ものをいわないが、彼は世界の大金持の息子に負けないほど、金の使いぶりがよかった。それも濫費するだけなら、バカにされるのが落ちだが、彼は若いくせに、ゼイタク術を心得、ゼイタクするための金の使い方を、知ってた。

服装ということも、ゼイタク術の一つだが、彼は日本にいる時から、オシャレであり、その方の趣味に長じてた。一級品と一流店に対するセンスが、異常に優れ、そのために、ロンドンという男子専科の都会の流行にも、すぐ順応できた。何といっても、男のオシャレはロンドンであって、ここで磨きをかけられれば、ヨーロッパのどこへ行っても、大きな顔ができる。すでに、育ちがよくて、風采が立派で、金があって、趣味も洗練されてるなら、社交界入国のパスポートは、完備してるようなものだが、慾をいうなら、教養とか、才気とかが、要求されるだろう。

太郎治は、日本の中学を中退して、そのまま渡英したのだから、学問というべきものを、身につけてるわけもない。でも、芸術文芸に対する趣味は、甚だ早熟であり、日本にいる時から〝ポールとヴィルジニイ〟[*60]や〝レ・ミゼラブル〟[*61]のようなものを、愛読したと、彼自身が書いてる。もっとも、そのような中学生は、当時の東京には珍らしくなかったともいえるが、驚くべきことは、十五歳の時に、三百枚の小説を書いていることである。

その小説の題を〝女臭〟といって、彼は当時尊敬してた水上滝太郎[*62]の許に、持参したという。

題材はホモであり、女臭と反対のものだったらしいが、健全な作家水上滝太郎の忌避《きひ》するところとなり、彼はその原稿を破棄したという。

とにかく、十五歳にして長篇小説を書く才能を持ってたのは、明らかで、富豪のセガレの教養としては、ちょいと、型破りだったともいえる。

彼は一九二〇年の早春に、フランスに渡った。

それまでにも、数回のフランス旅行はやってたが、本拠をパリに置く気になったのは、その時からである。どうして、そんな気になったか、明らかでないが、ヨーロッパというところの知識が、一応備わって見ると、イギリスよりもフランスの方が、彼の水に合うことが、わかってきたのだろう。

彼は、まだ、二十歳の小冠者であったが、自由と放恣《ほうし》を求めることには、極めて大胆だった。イギリスの紳士生活は、彼の貴族趣味を満足させたといっても、何分、まだ年が若いから、窮屈で、シビレが切れる点もあっただろう。イギリス紳士だって、不行儀はやるだろうが、人目につくような振舞いを見せては、もの笑いになる。そういう心使いは、彼の年齢と性格にとって、重荷になったのだろう。

彼が道徳の束縛を嫌ったのは、東京育ちのブルジョア息子として、当然であり、また、芸術愛好の血が、ロンドンよりパリを選ばせたともいえる。二つの都会は、まるで性格がちがうのだが、より美しく、より寛達で、より不行儀なパリが、彼を招いたのだろう。

とにかく、彼がパリに住むことになったのは、運命的であり、後の生涯を支配した。無論、そんなことは知るわけもなく、ただ、イソイソと、ドーヴァー海峡を渡ったのである。パリに着いた日は、あたかもミカレム（四旬節二週目の木曜日）であって、カトリックの祭日だった。ロンドンの寒い霧の中を、脱れてきた彼に、春の訪れを告げるこの陽気な祭日は、よほど、感動的だったにちがいない。グラン・ブールバールを埋めるパリ人の群衆が、ミス・パリを乗せた花馬車に喚呼《かんこ》するような風景は、イギリスで見ることのできないものだった。

そして、彼をパリ生活に迎え入れてくれたのは、一条公爵夫人だった。この人は、彼の渡欧の時に、同船の客であったばかりでなく、旧知であり、フランスで教育を受け、結婚後は、良人がフランス大使館付武官となって、パリに在住し、社交界に出入りしていた。パリのことは、何でも通暁《つうぎよう》してる女性で、彼の着いた日の夜に、モンマルトルのキャバレに、彼を案内した。そこで、彼は、まるで裸身としか思えない踊り子が、強い照明の中で、乱舞する姿を見た。これも、ロンドンでは、見ることのできない風景で、彼は自由の天地に来た喜びを、感じた。

その頃のパリは、在留日本人の顔ぶれが、大変ハデだった。一条公夫妻を筆頭として、前田侯爵夫妻が来ていた。

前田侯爵夫妻の豪華生活は、未だに、パリの語り草となってる。パリへ来た日本人で、あれだけ金を使った例は、後の但馬夫妻を除いて、曾てあるまい、全盛時代の早川雪洲なぞも、パリでゼイタクしたが、規模が小さかった。一流ホテルのマジェスチックの一つの階《フロア》を、全部借り切った前田侯爵の威勢は、アメリカの大富豪並みだった。それが、極東の一貴族だというので、パリの評判になった。第一次大戦後で、日本が一等国に出世した頃だから、一層、人の眼をひいたのである。

その上、前田侯爵夫人の漾子《なみこ》は、日本の貴族社会の代表的美人だった。その美人が、パリの宝石商、衣裳店、毛皮店から、すごい買物をしたのだから、一種の国威を示したのである。そういうことが、パリでは、すぐ評判の的になる。一体フランス人の間には、日本という国を、黄金の島と考える連中もあり、神秘的な富の所有者を、想像するのだろう。前田侯爵夫妻のモテ方といったら、彼等が日本にいては、とても望めぬほどのものだった。

どうも、但馬太郎治は、前田侯爵夫妻の豪華ぶりを見て、よほど、刺戟を受けたのではないか、と思われる。少くとも、絶世の美人の妻を携えて、パリという金の使い栄えのする都会で、彼もまた〝国威〟を発揚したくなったのではないかと、推測するのである。放恣と贅沢を行うなら、独身の方が便利だろうと思うのは、日本的な考えであって、見事に金を使うのには、妻帯者でないと、工合が悪い。妻帯者でないと、一人前に扱ってくれない、風習がある。社交界に出入りするにも、独身はよろしくない。もっとも、その富める紳士が、細君を愛してようが、いまいが、そんなことは、問題でない。ただ、細君を持っていればいい。しかし、その細君は、美人であるに、越したことはない。いや、彼女がすばらしい美人であればあるほど、そして、家柄がよければよいほど、富める紳士にとって、有利な条件となるのである。

年少二十歳の太郎治青年が、どこまで、将来のパリ生活を、設計したかどうか、知らないが、

(どうせ、嫁をもらうのだったら、美人に限る。美人の上に、貴族の血をひいてる娘に限る)

というぐらいの考えは、芽生えてたろう。無論、どんな青年だって、美人の妻を望むだろうが、是が非でもと、考えるわけではない。その証拠に、いざ見合いという段になると、容姿すぐれずとも、性格が美しければなぞと、妥協点を見出してしまう。そこへいくと、但馬太郎治の立志は堅く、

(前田侯爵夫人以上の美人でなければ、断じて、妻として、パリへ連れてくる気はないぞ)

と、心中期するところがあったかも知れない。

ロンドンにいた時代から、彼はヨーロッパで半生を送る気になってたらしく、日本へ帰って、父の業を次ぐ量見はなかったと、見ていい。日本は貧寒であり、窮屈であって、幸福の猟場ではない。しかし、パリという絢爛な鳥の群がる新天地を発見して、彼は、ここここそ、わが青春と富が続く限り、尻をすえようという気に、なったのだろう。

もっとも、彼の洋癖が、外国婦人との結婚を夢見させなかったのは、若年ながら、すでに、彼女等の正体を知り、国際結婚の多くの束縛を、予見してたのでもあろうか。

パリで上流生活をする場合、妻というものは、アクセサリーに過ぎない。大変必要な道具だが、要するに、道具に過ぎない。もっとも、自分の装身具なのだから、高価で、美しく、そして、身に合ったものでなければならない。うかうか、舶来品に手が出せないわけである。

その頃のパリに、もう一人、日本美人がいた。

大使館の書記官をしてた芦田均[*63]の夫人である。この女性には、彼女が中年に達した頃に、筆者も、どこかでお目にかかったが、驚くべき美人だった。ウバ桜の時に、そうなのだから、まだ二十代のその頃の美しさは、想像にあまり、パリの社交界で、日本の花の評判を博したのも、当然と思われる。

若き太郎治が、一条公爵夫人の手引きで、前田侯爵夫人の外に、芦田夫人のような日本美人と、知り合って見ると、彼女等が、パリの空の下でも、ずいぶん美しいのに、気がついた。パリ美人の間に伍して、一歩もヒケをとらぬばかりか、独特の異彩を放つのである。黒い髪と、キャシャな体づくりが、日本の蒔絵《まきえ》や象牙細工のような、愛らしい美しさに、見えるのだろう。フランスのエキゾチシズムといえば、東洋のことになるが、男女を問わず、日本美人に魅力を感じ、誇張さえもする。つまり、日本美人が、予想以上に、モテるのである。

大郎治も、敏感に、そういう現象を、見てとったにちがいない。

もっとも、彼が最初に交際したのは、在留日本人の一部であり、パリに於ける日本の上流社会に過ぎなかった。その頃の大使は、石井菊次郎で、これは子爵だったが、とにかく、当時のパリには、日本の貴族と美人が、多かったということになる。

太郎治も、その空気の中に住み、他の日本人とは、交際しなかった。他の日本人といえば、画家を主とする芸術家だが、そういう連中と、大使館を中心とする日本人とは、異種族だった。

近頃は、その差別も薄れたようだが、私の在留した頃は、弊風《へいふう》甚だしかった。芸術家は貧乏で、生活費の安い、セーヌ左岸に住むから、

「何だ、あいつは、左岸《リヴ・ゴーシュ》か」

と、大使館や商社の連中に、軽蔑された。もっとも、左岸の日本人も、そういう連中を、日本の俗人として、軽蔑したから、いい勝負であった。

太郎治も、最初は左岸日本人を、尊重しなかったろうが、彼には、貴族趣味と同時に、自由と冒険を喜ぶ血が、流れてた。また、芸術愛好の癖は、すでに、ロンドンで点火されたが、パリという都会にきて、燃焼が高くなった。ホテルの自分の部屋に、モデルを呼んで、彫刻の粘土をいじるほどに、達してた。

たまたま、彼は、マドレーヌ広場のベルネームの画廊で、藤田嗣治の裸婦を見て、大いに心を打たれた。〝フジタ〟も、まだ売出しの頃で、一心こめた制作が、多かった。太郎治の見た画も、その一つだったろう。

太郎治は、フジタの独特な画境と技術に、動かされたのだろうが、

(日本人で、こんな一流画廊に画が列ぶのは、よほどの画家だろう)

という風にも、感心したのである。

そして、彼は、フジタという人間に、会って見たくなった。

但馬太郎治が、フジタの画室を訪ねたことは、単にパリの日本人画家に、始めて会ったとい

うことのみでなく、芸術家《ポエム》の世界の扉を、開けたということになるかも知れない。

フジタの髪が、まだ黒かった頃だが、その毛髪を日本人形のように、オカッパに刈り、ロイド眼鏡をかけ、格子ジマのシャツを着て、ちょっと奇声を発するから、太郎治も、度胆を抜かれたろうが、そのような異装が通用する世界に、魅力を感じた。日本上流社会のパリ植民地と、あまりにもちがった生活環境なので、一層、印象が強かったのだろう。

フジタは、但馬太郎治の素性を、恐らく知ってはいなかったろうが、大変、彼を厚遇した。太郎治の英国風の金目のかかった服装と、青年紳士らしい振舞いとで、一見して、日本富豪の御曹子と見当をつけたろう。そんな日本人は、滅多に、彼のアトリエに、現われないからである。フジタが彼を、モンパルナスのキャフェに伴ない、そこに群がる日本人画家に、

「おれのイトコが、日本から来たよ」

と、冗談をいって、紹介したそうだが、画家連中は、フンという顔で、横を向いたという。太郎治が、英国紳士のカンバンのような風采をしてたからだろう。パリでは——ことに芸術家仲間では、イギリス人の俗物性と偽善を、軽蔑する風がある。そのマネをする日本人なんて、輪をかけて、軽蔑されるわけである。

しかし、そればかりではあるまい。フジタがパトロンをつかまえたと信じて、嫉視《しっし》する向きもあったろう。

パリの日本人画家も、故国の送金で生活する連中はまだいいが、滞留長きに及んで、その道

も絶たれ、絶体絶命組がずいぶんいる。それでも不思議に、露命をつなぎ、画をかいてるのだが、彼等の夢は、画商に拾われるか、パトロンを見出して、庇護を受けるかの二つだろう。

フジタなぞも、ついこの間までは、その組だった。その時代の辛苦は、一通りのものでなく、人間も、故国でノーノーと、画をかいてる連中のように、純粋なこともいっていられなくなる。彼の異装なぞも、やはり、人目を惹くための手段だったろう。第一次大戦以来、パリに残った日本人画家は、フジタと川島理一郎だが、この川島の方も、普通の風采ではない。髪は女性の断髪を学び、服は独特の帯つき服である。そして、二人とも、チョビひげを蓄えてたが、日本人がそんなヒゲを生やすと、フランス人には、何か珍奇の観があるのか。

とにかく、フジタと太郎治との往来は、日ましに繁く、そして、後者の日常は、急速に、芸術世界に傾いた。といって、彼自身が芸術家を志すような、ハシタない行いは、富豪の子の自尊心が許さないが、ボエムの世界の自由と放恣は、彼に影響すること大きかった。

彼はダービー・ハットや、手袋や、ステッキを捨て、フランス流の〝シック〟の装いに、身をやつすことになった。

何しろ、若くて、男振りがよくて、金があって、その上、服飾のセンスにかけては、天才的な男だから、たちまち、パリの高級伊達男が、できあがったわけだが、彼はその押出しをもって、芸術のあらゆる催しに、顔を出した。

劇場、音楽会、展覧会、ミュジック・ホールはいうに及ばず、レーモン・ダンカンの新舞踊の集まりなぞにも出席した。

レーモン・ダンカンというのは、有名なイサドラ・ダンカンの弟だが、当時のパリで、芸術的教祖のような存在だった。舞踊が表看板で、一週二回、自分の劇場で、定期公演をするのだが、それよりも、一つの芸術的生活を提唱することが、本旨だった。

彼の弟子というか、共鳴者たちは、ギリシャ風の麻の衣を、素肌の上に一着するのみで、裸足で、パリの街路をのし歩き、瞠目《どうもく》の的となった。そして、教祖レーモンと共に、パリ郊外の林野に集まり、穴居《けっきょ》生活を行い、外光の下で舞踊を愉しむのである。

彼はギリシャ崇拝家で、すべての芸術も、生活も、ギリシャに帰れと、主張するのだが、但馬太郎治も、ロンドンでギリシャ研究を始め、後には、日希協会創立者となったくらいの男だから、共鳴が早かったのだろう。

しかし、レーモンの下に集まったのは、必ずしも、純真な弟子ばかりでなく、面白半分のスノッブや、変った刺戟を求めるパリ女も混ってた。男女入れ混って、穴居生活を行うのだから、面白い騒ぎがいろいろある。それに、その方のことは、この集団では、大変自由なのである。

そして、ギリシャ衣裳というものは、男女とも、サルマタを着用しない。ギリシャの昔には、そんな不潔なものは存在しなかったというのが、レーモンの考えである。

だから、レーモンの弟子たちが、階段を登る時には、見物人が集まるといわれ、漫画雑誌の画材になった。

但馬太郎治は、ギリシャ衣裳を着るほど、熱心な弟子ではなかったろうが、毎週の劇場の集まりには、よく通ったらしい。そして、レーモンの舞踊理論に傾倒し、それと流れを同じくする、姉の大舞踊家イサドラのパリ公演の時は、大いに昂奮して、日本へ通信を送ったという。どこの雑誌だか、新聞だかわからないが、彼の文章が人目に触れた最初の機会だったろう。

レーモンの劇場のような、特殊な場所へ出入りしたのは、彼がもうパリの芸術世界へ、深入りした証拠となるが、芸術家個人との交際も、次第に多くなってきた。当時のパリの音楽界には、モーリス・ラヴェルやダリウス・ミヨー以下の六人組が、新しい星座として、輝いてたが、彼はその連中とも、往来することになった。

ジャン・コクトオと知合いになったのも、太郎治が音楽好きのために、キャバレの〝屋上牛亭《ブフ・シュル・トア》〟の黒人ピアニストを聞きに行ってるうちに、常連のコクトオに話しかけられたのが、縁だという。コクトオは、じきに、太郎治に借金を申込んだそうだが、恐らく、太郎治の遊び振りや風采を見て、東洋の貴公子と踏んだのだろう。

太郎治は〝屋上牛亭〟で、レモン・ラジゲとも、知り合ったというが、彼自身、年少にして、水上滝太郎に嫌われた早熟小説を書き、日本ラジゲを気取ってたのだから、大いに印象が強かったと思うのだが、〝半生の夢〟には、その記述が甚だ少い。

もっとも、コクトオの方は、交際が長く、後に、彼が阿片《あへん》喫煙の取締りの緩いツーロン港で、ハデに、人工天国に遊んでるうちに、遂に検挙され、その貰い下げに、太郎治が尽力したというから、縁が深かったのだろう。

そして、無論、フランス画家との交際が始まった。彼が、パリの芸術家から、歓迎されたというのも、コクトオの場合が示すように、〝東洋の貴公子〟の外観だったろう。パリの芸術家は、日本の芸術家のように、妙なヤセ我慢をせず、平気でカネモチを大切にする。ことに、外国のカネモチとなれば、一層神経を使わないで、大切にすることができる。もっとも、太郎治は芸術愛好の熱が高く、客気に燃え、彼等と酔狂を共にするから、気が置けない〝お大尽〟だったにちがいない。

そのようにして、パリ生活の中に入って行けば、太郎治の前に、一人や二人、パリ女が出現するのが、当然である。彼も、妻は日本美人に限ると、思ったにしても、戯れの恋の対手に、パリ美人を拒否するという、理由はなかった。

それどころか、彼は冒険好きであり、生活美化の慾望に燃えてたから、恋愛の来るや遅しと、待ち受けてたかも知れない。

一九二四年四月十五日と、彼自身、イヤにハッキリと、時日を書いてるが、彼は最初の恋人を発見したのである。社交界の花形だったP夫人のティー・パーティーで、彼は、一人の娘に会った。その名も、素性も、書かれてないが、当時の代表的女流画家、マリー・ローランサンが、最も好んで用いたモデルだったという。モデルといっても、職業女か、素人か、その点は不明だが、ローランサンが使うからには、いずれ、貧血的な童女で、アスパラガス的美人にちがいない。彼は、どうやら、手弱女《たおやめ》型女性が、性に合ったらしいが、この女は、文学的素養に富み、詩的会話をささやいたので、彼の胸の火が燃えた。彼女も彼を、憎からず思ったのか、パーティーの帰りに、春雨が降り出したのを、P夫人の玄関で、雨宿りを装って、彼を待ってたというから、その後が、どんな風に展開したか、想像がつく。

彼もパリへきて四年目で、英国ナマリのフランス語も、すっかり流暢になり、彼女とどんな恋の密話を交わすのにも、不自由しなくなった。また、パリ紳士の態度やタシナミも、すっかり板につき、彼女とデートの場所も、ヴェルサイユ宮殿の庭園を選び、バラの花壇や、古い池や、月光や霧を、背景として、十八世紀的恋愛の模倣を演じた。そして、夜更けてから、待ちぼけて眠った運転手を、揺り起し、パリへ帰って、今度は、モンマルトルの吟遊老詩人の家を叩き、彼の弾くギターと、恋愛詩の文句を、彼女と顔を寄せながら、聞き惚れる——

そんなことが、風流とされた時代だったのだろう。

関東で大震災のあったのは、一九二三年で、但馬太郎治ばかりでなく、筆者もその頃パリにいて、東京壊滅の悲報に驚き、故国から送金の途も絶えるかと、肝を冷やしたが太郎治の方は、悠々と、パリの花や蝶に、戯れていたらしい。

しかも、日本橋の但馬商店も、駿河台の生家も、灰燼《かいじん》に帰したのだから、一応は、驚いてもいいようなものだが、〝半生の夢〟には、一行も、その時のことが、記されてない。恐らく、彼の手許には、一年や二年、ゼイタク生活を続けられる預金通帳があり、また、但馬商店は大阪支店でも、手広い商売をやっていて、本店の罹災ぐらい、ものの数でないと、タカをくくってたのだろう。

一体、太郎治はロンドンからパリと、ゼイタク三昧を続けてきたけれど、後の時代の彼に比べると、まだ、金使いが少なかったかも知れない。何といっても、独身時代、社会のミソッカス時代には、そう大きな金が使えるものではない。青年の享楽というものは、範囲が知れてる。

それにしても、彼の生活費、享楽費が、毎月どれほどだったかは、ちょいと、耳にはさんで置きたいのだが、生憎、少しも、そんな記述がない。当人は、こんなゼイタクをしたとは、書いても、いくら使ったかということは、故意に省いてるようである。だから、金額は推定でいくより外ないが、恐らく、独身時代は、毎月、一万円ぐらいのところか。後には、その数倍を要したろうが、最初のパリ時代は、そんなものだったろう。

現在のパリでは、日本の旅行者が、一日一万円使っても、不足するのだが、当時は、円が高く、フランが安かった。日本人留学生は、文部省から毎月三百六十円もらって、金が余って困るといった時代である。貧之書生の筆者なぞそれよりずっと低額の生活費でも、日に一度ぐらい、キャフェ通いができたのである。

だから、一万円というと、大変なことになる。今なら、三、四千万円の生活だから、何でもできないことはない。その頃の太郎治は、浴びるように、最高の男子用香水を用い、彼が訪ねてくると、一日中、部屋の中が匂ったといわれるが、それくらいのゼイタクが、問題になる男ではなかった。

そして、彼のゼイタク振りは、対手がフランス人だから、一層目立ち、モテる理由にもなったろう。フランス紳士なんてものは、きれいなハンカチを持ちながら、それを用いないで、手バナをかむといわれてるぐらいで、大変、ケチな者であるから、気前のいい富豪を、尊敬するのである。太郎治も、ニューヨークあたりで、生活してたら、こうはモテなかったろう。

しかし、日本にいる父親から見たら、数年間も故国を離れ、高額の金を浪費してる太郎治の身の上が、少しは心配になってきたのだろう。また、パリの花にウツツを抜かす風評も、耳へ伝わってきたかも知れない。

太郎治に、召喚状が届いたのである。といって、叱言《こごと》をいうためではなく、年頃だから、そろそろ身を固めさせたいという下心だったか。

＊

太郎治は、一九二四年の十二月に、日本へ帰ってきたが、例のローランサンのモデルの女との関係は、その船出の時まで続き、別離の涙をしぼった。

「また、必ず来るからね」

そういう、誓約は、紋切型であるが、彼の場合は、正真正銘の気持だったろう。故国へ帰るのは、ほんの一時の旅であって、すぐ、ヨーロッパへ取って返し、従来の生活を続ける覚悟でなかったら、彼は、断じて、東方へ行く船に、乗らなかったろう。それほど、彼の魂は、フランスに魅せられ、彼の習俗も、パリ人になり切ってた。

東京へ着くと、駿河台の父の家は、焼跡であり、代々木に新築の豪邸ができてた。但馬商店は、震災で何の打撃も受けなかったのか、相変らず、新邸の生活は、ゼイタクだった。食事の度ごとに、女中が料理の品書きの塗り板を持ってきて、註文をうかがうというのは、料理屋並みだった。無論、腕のいい料理番がいたからだろう。

太郎治は、両親の顔を見たら、すぐにも、フランスへ帰るつもりだったが、

「まア、今度は、しばらく日本にいなさい」

という父の態度に、強硬なものを見た。父は、ヨーロッパ再渡航に、反対の意は示さなかったが、後嗣者《あとつぎ》の彼が、生活の本拠を日本に置くことを、強く望んでた。そして、彼の帰朝を機に、これから、よい配偶者を探そうという底意があるから、息子の帰り急ぎを、許すはずもなかった。

「そんなら、ぼくの住む家を、建てて下さいよ。とても、こんな日本家屋は、不自由で、やりきれないから……」

その希望は、すぐ、聞き入れられた。

そこで、太郎治は、駿河台の家の焼跡に、Villa de mon capriceの設計を、始めたのである。後に、奇縁をもって、私が住むことになったキャプリス荘であるが、それが、どんな家であるかは、すでに、多くを述べた。

とにかく、東京でフランス生活を営むのに、何不足ない家であるが、彼は、建築や家具の外に、必要な人間をも探し当てた。彼が帰朝の時に乗ったフランス船の司厨《スチユアード》を、下船させ、わが雇人としたのである。彼はイタリー人で、アントニオといったが、細君はフランス女で、料理が上手だった。太郎治は、夫婦とも雇い入れて、亭主はバトラーとして、彼の身の回りの世話をし、細君は、台所で腕をふるった。

これなら、日本でも、フランスそっくりの生活が、できるわけだろうが、震災から間もない東京で、イタリー人のバトラーを置くなんて、三井・三菱も及ぶ所業でなかったろう。そんなハイカラ男は、日本にいなかったろう。

それなのに、彼は、シマの結城《ゆうき》お召に、角帯を締め、白足袋《しろたび》をはいて、柳橋に出動するというような行いを始めた。その遊び振りも、大変古風であって、屋形船に美形を乗せて、向島に出かけるとか、雪の朝の待合で、置きゴタツの酒を愉しむとか――三十にもならぬ若旦那の遊興とは、思えぬことばかりだった。

ちょっと、異様な転向振りと、思われるが、フランスの風が、ゾッコン身に浸みた男が、日本に帰ってくれば、そんな反応を起すのは、自然かも知れない。永井荷風の新帰朝者時代を見ても、肯かれるのである。

無論、太郎治は、古風な若旦那を気取るかたわら、折花攀柳《せっかはんりゅう》の方も、相当、励行したらしいが、結局、パリに優る遊蕩《ゆうとう》の真味は、発見しなかったようである。

それでも、彼は、極力日本の享楽を味わうべく、努めたらしく、角力《すもう》見物にコリ出した。富める町家に生まれたのだから、幼時から、角力場へは出入りしたろうが、今度は懐古趣味の対象として、角力に興味を深めた。当時の名力士幡瀬川《はたせがわ》をヒイキにして、旦那らしい振舞いをした。

面白いことに、その頃は、彼自身も、力士に負けない、二十五貫の体重の所有者だった。そんな肥大漢を、イロオトコとは呼べないし、私がパリで見た彼の写真の優雅さと、去ること遠くなったのである。きっと、あの写真は、パリへ着いて匆々《そうそう》のものらしく、その後、いいブドー酒と、うまい料理を満喫して、ブカブカ肥っちまったのだろう。もっとも、その頃が、肥満の絶頂らしく、やがて、体重は減ったというものの、小肥りの好男子という型は、脱し得なかった。つまり、彼は東洋の貴公子というより、ブルジョアの旦那の体軀《たいく》に移ってきたので、それから後の情事も、感傷型から肉慾型へ変ったのではないかと、想像される節もある。

それはさておき、日本へ帰ってきても放蕩の止まない彼を見て、両親が嫁探しを急いだのは、当然だろう。彼も結婚には、反対でなかった。パリの社交界に復帰する時を考えても、妻帯が必要だった。といっても、妻として、永遠の女性を見出そうという考えはなかった。彼もロンドン時代には、〝結婚は恋愛の墳墓〟というようなことを、考えてたが、パリの社交界を見てから、量見が変ったのである。妻は社交生活に必要な道具であり、価値あるアクセサリーであるという風な、パリ紳士的な考えと、彼の肉体の脂肪化とは、歩調を合わせたのだろう。

そして、嫁選びが始まったのだが、こういう場合にありがちな、親と子の意見の相違というものが、全然なかった。

名家の娘で、美人。

選択の標準が、完全に一致したのである。

無論、但馬家は富豪だから、持ち込まれる縁談も、植木屋の娘というのはなかったにしろ、ブルジョア仲間の該当者が多かったが、

「金持は、ご免だ」

という点で、父と息子は、同意見だった。

恐らく、金ならウチに転がってるという考えだろうが、そうなると、名家というのは、華族より外ない。

当時は華族制度[*64]全盛だったし、その上、父の太兵衛は、ひどく貴族好きだった。彼の交際先きは、実に華族が多い。西園寺公なぞは、同じ駿河台に住む関係もあったろうが、ずいぶん以前からの交際で、太郎治も〝坊や〟と呼ばれ、老公に可愛がられたことがあったらしい。

父が上流好みの上に、息子の太郎治も、ご多分に洩れずロンドンとパリの社交界を見て、貴族がどんなに工合のいいものかを、知ってた。華族から嫁を迎えることにおいて、父子の間に、一議もなかった。

そして、どうせ貰うなら、美人の方がいいにきまってるし、また、〝面食い〟の性癖にかけては、太郎治は抜群だったから、嫁探しの方向は、

〝華族のお嬢さんで、美人〟

ということに、ピタリと、一定した。

それが、高望みというわけでもないことは、当時の太郎治は、上流社会の令嬢たちの間に、人気を博してたのである。貴族は金持が好きにできてるものだが、ただ金庫の番人というのでは、彼女たちの高い気位を、満足させない。太郎治はパリ帰りの上に、イタリー人を家僕に使う駿河台の生活は、令嬢たちの眼を見はらさせたのである。彼の持ってる自動車一つにしても、当時としては魅力充分だった。

そこへもってきて、太郎治は、上流女性の憧れを集めるようなことを、やってのけた。フランスのピアニスト、ジルマルシェックスの招聘である。

この招聘の話は、彼がパリにいた頃に始まり、フランス政府の文化宣伝の片棒を、彼が担ったのだが、ジルマルシェックスの細君というのが、大変アダっぽい女性であり、彼と親しく往来してたから、その方から話が早くまとまったらしい。

ジルマルシェックスの来朝は、大正十四年だが、震災で焼け残った帝国ホテルの演芸場で、演奏が行われ、人気の的になった。というのも、震災で荒廃した人心に、外国音楽家の訪れは、干天に雨の効果があったからで、ジルマルシェックスの芸術は、最高級ともいえなかったろう。しかし、太郎治はプログラムまで、自分で意匠するほどの気の入れ方で、当時としては、ひどくハイカラで、贅沢なものができあがった。

この演奏会あたりから、但馬太郎治の名が、日本で知られてきた。上流の令嬢たちの間にも、彼の人気が高くなったのだが、彼自身も、それに答える態度をとった。

女子学習院の講堂で、ジルマルシェックスの特別演奏会を催したのも、その一例だろう。その時は、皇族も、卒業生の常磐会のレキレキも、そして、在校生の華族の令嬢たちが、花壇の花のように、席を埋めたことはいうまでもない。

太郎治は主催者として、ブラック・タイの正装で壇上に立ち、演奏者を紹介したのだが、それだけの目的で、聴衆の顔を、見渡したか、どうか。一説によると、彼はその時に、聴衆の中から、後に彼が妻とした山城伯爵の令嬢紀代子を見出し、彼女を見染めたというのだが、果して、どんなものか。彼も女修行の数を重ねて、冷静且つ大胆な眼光の持主だったろうが、千人も集まった女性の中から、短い時間に、ピカ一を発見するのは、至難の業だったろう。

それから、〝見染める〟という所業も、太郎治に不似合いであって、また、その頃の彼に、そんな能力があったとも、思われない。その上、彼の結婚観が前に述べた通りだとすると、恋愛は問題の外にあることになる。

しかし、いずれにしても、太郎治は、山城伯爵令嬢との縁談に同意し、仲介者が立って、先方へ申入れた。

もっとも、その前にも、嫁の話があったらしいが、それもある伯爵令嬢で、父親は貴族院で鳴らした人だった。もう一人の候補者も、やはり、華族だった。太郎治と彼の父の嫁選び路線は、一途のものだったらしい。

山城伯爵家の初代は、長州出の武士で、維新から西南戦争にかけての功労があり、陸軍中将だったが、司法大臣も勤めた。しかし、軍人華族の家らしく、二代目も、花嫁候補者の父の三代目も、陸軍に勤め、後者は乃木将軍の副官だったという。

そういう家柄だったから、家風が厳格で、生活も質素だったらしい。そして、但馬家の方は、すべて反対で、成金風であるから、釣り合わぬ縁談として、気が進まなかったようである。

その態度が、但馬父子の食慾を、かえって刺戟したのだろう。また、当人の紀代子が、かつて秩父宮妃の候補者にあげられたというようなことを、聞知すると、一層、乗気になったのである。高貴の女性の資格充分といわねばならない。もっとも、彼女が遂に候補者に止《とど》まったのは、例によって、宮内省の調べが綿密で、呼吸器系統の健康に、思わしからぬ点があったからだというが、後の彼女の運命を見ると、これは当っていた。

但馬家の方では、呼吸器よりも、もっと外側の問題に、多くの魅力を感じてたので、その点には、一顧も与えなかった。また、その頃の彼女は、肉づきよく、どちらかというと、豊満美人型だったので、すべてを杞憂と考えたのだろう。

そして、容易に首を振らなかった令嬢の父を、口説き落すために、一条公爵なぞが尽力した。また、太郎治の父が、中学時代に、伯爵当主と同級だったことも、話をまとめることに、力があった。

大正十五年の春に、二人は結婚した。

披露宴は、帝国ホテルで催されたが、豪華を極めたものだったらしい。媒酌人は一条公爵夫妻で、華族や顕官や、外国人の出席が、非常に多かった。その頃のフランス大使で、詩人、劇作家として世界的だったポール・クローデルが、主賓として招かれ、儀礼以上に、長い挨拶を述べた。

太郎治のエンビ服は、パリ調製で、彼によく似合い、花嫁は純日本風のイデタチだったが、何しろ、美男と美女が新郎新婦として、列んだのだから、オヒナサマのようだというキマリ文句も、真実の嘆声となった。

しかし、宴会の空気は、少しチグハグだったようだ。当時の出席者の一人に聞いたところでは、お客様の色彩が、ハッキリと二分され、調和を失ったそうである。つまり、外人、貴顕紳士淑女の客と、但馬商店関係の商人連中とが、水と油のように、同席したからである。

宴が終って、太郎治は、外国流に舞踏を始めたが、後続者が少なかったそうで、一方では、お店《たな》の旦那が酔って、クダを巻いてたというのも、結婚そのものに、チグハグなところがあったからか。

二人は、駿河台のキャプリス荘で、新婚生活を送ったが、その年の秋には、相携えて、パリに向った。

太郎治としては、結婚さえすれば、念願のヨーロッパ生活を、継続するつもりであり、父の太兵衛も、それを沮《はば》む気はなかった。息子の身が固まった後ならば、外国で紳士のハクをつけることは、むしろ、彼の望みだったかも知れない。

秋のパリは、並木の葉が落ち、セーヌ河が明るくなり、芸術と社交のシーズンが、始まる時だった。その好季節に、懐かしいパリの土を踏んだ太郎治は、勇躍する胸を、抑えかねたろう。

(今度こそ、思う存分、パリ生活に没入してやる!)

彼は、すでに、昔日の彼ではなかった。いうなれば、チョンガーの紳士ではなくなった。社交界の紳士の誰もが、そうであるように、妻帯者なのである。彼のパリに於ける通称は〝男爵《バロン》〟であるが、今度は、男爵夫人《バロネス》付きになって、名実が相伴なうのである。

そして、今度の課題は、いかにして、最も早く、最も完全に、自分の妻を、パリの男爵夫人にふさわしい、高尚優雅な女性に、仕立てあげるかにあった。

彼は〝男爵〟として、フランス貴族に負けない礼儀や、身だしなみを、知ってたが、日本を飛び出してきたばかりの新妻は、そういかない。いくら女子学習院切っての名花だといっても、パリの社交界に出して、そのまま通用するわけにいかない。まして、彼女は軍人の家庭に育ち、日本ではハイヒールを履いた経験がなく、お化粧も質素、衣服もメイセンを多く着てたという娘だった。

しかし、太郎治は、一向、それを苦にしなかった。細君改造の事業に、驚くべき自信に、燃えていた。ということは、彼女を東京で発見した時から、この女はパリの一流女性に育ち得ると、見当をつけたのかも知れない。芸妓屋の女将なんてものは、その眼識によって、越後あたりの田舎から、将来の名妓を捜し出してくるのである。

その上、太郎治には、パリのモードについて、驚くべき知識と感覚があった。彼自身が大変な伊達者であり、男子専科の優等生だったが、生来の女好きのためか、女性のモードについても、該博《がいはく》なウンチクがあった。女の〝シック〟とは、どういうものなのか、単に流行を追うのみならず、自分の独創を加えた、よき装いでなければ、その女の魅力を生かし得ないことを、熟知してた。

（いかにして、妻を装わしめるか）

彼は新妻の性格や体格を考え、日本美人ということも考え、そして、どんな髪かたち、どんな毛皮、どんな衣服、どんな靴、どんな宝石、どんな香水を選ぶべきかを、あれこれ思案するのは、彼の最も愉しい時間だった。少女が自分の愛蔵する人形に、どんな衣裳を着せるかに、夢中になるのと、少しも異らなかった。

それが太郎治の芸術意慾の現われと、いえないこともなかった。彼は舌なめずりをしながら、細君改造の芸術に熱中したと、考えられる。

刀も刀、切り手も切り手——というカブキのセリフがあるが、太郎治が剣道の達人であることは、明らかだけれど、紀代子夫人が銘刀だったことも、忘らるべきでない。

彼女は、思いの外の短日月に、オペラ座の廊下のような場所に立っても、一歩もヒケをとらない装いを、身につけたのである。無論、亭主に金があり、趣味があって、リュー・ド・ラ・ペーの一流店の粋を集めたといっても、それを着こなすというのは、誰にもできる業ではない。彼女に素質とセンスが、あったからである。アメリカの富豪の娘もパリへきて、金に糸目をつけぬ装いをするが、笑い者になるだけである。但馬夫人が、優秀な大和撫子《やまとなでしこ》であったればこそ、その成功をおさめたのだろう。

それにしても、彼女の奮励努力は、大変なものだったらしい。フランス語の習得だけにしても、彼女は必死の勉強だったらしいが、その他、社交界の礼儀、態度も、日本流では間に合わぬから、稽古が必要である。また、フランスの芸術や文学についての知識も、一応は身につけなければ、上流人といえない。

彼女は、よくその試練に耐え抜き、俄か勉強以上の成績をあげた。パリの流行に従い、なおかつ日本美人の特色を生かす装いと態度を、打ち出したのだから、天晴《あっぱ》れである。社交界の女性なんて、どこでも口うるさいのに、彼女は誰からも、〝可愛い夫人《ミニヨンヌ》〟、〝魅力ある美女《シャルマント》〟と呼ばれた。ことに、その装いは、賞讃を集めた。

無論、彼女がそうなるためには、家庭教師も出入りしたろうし、彼女の背後に、いつも控えてる軍師、太郎治の指導力が、絶大だったろうが、やはり、〝教えも教えし、覚えも覚えし〟であって、彼女の素質が豊かだったからだろう。

とにかく、太郎治の細君改造工事は、みごとに成功した。ことに、彼が妻のために選んだ紫という色彩は、ビロードのローブにも、例の純銀製の自動車にも用いられて、最大の効果をあげた。それは、彼女によく似合う色だったばかりでなく、太郎治の最も好んだ色でもあった。彼はこの貴族的な色彩で、彼の生涯を塗りつぶそうとした趣きさえ、看取できるのである。

彼女の〝紫の車〟が、カンヌの自動車エレガンス・コンクールで、特賞を獲得し、彼女自身がまた、ニースの美人コンクールで、首席に選ばれるようなことになり、彼女も完全に社交界の花であり、太郎治の本懐、これに過ぎるものはないと、思われた。そして、紀代子夫人は、彼にとって、掌中の珠であり、鍾愛《しょうあい》の的であるはずだった。

ところが、上流人の心理は、また別な宇宙であるらしく、太郎治は、細君改造に熱意の大半を注ぎ、夫婦愛の方には、充分に手が回らなかった形跡がある。

紀代子夫人が、パリへ着いた当座から、太郎治の許へ、昔馴染みらしいパリ美人が、何人も訪ねてきたが、彼は、そういう連中と出て行ったきり、深夜に及んでも、帰らないようなことが、よくあった。

彼女は、おおかた、それもパリ風習の一つだと思って、気に留めなかったとも、聞いてる。

紀代子夫人は、美人のくせに、というのもおかしいが、邪気やウヌボレのない人で、童女という形容が、ピッタリだったらしい。当時のパリで、最もハナバナしい日本女性だったから、在留邦人の間で、嫉視されそうなものだが、まったく、悪評のない人だった。あまり、人がいいので〝愚美人草〟なぞと、アダ名が生まれた。その純真ぶりに、M新聞のA記者が、あんな憧憬をささげたのかも知れない。

とはいっても、良人のアクセサリー的扱いに、まるで不満を起さなかったわけでもあるまいが、そこは、上流人の心理であって、お前さん、どうしてくれるんだよ、というような言は、吐かなかったらしい。ジッと忍従というより、アッサリあきらめてしまった趣きがある。それに、パリの上流社会というところを見渡せば、下々のように、浮気のケンカなぞ、やる奴はない。亭主が勝手なことをすれば、細君も好きなことをやって、互いに知らん顔で、ニッコリしてる。それが、習慣なのである。

彼女も、好きなことを、やる気になったが、フランス流には従わなかった。男をこしらえる代りに、画の道に励んだのである。パリのことだから、彼女の東洋美を狙って、いい寄る仇《あだ》し男がなくもなかったろうが、その方は大変堅くできてた女性らしい。その代り、画の方は、ラプラードを師匠として、本式の勉強を始めた。もともと画が好きだった上に、一心に打ち込んだので、進歩が早かった。素人画としては、個性のある、面白い画だったことを、彼女の長い友人だった、高野三三男《こうのみさお》画伯夫妻が、証言してる。

画の外に、酒を飲むことも、勉強の一つだった。酒の飲めないフランス女というのは、存在しないので、ことに、社交界へ出れば、グラスを口にする機会が多い。彼女は、厳格な家庭に育って、飲酒の経験はなかったが、下地はあったらしく、この方も、絵画と同様、上達が早かった。でも、飲酒と夜更しと、それから、肩を露わす夜会服の着用が、多かったために、彼女の健康は蝕《むし》ばまれたと、いう人もある。

それは、後の話であって、一九二九年五月のパリ大学都市、日本学生会館の開館式の頃は、彼女の美と健康も、絶頂だったろう。別名タジマ会館といわれるこの建物は、いうまでもなく、但馬太郎治の奔走と寄付によって、出現したものだが、日本の城閣に模したピエール・サルドゥの設計と、フジタの壁画と、ナヴァールのガラス彫刻が、人々を驚かした。来賓も、ドゥメルグ大統領やポアンカレーや、フランスの粒選《つぶよ》りが集まった。

大郎治はこの式典で、大演説をブッたが、生涯の得意の日だったろう。そして、彼は、ホテル・リッツで、粒選り連中三百名を招いて、大晩餐会を開いた。席上、彼は、レジオン・ド・ヌール勲章を貰ったから、いよいよ得意だったろう。その夜の彼のイデタチは、濃紫色のエンビ服という独創のものを着用したが、紀代子夫人は、ポール・ポアレ調製の白と黒の夜会服で、宝石はダイヤとエメラルド。これが大変シックを極めたそうだが、太郎治の意匠であるのは、いうまでもなかった。

その式典の費用だけでも、大変なものだが、建築費が、そもそも、莫大だった。当時は円価が高く、フラン価が安かったが、今あれだけのものを建てるとすると、十億円近い費用を要するだろう。外観ばかりでなく、内部の建築がしっかりして、金をかけた跡が、窺《うかが》われるのは、パリの巻ですでに書いたとおり、私は住んだのだから、証人になれる。

その金が、まだ部屋住みの太郎治の懐中で、まかなえるわけがない。世上、あの会館は、彼の建設となってるが、無論、彼の尽力と奔走の結果にはちがいないが、金主は父親なのである。建設の話は、太郎治が結婚前に、パリにいた時から、始まってたので、彼が帰朝した時に、父親に相談し、快諾を得た。

父親の太兵衛は、一種の寄付癖を持ち、ことに、外国関係の文化事業に、金を出すことを惜しまなかった。そのために、外国政府から、勲章を度々もらってるが、それを胸間に飾る愉しみも、あったようである。ジルマルシェックスの招聘にしても、ベルギーのルーアン大学の日本講座設立にしても、太兵衛は、欣然《きんぜん》として、費用を負担した。

しかし、日本学生会館の建設費用は、従来の寄付と比較にならぬ大金で、彼としても、右から左に支出できたわけではなかった。但馬家は、決して、三井・三菱に匹敵する、超富豪ではなかった。ただ、ハデに金を散じるので、世間の注目を浴びたのである。それに、その頃の但馬商店は、初代在世の頃から見ると、降り坂にかかってた。

それにもかかわらず、太兵衛は、敢然と、大金をフランスへ送ったのである。息子を援助するというよりも、彼自身の志を展《の》べたのであろう。しかし、その金は、活きた。但馬家の栄華は、夢と消えた今日でも、会館はパリに存し、多くの日本人学生に利用されてる。

会館の金も大きかったが、太郎治のパリ生活費も、独身時代の比でなくなった。妻を携えて、パリに再来してから、彼は馬力をかけて、金を使い始めたのである。パリで豪奢なアパルトマンを持ち、その上、各所に、隠れ家のような家を借り（紀代子夫人も自宅以外に、画室を持ってた）夏はドーヴィル、冬はカンヌの一流ホテルで、暮すのだから、大変な生活である。

そして、太郎治のゼイタクも、紀文大尽《だいじん》*65並みになった。彼のシガレット・ケースというのは、ロンドンのダンヒルに特別註文したものだそうだが、プラチナ製で、蓋は黒漆塗り、それに、星型にダイヤをちりばめてあり、誰の眼をも驚かすに、充分だった。

また、自宅の家具も、フランスの古城で用いたルイ王朝時代のものを、骨董的値段で買入れ、日本から取り寄せた金襴で、張り直すというゼイを尽した。自用の香水も、特別調製で、アマリリスという名をつけた。

そして、自分のゼイタクと同様に、夫人にも、豪華の限りを尽させた。彼女のコンパクトは、無論、註文品であり、腕輪も手が重たくなるほど、厚いプラチナであり、宝石の所蔵は、パリの富豪夫人を凌いだ。

人間、ゼイタクは、できる間にして置くことで、終生の栄華生活というものは、望まれない。但馬太郎治も、パリの日本人として、空前のゼイタクを、三十歳以前から味わい尽したのは、賢明だった。ゼイタクの味も、わが歯でかみ、わが舌で知るべきだが、入れ歯の厄介になる年齢では、どうにもならない。

その頃の太郎治が、毎月、どれくらい親のスネをかじったか、金額に興味があるが、物価や貨幣価値の差が、大き過ぎて、数字だけではピンとこない。まず、毎月三万から五万の送金で、そんなゼイタクができたらしい。今なら、その辺のサラリーマンの月給だが、当時の一万円は、日本人として、一財産だった。

父親の太兵衛にしたって、日本学生会館の設立には、喜んで出資したろうが、毎月の息子の要求が、次第に殖えてくには、閉口したらしい。それで、送金も、時には、途切れることもあった。

しかし、太郎治は、泰然として、非常手段に訴えた。逆為替という手である。パリの銀行で金を借りて、日本の実家から取り立てて貰うのである。私はパリ貧窮時代でも、逆為替の夢を考えたのは、再三だったが、私なぞは銀行が対手にしてくれないから、実現の時がなかった。でも、但馬太郎治となれば、二つ返事で、銀行が引き受けてくれるから、これを濫用した。日本の父親も、もし支払いを拒絶すれば、信用上の大問題となるから、イヤイヤながらも、取り立てに応じた。

但馬商店は昭和十年に、閉業をしてるが、それは当主の太兵衛の商売ぎらいというだけではなかったろう。太郎治のフランスに於ける濫費が、ずいぶん影響してるのである。昭和十三年には、駿河台の地所を、十五年には大磯の別荘を、人手に渡してるところを見ても、大廈《たいか》の傾くが如く、緩い速度で、太郎治が逆為替を用いた頃から、斜陽時代に入ったと、考えることができる。

しかし、われわれの台所とちがって、家運非なれば、すぐ、水が切れるというわけのものではない。また、昔の富豪は、今の出来星とちがって、カネモチ・モノモチの根が深い。信用も厚い。右から左の倒産ということはあり得ない、それだから、太郎治のゼイタク生活も、まだ続くのだが、運命の神様は、もう横を向いてるのである。

その頃、彼はギリシャのデルフ祭典に、日希協会設立者として、参加したり、パリの日本人画家を糾合して、日本人芸術家協会なるものを始めようとしたが、後者は、明らかな失敗となった。派閥の好きな日本人のうちでも、画家は最たるもので、パリの空の下で、イガみ合った。

そのうちに、紀代子夫人が発病した。

医師は転地療養をすすめるので、彼女は、アルプス山中のメジューブのサナトリュウムへ入ることになった。そのことは〝パリの巻〟でも書いたが、一九三〇年頃だったろう。スイスのサナトリュウムなんてものは、設備が完全な代りに、大変、金のかかるものらしいが、そんなことに、太郎治は、痛痒《つうよう》を感じなかったろう。同時に、妻の不在ということにも、彼は、大きな痛痒を感じなかったのではないか。彼に限らず、富裕人というものは、細君が食事の世話をするわけではなし、洗濯をするわけでもないから、日常生活の不便はなかった。また、社交生活の方でも、独身は困るが、夫人病気中とあれば、一人でどんな席へ出ても、ハンパ扱いをされる心配もなかった。

その上、彼には、多くの女友達があった。当時のフランスの美人女優エドモンド・ギーなども、その一人で、彼女のパトロンはイタリーの名家メジチ家の当主で、通人の名の高い侯爵だった。そんな連中と、面白おかしく遊んで暮せば、孤独を感じる暇もなかったろう。しかし、夫人の方は、異境に病んで、ただ一人の日本女として、山中のサナトリュウムに臥《ね》ていたら、そう面白いこともないわけである。

とにかく、美男美女の好一対を謳《うた》われた但馬夫婦も、わずか五年目にして、同棲を終ったのである。夫人は、やがて小康を得て、帰国したが、夫婦が形影相伴なったことは、その後ついになかった。すでに〝駿河台の巻〟のY夫人が、薄倖《はっこう》な紀代子夫人の運命を、語ってる。

それはさておき、彼女がまだサナトリュウムにいる頃、太郎治は、短期間ながら、日本へ帰った。それは、日本学生会館設立の時に、知遇を得た前文相のオノラ老人の訪日を、案内するためだった。オノラ老人は大学都市の総裁である上に、その時、日仏協会の総裁を兼ねることになった親日家だった。太郎治も傲岸《ごうがん》なところがあり、あまり人に服さぬ男だが、このオノラ老人ばかりは、心から傾倒して〝親分〟と呼んでたようである。

満州事変の頃で、日本の空気は、親日外人をも辟易させることが、多かったが、太郎治はキャプリス荘を、宿舎に提供して、老人を厚くもてなした。

そして、その帰途、太郎治は、当時のインドシナから泰国《タイ》へ入った。そして、政府の款待を受けたが、彼にとって、熱帯国の風物は、初対面ではなかった。

彼は一九二四年にも、ここの土を踏んでるのである。泰国の原始林中に眠ってるという、金鉱発掘のためである。

彼のように金運に恵まれた男が、更に黄金を欲したのは、慾ばりだと思われるが、動機は甚だロマンチックだった。

その頃（独身時代）の彼は、ある女優の卵に、恋愛していた。その女は、あるフランス貴族と婚約があり、そのため、その貴族から、決闘を申込まれたのである。

二人は、ピストルで勝負したのだが、太郎治の撃った弾が、その貴族の右手をかすめ、彼はピストルをとり落した。それで、太郎治の勝ちとなり、貴族の方は、女との婚約を思いあきらめ、ブルターニュの旧領地へ隠栖してしまった。

太郎治は、女を獲たものの、その事件の打撃のために、パリに居たたまれなくなった。ちょうど、その時、あるフランス人から、昔時、アンコール・ワット宮殿の建設のために、黄金を産出した大金鉱が、泰国奥地の原始林中に眠ってるのを、探知したから、二人の共同事業で、再興しないかと、話をもちかけられた。

太郎治は、決闘事件で、精神が動揺してたから、話の真偽を確かめる暇もなく、すぐ、熱帯への旅に、飛び出してしまったというわけなのである。

しかし、現地で調査してみると、それは雲をつかむような話だったのだが、太郎治としては、その探検旅行に、充分満足して、パリへ帰った。

彼は、そういうことが、好きなのである。決闘も、彼の冒険心を満足させたが、ジャングルの中を歩き回った経験は、一層、彼を喜ばせた。金鉱があっても、なくても、その喜びに変りはなかった。

幼時の彼が、母の家の庭園の池で、ボートに乗り、冒険の空想を愉しんだことは、前に書いたとおりで、それは、天性かも知れなかった。

彼の女漁りも、明らかに、情事の冒険慾と思われるが、一体、彼はどういうイロオトコなのか。〝梅暦〟[*66]の丹次郎のように、女を喜ばせ、女に追われる男なのか。それとも、女を征服するためには、生命も賭ける、ドン・ジュアン[*67]の方なのか。

彼が女好きなのは、わかってるが、情事の冒険そのものを、もっと好きな男と、考えられる節もある。

まだ、彼がロンドンにいた頃に、短期間だが、フランスの外人部隊に入ったという噂もある。オックスフォードの不良学生に、誘われた結果だというが、ほんとの動機は、年上の夫人に懸《け》想《そう》して、失恋したためだという。そして、アフリカで、原住民と戦って、負傷して、除隊になったということも、聞いてる。

富豪の坊ちゃんの所業として、やや突飛であるが、彼の生来の冒険心の奔騰《ほんとう》と、見れないこともない。彼自身、自分の冒険慾を、理想冒険と現実冒険の二つに分けてるが、両者が時に、混同することもあったのだろう。

ロンドン時代に、彼は〝アラビアのローレンス〟[*68]を、崇拝してた。当時のローレンスは、第一次大戦後の英国で、無冠の砂漠王、神秘の英雄として、ひどく人気があり、年少の太郎治の血を湧かせたのだろうが、ローレンスの居所は、常に不明で、どんな素速い新聞記者も、彼に面会した者はなかった。存在するが、捕捉できぬ人物として、彼の人気は、いよいよ高まる一方だったが、太郎治は、どうしても、彼に会って見たいという、野望を起した。

勿論、彼自身も、その実現はむつかしいと、思ってたのだが、英人のデーオージーという人物の手引きで、その望みを果したのである。

場所は、デーオージーのロンドン郊外の家。ローレンスは、紺地にシマの背広を着て、軍人というより大学教授の印象だったという。

「ギリシャ研究をお続けなさい。私もギリシャから出発したのですよ」

と、語ったというが、ローレンスに会った日本人は、太郎治の外にあるまい。

所詮、太郎治も、一種のプレー・ボーイであるが、遊冶郎《ゆうやろう》とは、一線を劃すべきだろう。また、美男のくせに、金と力があった。

金はいうまでもないが、腕力の方だって、ある程度の自信はあったようである。それで、外人部隊へ入ったり、決闘をやったりしたのだろうが、角力が好きで、ヒイキの幡瀬川の取り口をマネて、素人角力をとったこともあるという。

彼の性格を、女性的という人もあるが、それにしても、冒険好き、ハデ好き、遊び好きの女性というべきである。そんな女の典型が、パリにいた。

彼の女友達に、陸軍大将の娘で、〝トウトウクス〟というアダ名を持ったのがいた。アダ名を持つくらい、上流社会の変り種であり、当時の流行語でいえば、無軌道娘の標本だろう。女のくせに、バクチが好きで、一シーズンに、父の遺産九百万フランを、きれいにスったという娘である。金がなくなると、カジノ・ド・パリの舞台で、平然と裸体のダンスをやって、生活してた。家名だとか、上流社会人意識は、全然、彼女の眼中になかったらしい。

この娘が、また、大変な拳闘ファンなのである。ただ、ファンであるに止まらず、自分も、リングの上へ登る。といって、大女というわけでなく、パリ女によくある、小づくりで、八頭身のイキな体格だったらしい。

太郎治も、拳闘は好きだった。それでも、見物専門の方で、グローブをはめたことはなかったが、つまらぬ座興で、女拳闘家の〝トウトウクス〟と、試合をすることになったのである。

場所は、パリのサン・ドニという、あまり風儀のよくない界隈の三流リング。〝トウトウクス〟が女拳闘家としての披露会の席だったが、太郎治も招待客として出席してるうちに、シャンパンの酔いが回り、彼女に挑戦する気になり、エンビ服を脱いで、サルマタ一枚の姿で、リングに登った。

とたんに、太郎治は、彼女のアッパー・カットを食って、マットに伸びたのである。これは、当然——太郎治は、角力の手しか知らないのに、対手は、ともかく、女拳闘家として、一応の訓練は受けてた。

結局、カウントの終るのを待ち、彼は立ち上って、勝名乗りを受けた彼女の頰に、接吻をして、喝采を浴びたというのだが、太郎治のパリ行状記の一ページとして、興味がある。

しかし、もっと面白いのは、その後の彼女の運命で、やがて、彼女はマルセイユのギャングの一味に加わり、第二次大戦の時には、女将校となって、パリ解放軍に加わってたという。

そういう娘も、フランスにいるのだが、彼女と太郎治の間には、ずいぶん共通点が多いのではないか。太郎治も、早く父親の財産を嗣いでたら、瞬く間に消費して、どんな運命の子となってたかも知れない。彼が部屋住みの身であったのと、性格に多少女性的な点があったおかげで、まだまだ、破滅に至る道は遠いのである。

太郎治が日本から帰途、泰国へ寄ったのは、例の金鉱の夢が、まだ覚めず、発掘許可を政府に求めるためだったのだが、旧知の要人たちから、非常な歓迎を受けたにかかわらず、目的の方は、一向に進展しなかった。

泰国の高官や大臣なぞは、長い間、強国を対手にして、独特の外交術を知ってるから、すぐ拒絶もしない代りに、許可も与えない。ノンベリクラリと、待たして置くのである。しかし、歓迎の方は、至れり尽せりのことをする。

太郎治は、最初は東洋のロックフェラーと、新聞に書かれ、やがて、男爵と呼ばれ、最後は〝殿下〟の扱いを受け、勲章まで授けられたから、滞在の気分は、悪くなかったろう。

彼も、父親に似て、勲章好きの方で、フランス政府から貰ったレジオン・ド・ヌール勲章の赤い略綬なぞを、胸間に飾って、その威力を味わったことは、度々だった。しかし、泰国では、勲章以上に、南の国のエキゾチシズムが、ずいぶん彼を魅惑したようである。

つまり、パリという燈火の都ぐらしに、少し退屈してきた結果だろうが、彼の血の中に、若干の野性が、潜在しないこともなかった。彼は、パリの豪華なマンション生活だけでは満足できず、モンマルトルの陋巷《ろうこう》へ、隠れ家を持ったり、紀代子夫人という美しい妻を持ちながら、やたらにツマミ食いをしたことを考えると、馴致された血の持主ではないようである。彼もまだ三代目で、初代太兵衛の節くれ立った腕の力が、どこかに残ってたのでもあろう。

彼はカンボジアやラオスの旅をして、ジャングルの入口ぐらいは、覗いてきたらしく、珍奇な鳥獣や、樹木や花に、好奇心を満足させてきたが、泰国王室の招待で、夜風の涼しい河畔の宴会で、泰の音楽と舞踊に陶酔し、そして、踊り子の一人から、ジャスミンの花輪を、首にかけられるというような扱いは、彼にとって、ゾッコンうれしく、パリでも、東京でも、望めない夢なのである。

彼は、その時ばかりでなく、一九三六年にも、その翌年にも、泰国へ出かけてる。よほど、この国が気に入ったらしい。そして、泰国人を愛すること、一通りでなかった。恐らく、フランスに次いで、彼はこの国を愛したのではなかったか。

しかし、その時の旅から、パリへ帰って見ると、ヨーロッパの物情は、騒然としてた。ヒットラーが立ち上り、ムッソリーニと呼応して、今にも、進軍を始めそうな、形勢だった。

イギリスに学び、フランスで暮し、その上、幼時から西園寺公や牧野伯の家に出入りしていた太郎治は、反枢軸側[*69]に立つことを、運命づけられてた。また、大学都市の仕事や、ベルギーの大学の日本講座設立で、彼も一個の国際人となり、政治的立場を持たざるを得なかった。もっとも、彼に限らず、長くヨーロッパに在った日本人は、おおむね自由主義者で、全体主義の支持者は、少なかった。

太郎治も、フランスがドイツから脅かされなければ、それほど反枢軸の血を湧かすこともなかったろうが、形勢は、日に日に、彼を逆上させる方へ進んだ。

「なんだ、ボッシュの奴!」

ボッシュとは、フランス語で、ドイツ人を呼ぶ蔑称だが、彼もその言葉を、毎朝、フランスの新聞を読む度に、叫んだ。

そういう彼が、日独協定[*70]に腹を立て、外相松岡やベルリンの大島大使を、憎悪したのは、当然である。もっとも彼は、満州事変の頃から、母国の方向に反対し、日本軍部の横暴を罵り、中国人に同情し、パリの某邦人画家が、チャンコロ[*71]という語を用いたといって、まっ赤になって、激怒したというから、リベラルな政治思想は、以前から兆《きざ》してたのだろう。

そして、多くの自由主義者のように、その思想を、静かに腹の中へしまって置くということは、彼の性分でなかった。

その頃、チェコスロバキアは、ヒットラーに狙われてたが、彼はその国へ乗り込んで、ユーゴスラビアやルーマニアへも、働きかけるという意味で、大学都市の文化宣伝を行う気になった。つまり、スラブ系統の文化戦線を張る、一助になるからである。

彼はオノラ総裁の賛同を得て、プラーグへ赴き、その地のフランス学会で、講演を行った。

彼のフランス語に、イギリスナマリがあるというものの、語学力は天成のものがあり、フランス語で小説を書く能力があり、ことに、シャベる方にかけては、在留知人の誰をも凌いだ。

といっても、彼の講演が、何の効果もなかったことは、その後の形勢で明らかだが、彼が反枢軸側の日本人として行動を始めた、最初の機会となった。

彼が人類の名誉とか、平和とか、自由とかいう語を、好んで用いるようになり、ヒューマニズムの志士気取りを始めたのも、この頃からだった。それと、フランス愛好が結びついて、やがて、世界大戦勃発後は、個人的レジスタンスともいうべき立場を、とることになったのである。

しかし、欧州情勢が険悪になってから、日本からの為替が不自由になり、太郎治も、一時は、モンパルナスの邦人画家並みの貧乏生活を、覚悟した時期があった。彼の慣用手段の逆為替なぞは、思いも寄らなくなったのである。それでも、何か抜け道があったと見えて、その頃の在留邦人画家のように、草を食ったり、公園の鳩をねらったりしないでも、普通の食生活ができたようである。

そして、一九三八年に、彼は泰国を経て、日本へ帰った。体の工合が悪く、医師は肝臓疾患と告げたので、故国で静養を思いついたのだろうが、父親と金の相談もあったのだろう。為替が不自由になったばかりでなく、それ以前から送金も細った様子である。

フランス船で帰国した彼は、日本人劇〝戦い《ラ・バタイユ》〟を書いたクロード・ファレルと、サイゴンまで同船した。この親日文士と彼は、毎日時局談を交わし、ことに、日本の態度について、慨嘆を共にした。

＊

帰国した太郎治は、京都の別荘で疲れを休め、次いで大磯の別荘で、静養生活を始めた。大磯には、天下の名医もいないが、彼の肝臓障害も、重いものではなく、文字通りの静養を続ければ、よかったのだろう。そして、彼は松籟濤声《しょうらいとうせい》を聞きながら、ヨーロッパの空を睨み、日支事変の勝利に湧く国内に、業を煮やしてたが、彼の身辺は、孤独ではなかったようである。〝わが半生の夢〟の中の記述では、看護を申し出た旧知のフランス婦人が、同伴したということになってる。

どういう篤志のフランス人か知らないが、彼はその女の素性も、彼との関係も、一切、触れてないから、推測の手がかりがない。かりに、好意的推測をして、彼女が看護婦上りの婆さんだったとしても、彼は、フランス語で会話する愉しみはあっただろう。

その上、彼は、駿河台のキャプリス荘から、例のイタリー人のバトラーも、大磯へ呼び寄せてる。大磯の家には、板敷きの間が一つあって、そこを洋室として、イタリー人を住わせたらしいが、私の代になってから、その部屋はハンパだから、応接間に改造してしまった。

とにかく、国家総動員法[*72]が始まろうとする時代に、大磯でそんな洋風生活を営んだのは、一種のレジスタンスだったのだろうが、金もかかったろう。但馬商店はすでに閉業し、キャプリス荘の建ってる地所も、この年に、売却したところを見ると、父親の手許も、往年のように、自由ではなかったろう。しかし、息子には寛容な父親であり、また、古河に水絶えずで、太郎治の我儘も、何とか続けられたにちがいない。

それにしても、ここで、当然思い出さねばならないのは、紀代子夫人のことである。彼女は、その時から二年前に、スイスの療養所から、日本に帰り、富士見高原で、病いを養ってるのである。最初は、サナトリュウムにいたが、やがて、自分の設計で、別荘を建て、そこで暮した。この方も、相当のお物入りで、父親の太兵衛の懐ろを、痛めたろう。

ところで、帰朝した太郎治は、無論、富士見にいる病妻を、見舞ったろうが、頻繁ではなかったようである。少くとも、彼の記述には、一行もその点に触れたところがない。一体、彼は冒険好きなのに、ひどく、病菌を恐怖する性癖を、持ってたらしい。細君がまだスイスの療養所にいた頃に、見舞いに行っても、病室に入らず、扉口から話しかけたと、聞いてる。

私の友人に、富豪の息子がいたが、この男も、ひどい病菌恐怖症だった。携帯用消毒器で、いつも手を拭いてた。

太郎治は、数カ月の予定で帰国したのに、ズルズルになった。肝臓の病勢が一進一退だったからだというが、父との間に、談合でもあったのではないか。彼も、四十を間近かに迎える年齢になり、いつまでも部屋住みでいたくはなかったろう。財産を嗣げば、ヨーロッパでしたいことは、沢山あった。

太郎治が大磯で、ブラブラしてるので、満州国の官吏になって、働かないかと、すすめる者さえ出てきた。

「誰が、侵略の走狗《そうく》となって……」

と、彼は大言を吐いて、一蹴したが、そういう彼の言辞が、周囲の人々の反感をそそるようになった。

「おじさまったら、米英のヒイキばかりして……。スパイじゃないの」

と、遊びにきた親戚の女の子まで、彼を攻撃した。

そのために、彼は厭人《えんじん》的になって、箱根小涌谷の別荘に、居を移した。この別荘は、後々、彼の最後の拠点となり、〝わが半生の夢〟を書いたのも、ここだった。無論、それは、日本も、但馬家も、悲運と戦争で、傷めつけられた後のことだが――

戦前の箱根山中の生活も、彼にとって、愉快とはいえなかった。彼のようにゼイタクに慣れた男が、物資不足の始まった時代に、人里離れた暮しをしたのだから、不自由は当然だった。当時の小涌谷は、ほんとの山の中だった。その上に、例のフランス婦人が、環境の寂しさに堪えかねてか、帰国を申し出たのである。

そして、太郎治は、彼女の希望を容れたが、結果において、幸いだった。彼女がフランスの土を踏んだか、踏まぬ頃に、第二次欧州大戦が、火蓋を切ったのである。

「素破《サイエ》、大変《モン・デユー》！」

彼は、フランス語で大声に叫び、地団駄《じだんだ》を踏んだ。

日本人で、あの時に、彼のように、大きなショックを受けた人間もあるまい。彼は、箱根の山中にいながら、〝故国フランス〟と、少年期を送ったイギリスの危機を、眼前に感じ、われ立たずんば、という気になったのである。

それを、具体的にいうと、どういう目的意識があったのか。若い頃に、外人部隊に入ったこともあるというから、フランスの義勇兵でも志願するつもりだったか。もう年もとったから(といって、四十だったが)有り金全部をハタいて、フランスの軍事公債でも買う気だったか。

恐らく、そんなことを考える暇もないほど、〝われ立たずんば〟の気持が、強かったのだろう。彼も神田の生まれで、わが家のようなフランスが、焔《ほのお》に包まれたのだから、何はおいても、馳《は》せつけたい、火事息子の気持だったのだろう。

それに、大学都市のオノラ総裁から、事態切迫、帰巴を望むという急便も届いた。大学都市が、仏軍に徴用されたというニュースも知った。

彼の病気は、全快してなかったが、もう、ジッとしていられなかった。東京へ出かけて、直ちに、渡欧の手続きをとったが、平時とちがって、旅券の下付が、大変困難だった。そして、彼の父親も、愛する息子を、戦乱のヨーロッパへ旅立たしたくなかった。

それでも、彼は、怯《ひる》まなかった。

「戦火のヨーロッパへ帰ることは、私の義務である」

そういって、彼は父親を説き、旅券下付関係の各所を説き回ったが、果して、どれだけの納得が得られたか。

日本人のくせに、ヨーロッパへ帰るというのも、それが義務というのも、いささか滑稽である。しかし、当人の太郎治は、まったく本気だった。彼は国際人としての自分を、大きく買ってるので、フランス人と力を合わせて、ドイツ打倒の働きを見せれば、それは、結局、日本のためにもなるのだと、堅く信じてた。フランスへの愛国心と、日本人の愛国心との中心が、一点に重なったから、義務という観念が出てきたのかも知れない。もっとも、それを、落語の〝火事息子〟の心理と結びつけるのも、また一興だろう。

本来なら、旅券下付はムリな願いだったが、幸い旧知の鈴木九万が外務省にいて、尽力してくれたし、フランス大使の了解も得られたので、一九三九年の初秋に、彼は渡航の道がついた。その頃、日本はまだ中立国だったから、日本郵船の船に乗れば、最も安全だった。それなのに、彼は敢えて、フランス船のアンドレ・ルボン号を選んだ。その理由は、日本郵船だと、ヒットラー礼讃の軍人や官僚が、同船するにきまってるから、腹が立つというのである。といって、フランス船の方は、ドイツの潜水艦に襲撃される危険が、多分であるが、日仏親善のため、世界の人道のため、名誉の戦死を遂げることは、但馬太郎治の本懐と考えた、というのである。まさに、手がつけられない。

そんなわけで、航海中は、夜間無燈火、婦人乗客なぞは、襲撃に備えて、寝衣《ねまき》に着替えないほどの警戒ぶりだったが、神戸マルセイユ間九十七日（普通の倍以上）という長時間を費やして、やっと、フランスへ安着した。

しかし、その途中で、彼は日本を出たということ、世界の空気に触れたということを、度々、経験した。揺れ動いている風雲は、日本で考えられてるような、狭い、一方的なものではなかった。彼と考えを同じゅうしてる者は、フランス船の乗客や乗組員ばかりでなく、香港にも、シンガポールにも、サイゴンにもいた。

「戦争になったんだから、日本は独伊と手を切って、連合国側に加わるべきではないのか。それが唯一の日支事変解決法なんじゃないのか。日本外交の行詰まりも、その辺から曙光《しょこう》を見出すんじゃないのか」

と、彼に語ったのは、香港で会った旧知の英国士官だった。

「その通りなんだ。そっくりそのまま、ぼくの考えと同じなんだ。でも……」

彼は、日本の過誤と、自分の世界認識の正しさを、いよいよ確信した。

そして、完全な連合国側の人間として、パリへ着いたのだが、それから十二年間も、日本人に復帰する機会はなかった。

パリへ帰った太郎治は、オノラ総裁や外務省文化事業局長と相談の上、日本学生会館の財産一切を、大学都市本部の国有財産の保護管理下に置くことにきめた。

話はスラスラと運び、彼はかえって、手持ち不沙汰を感じた。おっとり刀で、パリへ駆けつけたのに、日本学生会館の処置がすめば、用なしの体になったのである。国際人というものは、フランス人ではなかった。危殆《きたい》に瀕したフランスも、少くとも法律的には、彼に何の呼び声をもかけなかった。

といって、彼は、日本へ帰る気は、毛頭なかった。彼の最も嫌悪するドイツと手を組み、英仏の敵側に回ろうとする形勢の故国には、まったく愛想がつきてた。(日本へ帰るくらいなら、パリ総攻撃の敵弾に当って、死ぬ方がマシだ)

そんな心境だったから、それから二年後に、枢軸側に参戦した日本に、いよいよ、帰国の意志を失ったわけである。そして、戦争が終っても、六年間も、ヨーロッパを離れなかったのである。

とにかく、フランス人以上の愛国心で、フランスを守ろうとした彼は、手持ち不沙汰を嘆じるほど、張り切ってた。一国際人として、フランスのために働く仕事が、きっとあると思い、その機会を待った。

しかし、その頃、彼の健康が衰えてきた。日本でほんとに癒さずに、フランスへきてしまった病気が、再発したのである。

彼は、南仏のカンヌへ療養に出かけることにしたが、出発の前に、彼はフジタの画室を訪れた。どういう気持で、フジタに会いに行ったか、ちょっと疑問がないでもない。というのは、日本学生会館竣工《しゅんこう》後に、彼はフジタと不仲になってたのである。彼はフジタに会館の壁画を委嘱したのだが、そのデッサンの所有権の問題で、争いが起きたらしい。カネモチというものは、案外、勘定高いところがあり、フジタはまた、職業意識の強い点で、評判だから、権利の主張が衝突したらしい。

でも、その時の旧怨《きゆうえん》も、忘れたのだろう。何しろ、フランスの危急存亡の秋《とき》であり、多くの邦人画家も、続々として帰国し、残った数名のうちに、フジタがいたのである。そして、フジタも、彼と同じように、一時、日本へ行って、パリへ帰ってきたので、志を同じゅうするものと、考えたのだろう。

ところが、フジタの態度は、彼を裏切った。

「君、ナチスどもが、パリへ攻め込んできたら、一緒に戦おうじゃないか」

「それは、ご免ですね。ぼくは、まっ先きに逃げますよ。生命を失っちゃ、画はかけませんからね」

フジタの言を、太郎治はひどく憤慨したようだが、どっちが正しいのか。フジタもシニックなところのある男だから、逆上した太郎治に、冷水をかけたのかも知れないし、また、異境の苦労の経験という点では、両者は同日の談ではない。第一次大戦の時も、フジタはパリに居残って、赤十字の手伝いかなんかやって、やっと、露命を繋ぎ、戦後の成功を博したのである。

カンヌで静養生活を始めた太郎治は、それが縁となって、戦争の済むまで、ニースその他の南仏の紺碧海岸《コート・ダジユール》を、離れることができなかった。

やがて、パリは独軍の支配下に置かれるようになり、彼が戻ろうたって、どうにもならぬ状態となったに反し、イタリー国境に近いニースあたりは、自由フランス区域であって、彼と同じく、ナチス嫌いの仏人、英人が、多く住んでた。

紺碧海岸は、彼の栄華時代に、夫人を伴なって、冬になると、何度も来遊した土地だった。カンヌの壮麗なマジェスチック・ホテルなぞは、彼の定宿《じようやど》だった。でも、今度は、そういうわけにいかないのである。フランスが大騒動なばかりでなく、彼自身がもうお大尽の身分ではない。一体、日本を出る時、どれだけの金を持ってきたか知らないが、要するに、知れたものである。金がなくなっても、得意の逆為替なぞ組める時勢では、なくなってきた。

彼はニース住いの時代に、町裏の小ホテルに泊ったと、書いてるが、それでも、時には、ヤミのシャンパンを、二ダースも、買い込んだりしてる。

彼の書いてることに、貧乏くさい話は一つもない。スキー地のシャモニーや、夫人の以前の療養地メジューブへ出かけ、独軍の手に捕えられようとする英人家族を、救い出したりしてる。その話なぞ、まるで探偵小説を読むようで、彼の冒険好きを証拠立てるが、同時に、相当金のかかる話でもある。

それよりも、彼が戦後に日本へ帰ってくるまで、十二年間という長い年月を、何で生活を立てていたか、問題である。日本が参戦してからは、故国からの送金なぞ、思いも寄らぬことである。もっとも、彼の栄華時代に、宝石や絵画を、ずいぶん買い集めたらしく、そういうものを売って、タケノコ生活をしたとも考えられるが、そういつまでも、続くものではない。

彼自身は、フランスの雑誌に寄稿して、その原稿料が収入だったというが、あの戦乱の中で、今の日本のように、週刊雑誌大競争という現象もなかったろう。

恐らく、太郎治も、生涯最初の貧乏の経験を、この期間に味わったにちがいない。そして辛い水を飲んで、少しは人柄も変ってきたにちがいない。しかし、彼はそんなことに、まるで触れようとしない。まるで、カスミを食って生きてたようなことばかり、書いてる。

それればかりでなく、その十二年間の記述が、前半に比べると、ひどく簡略である。きっと、新潮社から与えられた枚数では、書ききれなくなったのだろうが、かなり、尻切れトンボである。戦争が終り、解放されたパリへ帰った彼が、まだ数年も、フランスに留《とど》まるのだが、その間のことは、まるで書いてない。

しかし、〝わが半生の夢〟ではそうでも、彼が後に出版した〝巴里・女・戦争〟という本を手に入れて、読んだが、この方には、多少、戦中戦後の彼の消息が、書かれてある。

日本も戦争中は、食うや食わずで、ひどい目に遇ったが、思想方面で、血で血を洗うという騒ぎはなかった。新聞、ラジオも、よくいえば、国論統一――それだけ、弾圧が強かったのだろうが、それだけ国民がおとなしくできてたのだろう。

そこへいくと、フランスは、平素から小党分立の国であり、自己主張のうるさい国民だから、国難を迎えて、カナエの湧く如きことになるのが当然。

同じく、祖国を憂うといっても、その憂い方が、千差万別だったが、大体、ペタン派、ド・

ゴール派、レジスタン派のどれかに、近いものを、持ってたろう。もっとも、ペタン派といっても、元帥自身のように、隠忍自重して、ひたすらフランスの命脈をつなぎとめる考えもあれば、積極的にドイツと結んで、米露に対するヨーロッパを、守らんとする動きもあり、一様でなかった。

その上、日本とちがうところは、国民の誰もが愛国行進曲をうたったわけではなく、祖国の運命よりも、自分の安全を第一に考えた連中も、多かった。そこは、文明国民だから、仕方がない。そして、そんな連中は、曾て太郎治の仲間だったブルジョア階級に、多く見られた。でも、そんな騒ぎの中で、太郎治が、どの派に属したかということは、ちょっと興味がある。彼は、戦争勃発と聞いて、フランスに駆けつけたのだから、祖国愛のようなものを、持ってたのだろう。彼自身も、自分のことを、日本人的要素を持つパリ人と、呼んでる。

大体、彼はペタン元帥の同情者だったようだが、ヴィシイ政府には反感を持ち、その勢力に近寄らなかった。といって、ド・ゴール派でも、レジスタン派でもなかったようで、ただドイツとヒットラーに対する反抗は、最後まで持ち続けた。そのようなフランス人も、多少はいたのだろう。

しかし、いかに風采堂々ではあっても、彼の肌は黄色いし、髪は黒いのである。彼は常々、レジオン・ド・ヌール勲章の赤い略綬を、胸につけてたらしいが、それでも、フランス人の眼から見れば、一人の外国人に過ぎないだろう。どんなに、彼がフランス愛に燃えてても、彼を戦乱下に〝さまよえる日本人〟と、見る者もあったろう。

でも、当人は、自負心が強く、逆に、いつも、志士気取りの熱血を、燃やし続けていたらしい。むしろ、日本人の国籍を利用して、ドイツ占領軍の手から、友人の英人や、フランス女を救い出す冒険を、愉しんだ趣きもある。

どうも、彼はイギリス時代に会った〝アラビアのローレンス〟のことが、忘れられなかったのではないか。第一次大戦のローレンスのように、覆面の英雄として、戦争の裏側で、活動したかったのではないか。

もっとも、彼の肩書きは、平和的な、パリ大学都市理事だけで、血の気の多い男には、もの足りなかったろう。

しかし、彼がもう昔日の但馬太郎治でなくなったことは、注意すべきである。つまり、一代の栄華男も、戦前のパリ時代が絶頂であり、純銀のクライスラーは、とうに彼を見捨てた。中級のホテルか、アパート暮しで、出入りにも、タクシーを利用するようになっては、浪費とゼイタクの天才も、宝の持ち腐れであるが、それでも、さして豊かなポケットとも、思われないのに、ニースの競売場で、シャンパン・グラスを落札したのは、せめての憂さ晴らしだったのだろう。

彼の常住地ニースは、風光明媚で、花と香水の産地だが、その代り、野菜や肉の生産がないから、戦時下は物資不足で、イギリス人道路と呼ぶ海岸の散歩路を、気どって歩く女たちも、香水の匂いばかり高くても、腹はペコペコだった。

誰も食い物というと、眼の色を変えた時で、太郎治も、昔の美食と酒道楽は、夢物語で、ロクなものは食ってなかったと、思われるが、ちょうどその頃、日本海軍が真珠湾を攻撃したラジオが、伝わってきた。

彼はそれを聞いて、万事休すと思ったそうだが、それでも委しい情報が知りたくて、県庁へ出かけた。生憎、知合いの知事がいなくて、部下から話を聞き、県庁を出て、中央市場の方へ足を向けた。

市場の近所に、果物の露店があった。果物は、この付近でも栽培するから、多少の品物を、列べてたらしい。

「日本が勝ったんですってね。おめでとう」

と、果物屋の美しい娘が、彼に話しかけた。イタリー人の兄と妹がやってる店だが、彼と顔なじみだったし、枢軸国側国民として、そんな祝辞を述べたのだろう。

それだけならよかったが、娘は彼に厚意を示し、自分たちの食用にとって置いた一個のキャベツを、古新聞に包んでくれた。

太郎治は礼をいって、店を離れたが、それを見ていたフランス人が、承知しなかった。

「日本人が、キャベツをせしめやがった。あいつを、やっつけろ。あいつのキャベツを、とりかえせ!」

貧しい男女たちが、大声をあげて、太郎治を追ってきた。

これには、彼も閉口して、一目散に逃げ出した。もし捕えられたら、キャベツを奪われるのは愚か、彼の着衣まで、キャベツの葉のように、剝ぎとられるかも知れない。

とっさに、彼は教会の中へ、駆け込んだ。そして、神父さんに事情を話して、保護を頼んだ。神父さんは、快く承知して、彼を匿《かく》まってくれた。さすがにカトリック信者だけあって、追手の男女も、教会の中までは入って来ない。でも、外で、張り番をしてた。

一時間もたって、やっと彼等が退散したことを、神父さんが教えてくれたので、家路についたそうだが、何と但馬太郎治も落ちたものかな。

古新聞に包んだ、一個のキャベツを抱えて、孤影悄然《こえいしようぜん》、往来を歩いたことは、彼の生涯最初の経験だったろう。偶然の事件だが、象徴的といえるかも知れない。その時分、大磯の家も、すでに人手に渡ってた。

それにしても、太郎治が飢え死にもせず、戦時下の困難な、フランスで、とにかく生き延びたのは、まったく不思議という外はない。日本からの送金の道が、かりにあったとしても、その日本も、但馬商店も、没落の一途をたどり、それどころの沙汰では、なかったであろう。

生まれてから、働いて食ったことのない男が、そういう窮境《きゆうきよう》の中を、どうして切り抜けたものやら。彼がフランスに友人を多く持ってたのは、事実だが、フランス人というものは、気前よく金を貸してくれる人種ではないのである。また、タケノコ生活で、十二年間も食いつなげるわけもない。しかも、彼の生活は、昔の栄華には遠かったにせよ、貧窮の記録は、少しも記されてない。これだけは謎であり、その疑問を前にも書いたが、再出せざるを得ない。

とにかく、彼はフランスの庶民より、自由を享受してたらしく、独軍の全仏進駐の時も、また、パリ解放の時も、身軽に、パリへ帰り、何か、神出鬼没の趣きがある。

占領下のパリでは、灯の消えたようなモンマルトルで、酒を飲んだり、不思議な女を拾ったり、そして、ドイツの憲兵に、危く捕えられるところを、その女に救われたり、彼としては、冒険の興趣を、満喫したろう。

当時のパリは、終戦直後の東京そっくりで、占領軍の軍人と、オベッカ使いのフランス政治家やヤミ商人等の天下だったらしいが、日本の外交官も、日章旗を立てた自動車を、高級料亭に乗りつけたり、独軍の食券で、庶民の手の出ないものに、ありついてたようである。

その頃のフランス知識階級には、独仏協調論者が多く、ヨーロッパ精神運動によって、米露の恐怖を守ることを、唱えてた。太郎治の旧友の作曲家、モーリス・ドラージュも、その一人だった。

ドラージュの家を、彼が訪問した時に、空襲があった。英空軍がドイツ軍の占領した工場を、爆撃したのである。

「バカ野郎、バカ野郎！」

ドラージュは、激怒して叫んだ。

彼にとっては、英国も米露側で、憎むべき敵と考えたらしかった。当時は、同じ考えのフランス人も、相当いたらしい。ド・ゴール将軍に、最初は人気の出なかったのも、彼が英国にいたからだろう。

ドラージュの家には、若いドイツ女が同居していたし、平服のドイツ軍人が、食事にきたりしてた。純真な音楽家は、心からヒットラーを信じ、ヨーロッパのためのヨーロッパの来る日を、待ってたのだろう。

太郎治は、また、日本大使館の最後の天長節の祝賀にも、参列した。御真影《ごしんえい》の前で、君が代が歌われ、宣戦布告の勅語を、大使が読んだ。太郎治は、日本語で始めてそれを聞き、陛下が大失政をされたと、悲しくなり、ずいぶんご馳走が出たのに、口にしたくなかったという。日本海軍武官室でも、やはり、最後の海軍記念日祝賀が、行われた。武官は一人も、軍服を着てなかった。連合軍ノルマンディ上陸が始まり、園遊会も寂しかった。

そして、パリ解放の日にも、太郎治はそこにいた。

彼は凱旋門に近い、ヴィクトル・ユーゴー街に住んでたから、ルクレール将軍の戦車隊が、パリの一番乗りをするのを、出迎えた。歓呼と、接吻と、シャンパンの泡が、戦車の上の兵隊の顔に集中するのを、間近かに眺めた。ド・ゴール将軍の姿も見えた。アメリカのジープ隊も、現われた。

でも、まだ、凱旋軍に発砲する者もいた。残留独軍の抵抗だともいうし、また、日本義勇兵が戦ってるのだとも、いわれた。日本兵のデマは、その日は、かなり広く伝えられたらしい。

また、独兵と親しかった女が、頭を丸坊主にされ、衣類を剝がれ、額に赤インクで、ナチスの十字を書かれ、トラックの上に、縛られていた。

「協力者！　たたき殺せ！」

群衆は罵ったが、その日からペタン支持の〝協力派《コラボラトウール》〟は、地獄へ転落することになった。

太郎治は、解放の祝盃を、エトワール付近のバーで、早川雪洲と上げたらしいが、どうして、その時分、あの映画俳優が、パリにいたのか、わからない。しかし、雪洲と別れて、往来へ出ると、彼は、マルビー前内相と、その愛人である美人女優、エドモンド・ギーに出会《でくわ》した。

三人は、近くで、また、シャンパンの盃をあげた。

「君、日本人が、まだ撃ってるという噂を、聞かないかね。シャトレーあたりに、日本義勇兵がいるというのだ」

と、前内相が、低声で、話しかけた。

「そんなバカな……」

太郎治は、一笑に付した。彼は、日本兵はおろか、ドイツ兵だって、パリに残ってるわけはないと思った。後者は、ひどく規律正しく、パリを撤退して行ったのである。

「そうね。日本のサムライは、そんなことしないわね。降伏するより、ハラキリを選ぶわね」

と、黒いサングラスをかけたギーが、太郎治の肩を持った。

では、誰が鉄砲を撃ったということになるが、真相はわからない。解放の嵐で、パリ全市が無政府状態になり、ペタン派や、協力者と目される者の家へは、暴徒の襲撃が起ったのである。暴徒は、必ずしも〝レジスタン〟とは限らず、個人的怨恨を根に持った連中も、加わってたらしかった。

とにかく、世の中が、一ぺんに変ってしまったのである。シャンパンを飲んでる前内相も、ペタン派に近い人だから、酒の味もうまくなかったろう。

太郎治も、それから数日して、検察庁の刑事に拘引された。彼がオノラ総裁に嘆願して、監禁された在留日本人の救出運動をしたことで、官憲に睨まれたらしかった。

彼も豚箱の中で、街娼と一夜を送ったが、根のない密告とわかって、釈放された。

太郎治も、密告の被害者となったわけだが、多くのフランス人に比べると、打撃は軽少だった。一晩の留置ぐらいで済めば、何事でもなかった。生涯を棒にふる者だって、沢山いたのである。

密告ほど、下劣なものはない。しかし、あの頃――独軍占領時代から解放後に続いて、フランスは密告の国だった。占領時代に密告が流行し、解放後に、また猖獗《しょうけつ》を極めた。前に密告された側が、今度は、密告する方へ回ったに過ぎない。政治情勢が逆転したといっても、中には、宿怨を晴らす者もいたろう。

密告されちゃ堪らないから、誰もビクビクして、ものを言わず、人を信ぜず、およそフランス人の快活な天性と、逆らった生活が始まったのである。そんな陰惨なパリ風景を、日本人は多く知らない。

知識階級も、ドンデン返しを食い、昨日の勝者が、今日の敗者となったのは、当然だった。文士シャルル・モーラスは反逆罪、俳優のサッシャ・ギットリーも投獄された。

オペラ座の主席舞踊家セルジュ・リファールも追放されたが、この男は戦後、少し世の中が落ちついてから、読売新聞に招かれて、日本へ公演に来たことがあった。筆者は、彼と旧知だったから、日比谷公会堂の楽屋を訪ねたが、ガラリと人間が変ってしまった。昔は無邪気で高慢だったのに、ひどくビクビクして、ものをいうにも、周囲を見回すような男になってしまった。

ことに、パリの昔の仲間の消息を語る時に、警戒ぶりがひどかった。

私はそんな彼に、同情すると共に、あの暴風がどんなにひどかったかを、理解できた。そして、人間が変ったのは、彼一人ではあるまいと、推察した。

ほんとの殉国者のいた戦時中のレジスタン派も、解放後は、便乗者と利用者に看板を奪われ、そんな連中の方が、世に時めいた。戦後の日本と、似たところがあるが、規模はフランスの方が大きかったようである。

そういう烈しい渦の中を、但馬太郎治は、どのようにして、泳いできたのか。さすがの冒険好きも、ウカウカ妄動すると、飛んだ目に遇うから、当り触りのない圏内に、入ってたにちがいない。どうも、彼のような男には、戦時中の方が、かえって生き甲斐があったかと、思われる。

解放直後には、それでも、彼に仕事があった。パリへ行った米軍が、大学都市を徴用して、乱脈ぶりを見せたのである。キューバ学生会館なぞは、家具やベッドを持ち出されたが、日本学生会館も、太郎治の私有物まで、荒らされた。パリ入城当時は、女たちから接吻の雨を降らされたアメリカ兵も、いろいろ行儀の悪いことをするので、評判が下ってた。太郎治は、大学都市理事として、抗議を申込んだが、そう強腰の態度もとれなかったろう。パリの情勢は、前に述べたとおりであり、その上、日本の旗色は、まったく悪くなり、従って日本学生会館の威勢も、以前とちがってた。

まして、その翌年の夏には、日本は無条件降伏をしてしまった。

太郎治が、その報道に驚かなかったというのは、国外にいて、刻々の情勢を知ってたからだが、いざ敗戦国となれば、肩身の狭さが、急にハッキリしてきた。第一に、在留日本人のヘソのような、大使館というものが、すでに消滅していた。ヘソは無用な器官と、思われてたが、これが無くなって見ると、ひどく寂しいことになった。

日本学生会館は、無事に残ってるというものの、日本の城を模した外観も、何か野蛮な印象を与え、内部も、ひどい荒れ方だった。第一、そこの住人であるべき日本留学生諸君が、開戦から戦後にかけて、誰一人、訪れないのである。そして、フランス文化を学びにくる日本人の姿が、いつ現われるか、見当もつかないのである。

(日本が崩壊すれば、日本学生会館も、幻影に過ぎなくなるだろう)

太郎治は、そのことが、一番、骨身にこたえた。彼も、日本人として例のない、栄華の夢を、パリで実現したのだから、思い残すことはあるまいと、考えられるのだが、当人の身になると、ただ一つの事業の形見である日本学生会館に一番愛着を感じるのだろう。栄華は泡沫《うたかた》と消えても、あの日本風の近代的建築は、フランスの勲章や肩書きと共に、生き残ってるのである。

どうも、その時分から、太郎治の祖国への関心が、かきたてられたと思われる、節がある。それまでは、彼がどの程度に日本人だったか、疑わしい。彼には、国際人という国籍があり、半フランス人としての生活を、続けてきた。現在も、パリの激流を泳いでくには、その態度が、一番適してた。フランス人の彼の友人は多く、そのある者は協力派として失脚し、またある者は反抗派として、栄えていた。そんな友人たちと、まんべんなく交際するには、国際人という不偏不党の看板が、何よりだったのである。

でも、そうばかりもしてられなかった。彼の心が、われ知らず、変ってきたのである。戦後に、アメリカ製らしい侮日《ぶにち》映画が、上映されると、自然と、彼は顔を背《そむ》けた。親しかった早川雪洲が、それに出演してるのに、腹を立てた。

ことに、ニュース映画が、堪らなかった。日本の国会議員が米軍将校を審判に、野球試合をしてる光景は、ひどく卑屈な態度に見えた。また、天皇一家が、テニスをしたり、陛下が水泳着になって、水へ入ってる姿も、映し出された。そのアメリカ映画は、日本が幸福な占領を受けてる宣伝のつもりかも知れなかったが、パリの大衆には、逆の効果を与えた。日本が米国の奴隷国となり、天皇は人質として、厚遇されてる印象に過ぎなかった。

太郎治は、そんな映画を見ると、不愉快になった。また、キク・ヤマダという女史が、日本での戦時中の経験と、米軍礼讃のレポートを、新聞に発表したことにも、怒りを感じた。

堪らなくなった太郎治は、日本の女性の美点を書いた〝破れたキモノ〟という一文を、親日文士のクロード・ファレルの序文を貰って、知識階級の友人たちに、配付した。

もっとも、ガリ版の印刷物で、部数も知れたものだから、どれだけの効果があったか、疑わしい。それにしても、太郎治のこの行動は、注目に値いする。長い外国生活の間に、彼がほんとに日本のことを考えたのは、その時が始めではなかったのか。無論、日本学生会館の寄付や、ベルギーの大学の日本講座の設立は、故国に寄与するつもりだったろうが、彼個人の事業慾や名誉の誘いもあったろう。だが、今度のガリ版宣伝は、そうではない。そんなことをしたって、どこからも勲章も、肩書きも、くれはしない。無償で、純粋な愛国心が、動いたのである。

といって、彼は、故国の悲しい運命を見て、直ちに帰国するような、男ではなかった。独仏開戦の時には、日本から馳せつけたが、敗戦の日本へ帰るのは、どうも気が進まなかったのだろう。

それに、日本を占領してるのは、アメリカ軍だった。太郎治も、西洋人好きで、彼の書いたものを見ても、フランス人は勿論、イギリス人、イタリー人——ドイツ人に対してすら、人によっては、賞讃を惜しまないのに、アメリカ人だけは、一顧も与えない。アメリカの土を、踏んだこともない。彼の教養や趣味は、ことごとく、ヨーロッパ製なのである。そして、ヨーロッパ人の間の根強いアメリカ蔑視が、彼の血肉となったのだろう。そして、アメリカ人の威張ってる日本には、帰りたくなかったのだろう。

「何だ、戦勝資本主義国が、日本に民主主義を押しつけるなんて、片腹痛い……」

彼は占領軍を嘲笑し、また、それに阿《おもね》る日本人を軽蔑した。

そのくせ、現実の日本から遠い日本を、よく回想した。その頃、彼はパリからニースへ帰って、ある丘の上のヴィラに住んでたが、青い海と、熱帯植物の見える庭園で、彼は、幼時に経験した、日本の伝統的な生活のことを、ひどく懐かしく、価値あるものに感じた。

ことに、祭礼が懐かしかった。神田明神の祭りの時には、駿河台の彼の家まで、祭りバヤシが響いてきた。樽ミコシを担いだ子供たちが、彼の家の前まできて、騒いでた。ミコシの後から、ドン、ドンと、単調な太鼓の音が、蹤《つ》いてきた。その音が、ギリシャ文化を生んだ地中海の青い浪の上から、響いてきた。

彼の郷愁は、そのようにして、始まったらしい。そして、一九五〇年に、パリの大学都市の官邸で、オノラ総裁が長い生涯の幕を閉じたことも、彼に大きな影響を与えた。

彼にとって、日本にいる父親よりも、もっと父親を感じさせたのは、オノラ老人だったらしい。驕児《きょうじ》の彼が、推服をささげたそのフランス人が、死んだことは、フランスを空虚に感じさせたのだろう。

そして、その前年の早春に、彼の妻紀代子が、富士見高原の療養先きで、死んでるのである。その通知は、誰よりも先きに、彼が知るべきだったが、当時、日本では、彼の居所が不明だったらしい。パリに日本大使館があれば、そういう時に便利なのだが、まだ再開されてなかった。結局、訃報は転々として、ニースにいた彼の許に、遅れて届いた。

栄華の絶頂だった頃に、彼は度々、妻を連れて、南仏に避寒したし、彼女が美人投票で一位を獲得したのも、この紺碧海岸《コート・ダジユール》である。思い出は、到るところに、刻まれてたにちがいない。

しかし、彼の書いたものに、そのことについての感慨は、皆無といっていい。オノラ総裁の臨終には、多くの言葉が費やされてるが、亡妻の死には、沈黙だけである。

それは、故意としか、思われない。何か、妻の死について、書きたくない事情があったのだろう。まさか、妻の死を知って、冷然たるわけもなかったろう。同棲は短く、五年間に過ぎなかったといっても、最も絢爛なパリ生活を共にした妻である。

しかし、夫人の死が、すでに始まってた彼の郷愁に、どんな拍車をかけなかったともいえない。オノラ老人がまだ重態の時に、日本から旧友の外交官鈴木九万が、日仏協会総裁としてのオノラを見舞いにきた。鈴木は、フローレンスで開かれるユネスコ総会に出るために、渡欧してきたのである。

鈴木は、大学教授会議がニースで開かれる予定と、その時の斡旋を、太郎治に頼んだ。日本の国際復帰の兆が、ボツボツ見えてきた証拠だった。

「君、来春には、パリに在外事務所が、開かれるらしいぜ」

鈴木は、更に吉報を伝えた。在外事務所といえば、大使館の先駆のようなものであり、日仏間の国交が、正常化の曙光を迎えたことだった。

無論、太郎治も、それを喜んだ。しかし、鈴木は、

「こういう機運が見えてきた時だから、君も、ひとまず、日本へ帰ったら、どうだ。いつまでも、外国でブラブラするのも、考えものだぜ」

と、意外なことをいった。そして、日本の近情が、朝鮮戦争以来すっかり変り、追放者も解除され、米軍の圧迫も、まったく緩和されてきたことを述べた。

「そうか。でも……」

その時は、太郎治も、決意に遠かったが、翌年の一九五一年になると、次第に、気持が変ってきた。

英仏が対独戦争状態終結の宣言をして、ヨーロッパの空気も、春めいてきた。日本学生会館も、クモの巣だらけになっていたのを、また扉を開くことになった。

「この辺で、日本へ帰るか……」

やっと、その気になった。

太郎治は、フランス船ラ・マルセイエーズに乗り、十二年ぶりで、帰国の途についたのだが、何かションボリしたところがあった様子である。

それまでにも、何回となく、日本とフランスの間を往復し、帰朝というより、心はヨーロッパに残して、体だけ、ちょっと、故国へ用達しにきた風な彼だったが、今度は、少しちがってた。いつものように、すぐまた、ヨーロッパへ取って返すという気持で、船を降りたのではなかったようである。

彼も、いつか、五十歳を越してた。往年の美青年も、ウインクすれば女が寄ってくるという年齢ではなくなってきた。その上、もう一つ、女をひき寄せる彼の財力も、昔の比ではなくなってた。

前にも、度々書いたとおり、戦争から十二年間の滞仏生活費の出どころも、不思議という外はないが、その神通力も、遂に細ってきたことと、彼の帰朝とが無関係のものとは、思われない。

そして、もう十五年も前に、但馬商店は業を閉じてるし、彼の父も、金利生活者として生きてきたのだが、戦火で代々木の家は焼けるし、財産税の打撃もあったろうし、これまた、昔日の面影は求められなかった。

そういう状態の中へ帰ってくるのだから、彼も、キャプリス荘の豪華な生活を、期待してはいなかったろう。パリで会った鈴木九万が、彼に帰国をすすめた時に、日本で働く道を約束したかも知れない。

といって、彼がサラリーマンになって、毎日通勤の電車に乗ることは、滑稽な空想に過ぎない。彼は働くことを知らぬ、生まれつきである。恐らく彼は、不安と、生来始めて知る怯懦《きようだ》の足どりで、日本の土を踏んだのでもあろう。

とにかく、彼の帰朝は、異常だった。ラ・マルセイエーズ号に乗った通知を受けて、横浜に出迎えに行ったある画家は、彼を発見することができなかった。どこかで下船したという形跡も、探り出せなかった。

しかし、そのうち、彼は箱根の小涌谷の別荘に、いつか姿を現わした。やはり、彼は、日本へ帰ってたのである。そして、その別荘は、但馬家にとって、最後に残った建物であり、また、父母の住んでる本邸でもあった。

その家へ、新潮社のK君が、原稿を頼みに行ったのである。太郎治は、依頼の筋を、簡単に快諾したそうである。

きっと、彼も、書きたかったのだろう。書くことが、働くことだと、考えたのかも知れない。

とにかく、彼は〝わが半生の夢〟を書いた。

それが、現代の浦島物語であり、歌を忘れたカナリヤのような新帰朝者が、タドタドしい日本語で書いたというのが、結尾の文句だった。

〝わが半生の夢〟は、私にとって、面白い読物だったが、文学的に優れた作品とは思えなかった。タドタドしい日本語で書いたと、筆者は断ってるけれど、むしろ、ジャーナリスチックな文章で、稚拙の妙味はなかった。また、記述に精粗や前後があって、事実の捕捉に困難を感じさせた。それは、太郎治が日本語でものを書くのに、慣れないからで、〝新潮〟から与えられた枚数や期限が自由だったら、彼も、もっとマシなものを、書いたかも知れない。

それにしても、私はそれを愛読した。

一九三〇年のパリで、始めて私の頭の映像となった、但馬太郎治という人物が、大変ハッキリしたばかりでなく、日本学生会館、神田駿河台のキャプリス荘、そして、この大磯の邸跡《やしきあと》と、彼と私との因縁の場所が、その文章を読んで、脈絡の糸を、たぐり寄せることができた。

「まるで、彼の古跡を追っかけてるようなもので、不思議な縁だな」

と、つぶやかざるを得なかった。

私は、雑誌を読むのは、縁側のデッキ・チェアときめてるのだが、その縁先きに、小さな池があり、夏のことで、睡蓮が咲いてた。その池というのは、恐らく太郎治が用いたであろうバス・タブで、厄介物だから、植木屋に頼んで、地面に埋めて、金魚を放したことは、前に書いたとおりである。

その池の睡蓮を眺めながら、私は、一度も会ってない太郎治のことを考えた。こんなに縁のある男なら、面識も生まれそうなものだが、そんな機会もなかった。ただ一度だけ、彼の妹という洋画家から、私の肖像を描かして欲しいと、手紙を貰ったことがあった。文面では、私がキャプリス荘から大磯の但馬旧邸へ移ったことを知って、懐かしいということが、書いてあった。すると、但馬家の方でも、不思議な縁と思ってるらしかった。

それにしても、太郎治という男――あれだけの栄華の夢を、パリで繰り展げたということは、一つの偉業である。なかなか、普通の日本人に、やれることではない。また、金さえ持ってれば、誰にもできる芸当というわけでもない。昔、私がパリで、彼に反感を持ったのは、まちがってた。ゼイタクするというのは、確かに一つの技術であり、天分でもある。太郎治も、祖父が汗水たらして巨富を積み、二代目は消極、三代目の彼に至って、始めてゼイタクする能力と運命を、授けられたのだろう。そして、よく使命を果した。私には、彼の設立した日本学生会館の建物よりも、彼の栄華生活の方が、巍然《ぎぜん》として、パリの空にそびえてるような気がした。日仏文化提携とか、国際的事業とかいうのは、彼でなくたって、やる人はいくらもあるだろう。でも、あの一級的なゼイタクを、長い年月にわたって、パリで演じた日本人は、彼の外にないだろう。

もっとも、それだけのことである。面白い男ではあるが、日本に帰ってきたと聞いても、べつに会いたくもなかった。第一、さんざんいい思いをしてきた人間なんて、どうでもいいではないか。

徳島の巻

それぎり、私は、但馬太郎治のことを、忘れてしまった。

何しろ、日本の生活は忙がしいし、不思議な因縁なんてことも、念仏婆さんではあるまいし、そういつまでも、考えてはいられない。

私も大磯の家で、大病をしたり、子供が生まれたり、悲喜こもごもで、時の過ぎるのも忘れたが、やっと丈夫になって、昭和二十八年には、久し振りに、パリの地を踏んだ。英女王戴冠式に、ある雑誌社から派遣されたからなのだが、ロンドンよりも、パリに長くいた。二十三年ぶりのパリで、昔のことを、いろいろ思い出したのだが、不思議と、但馬太郎治の栄華生活なぞ、追想しなかった。〝わが半生の夢〟を読んでから、何年もたっていないのに、彼のことは、まるで念頭に浮かばなかった。曾て泊った日本学生会館のことも、太郎治を離れて考えた。近頃は、外国人学生が多く利用してるとか、時代と共に、建物も汚くなって、昔日の面影がないとか、そんな噂を聞いただけだった。

それに、私も、もう南京虫除けのために、日本学生会館へ泊る必要がなかったのである。今度は、雑誌社が金を出してくれたし、私も小遣銭に困らなくなったし、清潔地区パッシイのホテルで、バスつきの部屋に、起臥《きが》したのである。パリで、そんなホテルで暮したのは、最初の経験だった。

そして、日本へ帰ってからまた幾年かたったが、やがて、大磯の土地を離れる事情が、起きてきた。東京へ住まねばならぬことになったのである。その時移転した土地が、またぞろ、但馬太郎治の住んだ跡だとしたら、私も、完全な宿命論者になったろうが、そううまくは、問屋がおろさなかった。私が但馬太郎治を思い出す機会は、永久に去ったと、思われた。

それに、彼が何か社会的活動をしてれば、自然と、耳へ入ってくるだろうが、杳《よう》として、消息がなかった。日本にいるのか、外国にいるのかも、知らなかった。〝わが半生の夢〟を依頼した新潮社のK君も、それぎり彼に会わないらしく、一向に、噂をしなかった。恐らく、彼に次ぎの仕事を頼む必要がなかったのだろう。

そして、また、歳月が流れた。

そんなものは、あまり流れぬ方がいいので、私も、すっかり老人になってしまった。三度目のパリ行きの頃は、まだ還暦で、元気もあったが、七十になると、もう外遊なぞは、まっぴらになった。内地旅行なら、気軽に、出かけられるが、それも、汽車の切符を買うとか、旅館の予約をするとかいうことが、面倒でならなかった。そして、昔は、一人旅が好きだったのに、誰か同行者がないと、心細くなった。それも、屈強な若い人に付いてきて貰いたかった。完全な、オイボレである。

ところが、世の中は広いもので、私のオイボレを知ってか、知らずか、新聞の連載小説を、頼みにきた社があった。T君というナジミの記者である。

「いや、もう、新聞は……」

私は、自分の体力を、知ってる。新聞小説を書くというのは、体力が第一である。書く前の材料集めだって、大仕事だが、書く段になって、毎日々々、何か一工夫をして、一回分を仕上げる。月のうちに、休みというものがない。それも、一と月や三月のことならいいが、戦後は、新聞小説が大変長くなって、一ヵ年が普通になってきた。長いものには、巻かれてくれるというが、近頃は、退屈をする読者もあるという。書く方は退屈以上で、とても、オイボレの体力の及ぶところでない。

私は、平《ひら》にことわった。

でも、対手だって、一応は押してくる。

「いや、まだ、お若いですよ。第一、血色がツヤツヤしてるじゃないですか」

「顔色のいいのは、高血圧のせいで、危険信号の一つなんですよ」

と、説明した。実際、そのとおりなのである。

「いや、まだ、連載の一本や二本、何でもありませんよ。それに、一つのレコードを樹立するということに、興味はありませんか」

「何ですか、レコードというのは?」

「つまり、七十歳にして、新聞小説を書いた作家は、まだないということなんです」

「ほんとですか」

そんなことはあるまい。老大家が〝少将滋幹《しげもと》の母〟というのを、新聞に書いた記憶がある。

「いや、あれは、まだ六十代のことです」

「そうかな。でも、Sさんが、君の社へ書いたのは、最近でしょう」

「最近でもありませんよ。まだ、七十におなりになる前です」

「ほウ。そうでしたかな」

「だから、一つ、ご奮発をねがいます。日本人の平均寿命が延びたんですから、文壇人としても、それを立証するために……」

「大したことになりましたな」

そうはいっても、少し心が動いた。レコードを破るというのは、何によらず、男子の本懐であって、私もまだ雄心《ゆうしん》が残存してるのか。

「是非、この際……」

T記者は、ここぞと煽動《せんどう》にかかったが、こっちは、何分、自信を欠いているから、すぐ、反省する。

「やっぱり、ダメだな。レコード破りなんて、ケガのもとですよ。だって、近頃は、連載も一年続きなんでしょう。あれア、大変だ。とても、わが体力の及ぶところにあらずです」

「いや、その点なら、ご相談致しましょう。決して、一年連載に及びません。それに、最近の風潮として、必ずしも、大長篇でなくても……」

「でも、少くとも、半年は書かなくちゃならんでしょう。大儀だな」

結局、考えて置くことになって、話を終ったが、それは、今から三年前のことだった。

そして、その後、T記者の督促を、度々、受けてるうちに、何となく、約束ができてしまった。でも、レコードを立てるなんて量見は、さっぱり起らなくなった。第一、〝短い長篇〟にしろ、書くタネがなくて困った。以前に書いたような、アノ手コノ手式のものは、もう面倒くさかった。

それに、体力に自信がないから、書き始めて、イキぎれがしたら、人に迷惑をかけることになる。これは、大体、書いてしまってから渡した方が、安全だと、気がついた。そうなると、ずいぶん早目に、仕事を始めなければならない。

昨年の春だった。私はT記者に取材旅行に、同行してくれぬかと頼んだ。

「結構ですな。どの地方を、調べるんですか」

「それが、ハッキリしないんで……」

私は、少し、赤面した。主題がきまって、調査をするというなら、わかってるが、正直なところは、旅行でもしたら、材料が拾えるかと、考えたのである。本末顚倒《てんとう》だが、それをやって、成功したことがある。戦前、〝南の風〟という新聞小説を書く時に、漫然と、鹿児島や天草へ出かけたら、主題のようなものが、頭へ浮かんできたことがある。

といって、どこへ行きたいアテもなかったのだが、

「吉野山へでも、行って見るか」

と、思いつきをいった。

ちょうど、春であって、吉野の桜も、ボツボツ咲く頃である。しかも、吉野というのは、一度も行ったことがない。タネ拾いは、未見の土地へ行くに限るのだが、その前年に、友人が、妙に吉野の花を見に行った。評論家の小林秀雄は、本居宣長を研究してるせいか、桜の花が好きになって、吉野へ出かけた。しかし、少し早過ぎて、ほとんど花が咲いてなかったそうである。また、画家の宮田重雄は、売絵のスケッチに行ったそうだが、これは、うまく満開にぶつかって、ひどく喜んでた。

吉野の花というのは、運不運で、なかなか時期に行くのが、むつかしいらしいが、そうなると、かえって、遊意をそそられる。何だか、急に行って見たくなった。

「へえ、吉野ですか。すると、今度は、歴史ものでも……」

T記者は、すぐ商売の方へ持ってった。

「いや、そんな量見はありません。ただ、あの地方が、どんな感情喚起をしてくれるかと、思って……。でも、どうせ、行くなら花の咲いてる時の方がいいでしょう」

と、お花見が目的とは、いいかねた。

「でも、花時は、混むでしょうな」

「少しは混んでも、かまいません。関西の人が、どんな風に、花に興じるか、それも見たいから……」

「承知しました。では、大阪本社とも、よく連絡しまして、満開期の予想がわかったら、汽車の切符を買うことにしましょう」

それで、大体、吉野行きの話がきまった。

去年は暖かだったので、四月初旬が見頃だという。私とT記者は四日の九・三〇の〝ひかり〟で、出かけることにした。

少し早目に、車内へ入ってると、私が執筆中の婦人雑誌の人が、駆けつけてきた。

「お宅へお電話したら、この列車でお立ちだそうで、直接、こっちへ伺いました。急用ではありませんが、日をきめて、社長が新館をご案内したいと、いうもんですから……」

その雑誌社は、私が住んだ駿河台のキャプリス荘の所有者だったが、あの地所を売って、最近、大きな新社屋を、増築したのである。九階建てだかの大変立派な建物だそうだが、私はまだ足を運んでいなかった。

私は、旅行から帰った後の適当な日を考え、その約束をして、手帳に書き込んだ。

「ところで、あの土地を買った人は、何に使うんです」

時間があったから、私は余談を始めた。

「何でも、歯科医大の研究室とかが、建つんだそうで、先生がお住みになった建物も、取り壊しにかかってます」

「え、取り壊すんですか。それは、残念だな。そんなら、旅行前に、一目、見に行くんだった……」

あの家が消滅するなら、せめて、写真でもとって置きたかった。一年数ヵ月住んだだけだったが、妻もあの家で死んだし、娘もあの時代に、婚約者を見出したのである。記念すべき、住居だった。

そのうちに、時間がきて、婦人雑誌の人はフォームへ去り、やがて、発車になった。

新幹線というのは、二、三度乗ったが、沿線の風光は、ひどく東海道線に劣るのである。景色は自然物だが、やはり、人間の歴史が付着しないと、殺風景になるのだろう。東京の郊外のような景色の連続で、一向、旅情を催さなかった。

で、窓の外を見ないで、キャプリス荘のことばかり考えた。

（あの地所を売って、駿河台の大通りに、巨大なビルを建てたのだから、よほど、高価な取引きだったに、ちがいない。一坪、いくらかな）

私は、よけいな心配を始めた。あの地所は、たしか、千数百坪と聞いたが、昔は但馬家個人の邸宅だった。つまり、あの時代は、金持が大勢いて、あれくらいの宏壮な邸宅は、東京に何軒もあった。同じ駿河台だって、ずいぶん金持の家があった。最近は、あの付近ばかりでなく、東京の大邸宅というのは、料亭か、会社の寮に変ってしまった。この頃の金持の家というのは、新式な建築ではあるが、どれも規模が小さい。庶民だって、タカラクジでも当れば、あれくらいの家は、建てられるだろう。きっと、今の世の中は、金持が少くなったにちがいない。小ガネモチばかり殖えて、大ガネモチが減ったのだろう。

金持らしい金持は、もう、日本では棲息《せいそく》できなくなったのか。何だか、惜しい気がする。小説のタネにするには、私なんかは小ガネモチより、大ガネモチの方が面白いのだが――

＊

大阪へ、正午少し過ぎに着いた。

吉野へ行くのは、名古屋からでも、京都からでも、捷路《ちかみち》があるのだが、大阪の本社で、大阪駅へ車を出してくれるというので、そのコースにしたのである。

雨上りで、少し寒かった。

「案外、寒いですね。これでも、満開なんですか」

私は、出迎えの人に聞いた。

「それが、この二、三日の冷気で、ちょっと、遅れたらしいんです。でも、咲いてることは、確かなようです」

という返事は、心細かった。

でも、そこが、吉野の桜のむつかしいところなのである。東京で予想を聞いて、新幹線の切符を申込むというのは、すでに、まちがいである。少し早目に、京阪の地へ来ていて、現地の情報を得て、サッと飛び出すのでないと、好機を迎えられない。さまで調べもせず、満開の花を眺めた宮田重雄なぞは、単なる幸運者に過ぎない。

といって、私にも予定があって、おまけに社の車もきている以上、そのまま吉野へ直行の外はなかった。

午食《ひるめし》を〝山治〟で食ってから、大阪本社の人と、T記者の三人で、車中の人となった。何街道というのか、地理不案内であるが、地味のよさそうな畑と、形のいい山の見える平野を、だいぶ走ってるうちに、景色が山峡めいてきた。川が流れ、山が迫ってきた。

「もうほどなく、吉野の駅です」

と、案内の記者がいった。

「え、吉野って、山国なんですか」

私には、新知識だった。桜の名所だから、関東風に考えて、平地か、川の堤を、想像してたのである。

車が雨上りの山路を、登り始めた。ところどころに、五分咲きぐらいの桜が、見えてきた。

「このぶんなら、大丈夫ですね」

私は安心したが、そこは吉野のトバ口のようなところらしかった。

完全な山の景色になって、中の千本というところの旅館の前へ着いた。そして、まだ時間があるから、奥の千本というところへ行くことになった。というのも、花時は車が通行止めなのだが、今日は朝のうち雨が降って、人が少いから、車で行けると、聞いたからだった。面倒だから、私は車から降りなかった。そして旅館の主人という、まるで山法師のような、巌丈な男が、案内に乗り込んでくれた。

そして、如意輪堂《にょいりんどう》へ行った。大して興味をひかなかった。それよりも、水分《みくまり》神社というのが、気に入った。古い社で、建て方も珍らしく、境内の中央に、牡丹《ぼたん》畑があった。神主さんは銀行へ勤めてるとかで、神主夫人が夕飯の支度の手を休めて、門を開いてくれた。

しかし、奥の千本では、まるで、桜が咲いてなかった。山桜で、葉が赤く煙ってるけれど、白い花は一輪も見当らなかった。

「やっぱり、早かったんですね」

残念ながら、そう確認しないでいられなかった。

中の千本の旅館は、往来からは、平家づくりだが、裏側は、三階ぐらいで、私の部屋は、一番高いところにあった。つまり、往来から谷に張り出した家で、中の千本の旅館は、皆、そんな建築だった。

私は朝早く、眼がさめる性分で、起きると、すぐ、カーテンを開けて、景色を眺めた。日の出前の花が、一番美しいと、昨夜、宿の主人が、語ったからである。

今日は晴れて、寒気が肌に浸みたが、ガラス戸越しに、見降す眺めは、朝モヤに沈んだ谷底も、奥の千本の頂きの塔の姿も、吉野らしい風情だった。でも、肝心の桜は、三分咲き程度で、山桜の赤い葉の方が、花より多く、朝桜の美は、乏しかった。

（もう一奮発、咲いてくれれアいいのに……）

残念だったが、むつかしい花時をねらって、再挙を計る勇気もなかった。

朝飯後に、T記者と二人で、まだ人通りの少い、古い街道を歩いた。竹林院という坊が、目当てだったが、他にも坊が多く、建物が古く、修験道《しゆげんどう》の行者が泊った過去を、しのばせた。竹林院の庭も、美しくできていて、大木のしだれ桜が、かなりの花をつけていた。

十時頃に、案内の観光協会の人がきてくれた。大阪本社の記者は、昨夜帰ったので、その人が今日の案内をしてくれるのである。徒歩で、宿を出たが、ダラダラ坂を下るので、苦にもならなかった。吉水神社、蔵王権現なぞ、見て歩いたが、後者は、よくこんな山の上に、かかる大伽藍《がらん》を建てたものと、驚いた。どうも、吉野というところは、お花見よりも、古い神社仏閣の観光地と、考えられた。

それから、また、坂道の古い街道へ出たが、旅館でも、ダラニ[*73]を売る薬屋でも、実に蒼然たる家屋が、まだ残ってた。昔の吉野の町の中心らしく、この辺に泊って見るのも、悪くないと思った。観光協会の人は、古い店の一軒に寄って、柿の葉ずしというものを買ってくれた。

下の千本は五分咲きだったが、人出が多く、ケーブル・カーなぞが往来して、つまらぬところだった。そして、私も、だいぶ歩いたので、疲れてきた。予定の十二時過ぎの大阪行き特急電車に乗るのに、べつに未練も残らなかった。ただ、吉野のつるべ鮨《ずし》を、食べて見たいと思ったが、新聞の通信部の人が、親切に、電話で連絡して、古市の駅で、車窓に届けてくれた。

上り電車は、ひどく空いてた。車中で、つるべ鮨と、柿の葉ずしと、どっちを食おうかと迷ったが、二つは食えぬから、後者にした。青い柿の葉で、熊野灘のサバずしを巻いてあり、珍重すべき味わいだった。

「満開でなくて、残念でしたね」

と、T記者がいった。

「仕方がない。京都の花でも、見ましょう」

「どうです、徳島の眉山《びざん》の桜は？　あすこなら、暖かいから満開でしょう」

昨日案内してくれた、大阪本社の人が、四国の徳島の生まれで、吉野の花の早過ぎたのを残念がり、しきりに、眉山の花見を、すすめたのである。

私は愛媛県に疎開して、四国に縁ができ、その後も旅行して、大ていのところは、知ってる。しかし、阿波《あわ》地方だけは、行ったことがない。阿波の人形浄瑠璃《じょうるり》一座が、疎開地へ巡業にきたのを、見ただけである。あんなものが発生した土地だから、文化の根があるだろうと思ったが、ちょっと不便で、行きそびれてた。

無論、今度も、わざわざ、満開の花を求めに行く気は、起らなかった。あんな遠いところへ出かけなくても、京阪地方の桜だって、結構である。小説のタネ探しは、今度は失敗らしいから、京都で遊んで帰ればいいではないか。

そして、大阪へ着くと、昨日同行してくれた記者が、迎えにきてくれて、一緒に、本社へ行った。

大きな応接間で、休んでる間に、T記者は、席を外したが、暫らくして、姿を現わした。

「困りましたね。京都のめぼしい旅館やホテルに、電話したんですが、今が季節ですから、どこも満員で……」

「じゃア、面倒くさいや。新幹線で、帰りましょう」

「でも、せっかく、出てらしったんだから……。どうですか、徳島は？　要するに、満開の桜をご覧になれば、何か幻想が湧くんでしょう？」

「いや、幻想なら、吉野の桜だって、今を盛りと、咲かして見せますよ」

「そんなにムリをなさらなくても、眉山の花というのを……」

「でも、あんな遠いところへ、わざわざ……」

「いや、遠くないです。伊丹空港から、三十五分で行きますからな」

と、いったのは、徳島生まれの本社の人だった。

「三十五分？　そんなに早く……」

「わけないです。それに、阿波へいらっしゃるなら、やはり、春ですよ。鳴門の渦も、春潮の時が、一番大きいし、鯛の味も、今が食べ頃です。ご存じですか、鳴門鯛？」

「話には聞いてますがね。それと、鳴門ワカメ……」

「ワカメも、今が解禁のホヤホヤで……」

「うまいですか。何にして食います?」

私は、鯛はそれほど賞味しないが、ワカメとくると、目がない。

「そうですな。若竹汁もよろしいし、それよりも、新の生ワカメを、酢のもので召上るのが、最高……」

「ほう、そんなに、うまいですか」

と、少し遊意は動いたが、

「でも、飛行機の切符や、宿屋はどうかな」

私が躊躇するのを、半分も聞かないで、T記者は姿を消した。

やがて、彼は、勝利の笑みを浮かべて、帰ってきた。

「四時の便の切符がありました。旅館も、徳島支局に頼んで、部屋がとれました……」

飛行機の上で、

(やれ、やれ。これは、思いがけないことになった。朝《あした》に吉野の客となり、夕べに阿波の人となるか)

と、おかしくなったが、それでも、こんな時でないと、徳島見物はおぼつかないと、考えた。

ほんとに、早かった。淡路島の端が、眼下に見えたと思ったら、間もなく、ベルトだ、禁煙だという信号が現われた。穏かな、積雲のたなびいてる春の空から、フンワリと、舞い降りてしまった。

空港に、徳島支局長たちが、待ってた。

「急なことで、いいお宿もとれませんでしたが、静かな家ですから……」

「いや、どこでもかまいません。眉山の桜と、阿波の鳴門でも見物すれば、いいんですから……」

「眉山の桜？　わざわざ、東京から見物に来られたんですか」

支局長は、妙な顔をした。

「なに、吉野の花が早かったんで、急に、ここへ足をのばすことになって……」

T記者が、説明した。

「それア、お気の毒でした。もう、あらかた、散ってしまいましたよ。何しろ、暖かい土地だもんで……」

それを聞いて、私はおかしくもなった。よくよく、花に縁のない男と、思ったからである。

「いや、もともと、眉山の桜なんて、それほどのものじゃありませんから……」

支局長は、土地自慢がきらいなのか、私を慰めるつもりなのか、わからなかった。

そんな話をしたのは、徳島市中に向う車中のことだが、広い平地が続き、ところどころに、菜の花が黄色かった。

「じゃア、阿波の鳴門に主力を、注ぎましょう。でも、市内の藍倉《あいぐら》のような、古い建築も、見たいですね」

「その藍倉が、一軒も残ってませんな。ここの戦災は、ひどかったものですから、全市、ほとんど、新建築ばかりで……」

「おや、おや……」

でも、腹の中では〝勝手にしやがれ〟と思った。花が見れない上に、風情のない戦災都市ときたら申し分ない。

そのうちに、大きな川の長い鉄橋を渡った。

「これが、吉野川です」

吉野でも、吉野川。阿波へきても、吉野川である。でも、こっちの方は、悠々たる大河の面影があった。

市中に入った。なるほど、復興都市で、安っぽい戦後風建築ばかりで、東京の場末の町と変らない。

そのうちに、車が大そう古い寺の山門を潜った。焼け残りの有名な寺でも、見物させるのかと思ったら、すぐ山門の左手に、軒に青い草が生え、半分障子の紙だけ白い、田舎風の板戸の家の前で、車が止まった。

「ここが、お宿です」

私は驚いた。京都の瓢亭《ひょうてい》の店がまえと、共通する旅館である。

「全市の旅館が焼けて、やっと、ここ一軒が残ったんです」

と、説明されて、わかったが、戦災以前でも、古びた家にちがいなかったろう。こんな古くさい旅館に、泊ったことがない。しかし、静かでいい。お寺の境内だからだろう。それに、私の通された部屋は、崖の中腹に建ってるらしく、一階だが、二階の他の室と同じ高さで、見晴らしがあり、木口のいい、明治風のスキヤづくりだった。

「ここは、眉山と山つづきになっとりまして……」

と、茶を入れながら、女中さんが説明した。

「へえ、眉山がこんなところまで、延びてるの」

私は、まだ、町の地形がわからなかった。車が市中へ入った時、形のいい、かなり高い山が、すぐ見えた。どうも、その眉山と吉野川とが、徳島というところの冠と帯のような気がした。町の感じも、そこから出てる様子だった。でも、夕暮れの眉山に、ところどころ、赤いハゲのような痕《あと》が見え、それが、残桜の姿と聞いて、情けなかった。

すぐ、湯に入って、夕飯の膳に向うと、これが、なかなかの献立である。新興旅館のような、見せかけの料理は、一つもない。アカ抜けがして、しかも、親切な料理で、土地の名産を主にしてる。

「もとは、料理屋だったので、その頃の板前さんが、まだ働いてますが、もう七十になります」

と、女中さんが、教えてくれた。

食物が気に入ったせいか、私は、すっかり、この旅館に、満足した。便所と湯殿は、ちょっと汚いが、あとは万事、私の好みに合う。確かに、昔の徳島がこの家だけに、残ってる感じである。

「四国で、特色のある都会は、宇和島と高知と思ってたが、徳島も、敗けないね」

まだ、ロクロク見物もしてないのに、私は、この町に、魅力を感じてきた。

「そうですか。じゃア、吉野をやめて、徳島を舞台にして、一つ……」

T記者は、話をすぐそっちへ持ってくが、アテなし旅行を、ベンベンと続けられては、閉口だからだろう。

「冗談いいっこなし。まだ、きたばかりなのに……」

「でも、徳島の資料なら、ザッと揃えてありますよ。さっき、空港で買ってきたんです。おやすみになる時にでも、読んで下さい」

抜目のない人で、五、六冊の本を、私の前へ出した。

それでも、彼が別室へ退き、私一人の退屈まぎれに、そんな本を読み出した。やはり、藍を中心にした商業の町であって、阿波踊りや、阿波人形浄瑠璃や、そんな遊芸も、町人の富と関係があるらしい。藍問屋の旦那や仲買いは、皆、遊びごとが、好きだったらしい。曾てテレビで見た、阿波踊りの手ぶりや唄は、よほど陽気で、ノンビリと、できてたが、そういう土地柄なのだろう。そして〝讃岐男《さぬき》に阿波女〟という文字も、私の眼に触れた。

翌日は、薄曇りで、春らしい空だったが、支局長が迎えにきてくれたので、私たちは、早くから見物に出かけた。

まず、眉山へ登った。とにかく、お目あての場所だから、花にはおそくても、顔を立てたのだが、駅前からケーブルに乗ると、わけはない。

「まだ、いくらか、咲いてますよ」

と、T記者が、ケーブルの函《はこ》の窓から、眼下を覗いてた。なるほど、山の傾斜に、相当の桜樹があり、三分の一ほど、花が残ってた。吉野も三分の一だったが、あれは咲き始め、こっちは残肴《ざんこう》といったもので、どうも汚らしい。しかし、今度の花見は、結局、三分の一と、相場がきまった。

「もう、花の方は、あきらめましょう」

私は、笑った。

頂上は、パゴダだの、つまらぬ建築物があったが、徳島全市の見晴らしは、気持がよかった。ずいぶん広い、繁華な町で、海も、吉野川も、市内を貫通する新町川も、鈍く光ってた。何か豊かで、柔かな町のたたずまいだった。そして、その海と川から、うまい魚が獲れそうな感じの景色だった。

「いい町ですね、これア……」

そういって、私は山を降りた。

待ってた車が、十郎兵衛屋敷だの、人形会館だのというところへ、連れて行ったが、私には、どちらもつまらなかった。前者は観光客向きだが、後者だって、保存の人形芝居の頭《かしら》が、天狗久その他、名人の作というけど、アクの強い感じだった。でも、小舞台があり、そこで、土地の高校生たちが、人形を使うというのは、面白かった。そんな連中が、町の旦那がたより、郷土芸能を次ぐ役回りを、担ってるそうである。

それから、車は鳴門市へ直行した。漁港と遊覧地を、兼ねた町だった。海岸の砂に干してあるのは、新ワカメだそうだった。そして、すぐ、小さな汽船に、乗り込んだ。鳴門の渦見物専用の船で、吃水《きっすい》を浅く造ってあるそうである。

三十分ほど海上を走って、渦が見えた。

なるほど、これは奇観である。しかし、広重の絵なぞで、誇張された海水の唐草模様の偉観はなかった。それに、鳴門からくる船と、淡路からくる船とが、両国の川開きのように、蝟《い》集《しゅう》するので、危険感も迫って来なかった。

岸へ降りると、鳴門市の通信員が待ってた。東京から来たお客さんに、鳴門鯛のホンモノを食わせるといって、ホテル式の料理屋へ案内された。その家が、ホンモノ中のホンモノを使うというのだが、生憎、鯛はそう食いたくなかった。昨夜も旅館で、鯛のサシミを食わされた。まずいとは思わなかったが、一口で結構である。鯛ずくめの料理なんて、腹ばかり張って、仕方がない。

でも、予約をしたというから、断るわけにいかなかった。とにかく、座敷へ上った。海を見降して、いい眺めである。松の生えた岩が見え、その左側は、渦の急流と反対に、静かな渚になってる。水も浅い。そこに、わりとキチンとした形で、海草が生えてる。

「何ですか、あれ……」

「あれア、養殖ワカメですよ」

と、鳴門通信員が答えたのには、驚いた。

「ワカメ、植えるんですか」

「ええ、天然だけじゃァ、需要に追いつきませんからね」

鳴門ワカメといっても、天然、養殖、場ちがいと、三種あって、渦潮の岩でとれるのが、最高品であり、値段も飛び抜けてるという。

そのホンモノが、冴《さ》えた緑色を浮かべて、酢のもので出たが、いかにも春の海の香りだった。でも、同じホンモノでも、鯛料理の方は、じきに飽きてしまった。ホンモノ必ずしも、人を喜ばさずである。

しかし、昼の酒で、回りがよくて、私はシャベりたくなった。

「一体、徳島のうまいものは？」

「小魚が、わりとうまいところですが、料理屋では、食わさんでしょう」

と、支局長が答えた。

「その他に、何です」

「そうですな。ソバが名物となってますが……」

海岸でソバがうまいとは、受けとれなかったが、近くの山間部に祖谷《いや》という古い部落があり、そこの粉が優秀で、徳島名物となってるとのこと――

「食べ物以外には、何です」

「まア、阿波ちぢみ……」

「支局長、ストリップを教えてあげたら、どうですか。あれア、他の土地では見れないと、いいますぜ」

と、通信員が、意外なことをいった。

「へえ、ストリップが、名物なんですか」

「名物ということもありませんが、評判になってるらしいですな。一時は、大阪をしのぐ勢いで、相当、ドギツかったそうですが……」

郷土芸能で聞えた町に、ストリップは不調和だと、思ったが、不思議と、反撥を感じなかった。何か、町のムードに、一脈通うものがあるのだろう。とにかく四国では、徳島のストリップが歴史も古く、最も発達してるのだそうである。

「すると、ストリッパーは、土地の女なんですか」

「サア、渡り者が多いんじゃないですか」

「いや、県内出身者もいるそうですよ」

と、通信員がいった。

「そんなに、阿波の女性は、肉体美なんですか」

「どやろうな、君、そうもいえんのじゃないか」

と、支局長が、通信員にいった。

「近頃の県内女性は、急激に体がよくなりましたからね」

「つまり、体位が向上して、羞恥心が低下したんですか」

「そんなことないでしょう。阿波踊りの女姿を見ても、今もって、肌をあらわさんように、工夫してますからな。あの衣裳は、たいへん色っぽいが、肉体の露出は、極力避けてます」

「何だか、わからなくなってきたが、一体、〝讃岐男に阿波女〟という諺《ことわざ》の意味は……」

私は質問した。

「結局、甲斐性のある男と、女の意味でしょう」

と、支局長は答えたが、讃岐の男というのは、頭がよくて、商売上手で、出世するからだという。私は、菊池寛[*74]のことが、すぐ、念頭に浮かんだ。あの人が、讃岐男の代表者にきまってる。

だが、阿波女の方は、気が優しくて、忍耐心があって、世帯持ちがよくて、働き者で、その上、男に対するサービスが、満点なのだそうである。

「そんな女が、まだ、日本にいるんですか」

「ええ、阿波にはいることになってるんです。エヘヘ……」

と、支局長は、多少の自信がないでもない様子だった。

「すると、お宅の奥さんも……」

「いや、うちの女房は、関西ですが……とにかく、ちょいと買物に行っても、女店員の態度が、他地とちがいますね」

そういえば、私も腑に落ちることがある。

私は、今度泊った旅館が気に入ったのだが、その大半は、部屋女中のお光さんのためである。彼女は、三十代の年増で、べつに容貌は優れてないが、実によく働くので、私は感心してしまった。あの旅館は、部屋数の少いわりに、ダダっ広く、そして、階段が多い。それなのに、泊り込みで働いてるのは、彼女一人なのである。掃除だけでも、大変なことである。そして、私のような客は下らない用を、よく頼むのだが、いちいち、長い階段を昇降して、下の帳場へ行くのに、イヤな顔一つしない。返事がいいし、往復が早いし、ことに、食事の時には、食物が冷えないように、一品ずつ運んでくる。面倒ということを、まるで、考えないらしい。

私もよく旅行するが、東北あたりの辺地へ行っても、東京風の骨惜しみ女中、無礼女中ばかりで、旅の憂さを増す種となるが、お光さんのような女中は、近年見たことがない。

(これは、ちょいと、現代の奇蹟だ)

と、感心していたところへ、支局長から、阿波女の解説を、聞いたわけなのである。

「働き者で、その上、男に対するサービスが、満点――なるほどね。フーム、それが、阿波女なんですか。一体、阿波の男は、そんな幸福を、独占していいものでしょうか」

私の羨望は、当然だった。

「いや、それほどのことも……。第一、阿波女も、刻々、変貌してきてますからね。とりわけ、徳島あたりは、都会ですから、古風で、献身的な女性は、減少しつつあります。ことに、インテリ女性は、東京や大阪と変らんのじゃないですか」

「では、非インテリ阿波女性に、拝顔して見たいですな。私は、まだ、宿屋の女中しか知らないんですが……」

「お目にかけましょうか。お鯉という、有名な老妓がいますが……」

「有名でなくて、結構です」

「じゃア、今夜、しかるべく、見つくろって……」

鳴門の帰りに、今夜を約して、支局長と別れ、私たち二人は、ストリップを見ることにした。徳島の繁華街の裏通りで、T記者が道を聞いて置いたので、すぐわかったが、花曇りの空が、雨になってしまった。

戦前の場末の映画館のように、粗末な劇場の前で、とりあえず、雨を避けたが、開演にはまだ間があるらしく、といって、喫茶店へ行くのも、雨に濡れるので、そのまま待ってた。

すると、アッパッパーのような服を着て、下駄をはいた娘が、ひどくゆっくり歩いてきて、劇場の男と立ち話を始めた。顔立ちも平凡で、体も貧弱で、昔は、氷屋の出前持ちに、こんな女がよくいた。

「とにかく、中へ入ろうじゃありませんか」

T記者がいうので、私も、イスに腰かけて待つ方がいいと、考えた。

内部は暗く、便所の臭いが、強かった。二十人ほどの客が、前の方の席にいた。眼が暗さに慣れると、ハメ板に塗った青ペンキが、ひどく古風な色だった。

私は山陰の温泉で、ストリップというのを一度見ただけだが、大変小規模なものだった。今日のは、公衆の観覧に供する仕掛けらしいが、それだけに、べつに奇抜なこともやるまいと、考えた。

そのうちに、幕があがった。やたらに、音量の大きいレコード音楽と、無意味に変化する強い照明の舞台に、スペイン舞踊のような衣裳の女が、踊るというより、歩き回ってた。わざと退屈させるような、動作のくりかえしを続けた。やがて、モッタイをつけて、衣裳を脱ぎ始めるのだが、これがストリップというものだろう。そして、西洋扇なぞを使って、何か気を持たせるようなことをするが、最後には、公衆の観覧に供すべからざる程度に至って、幕となった。

「なるほど、東京では見られんもんだな」

そして、次ぎの幕になると、今度は、島田のカツラをかぶり、芸妓のような衣裳をつけた女が、日本舞踊の如きものをやり、順次に、ストリップするのだが、これは少し退屈だった。それに、体軀極めて貧弱であって、スルメの足だけを見る観があった。でも、顔をよく見ると、さっき劇場の前で、立ち話をしてた女である。

あれが、ストリッパーだったのかと、私は感心した。つまり、あんな質素な娘が、こういう芸当を見せるのかと、感心したのである。世の中とは、こういうものかも知れない。アバズレの女は、上品な場所で働いていて、氷屋の出前持ちのような、質実温良の娘が、大外《だいそ》れた芸を演ずる。もっとも、当人は好きでやってるわけでもなく、怖ろしい兄さんが、背後にいるのだろうが、とにかく、ものの実体を見た気がした。

同時に、何かつまらなくなって、

「東京へ土産にするだけだったら、大体、目的を達したようなもんだ」

と、T記者を促して、外へ出た。

いい按配に、雨は上って、夕景色になってた。宿へ帰って、一休みしたくなった。夕飯をすませて、八時に支局長が迎えにくるというので、ちょいと、時間があった。一風呂浴びて、横になってると、

「あんなア、旦那はん、ええもん見てきなはったんとちがいますか」

と、お光さんが、部屋へ入ってきた。

「何のことかね」

私は、とぼけたが、T記者がストリップを見てきたことを、しゃべったらしい。

「まアえ、へらこい……」

方言で、〝狡《ずる》い〟というような意味らしいが、接客用の標準語を使わない時の方が、彼女は精彩を放った。

それで、私も、へらこい態度をやめて、正直に白状したら、この家へ泊るお客さんは、誰も見に行くということだった。

やがて、夕飯になった。

今日も、いい献立で、親切な味つけだった。鯛のさしみは、前もって断ったら、何とかいう白身の魚が出てきたが、この方が、うまかった。そして、小さな車エビの揚げものの味が、よかった。東京の天プラ屋でも、これだけのマキを使う家は、少いと思った。身が肥え、甘味があって、優秀品だから、飛行機で帰るなら、東京の土産になると思ったが、品薄で、とても、手に入らぬと、お光さんがいった。大阪から買出しにくる船が、沖で取引きをしてしまうから、土地の魚屋には、ほんの少ししか、回らないのだそうである。

とにかく、徳島の魚は、味がいいことがわかった。野菜類も、悪くなかった。名産の蓮が、特に美味だった。しかし、また、お光さんのよく働くことといったら、暖かい料理を出すために、あの長い階段を、一品ずつ運搬するのは、大変な労働だと、思われた。その上、ブッチョー面を、生まれつき知らぬように、欣々《きんきん》として働くのには、感心した。

「これァ、女房を持つなら、阿波女に限ると、いうもんだね」

お光さんが、お銚子をとりに行った間に、私はT記者にいった。

「ほんとですね。あの女中さんばかりでなく、今夜は宴会があって、ヤトナが何人も、手伝いにきてるんですが、その女たちだって、とても、親切なんですよ」

「え、早いね。もう、ヤトナと馴染みになったの」

「そういうわけじゃありませんが、ぼくがこの家の女中だと思って、用を頼んだら、ちっともイヤな顔をしないで、帳場へ行ってくれましたよ。後で聞いたら、ヤトナだということで……」

「ヤトナも、阿波女だろうからね。とにかく、阿波女というのは、東京で絶対に発見できない女類だと、判明したよ」

「ところで、今夜の宴会というのが、女学校の女教員の懇親会だそうで……」

「それも、阿波女か。すると、つまり、阿波女の食事を、阿波女がサービスするんだから、至れり尽せりだろうな」

そんなことをいってるところへ、お光さんが現われて、

「あの、支局の方が、お出でになりました」

支局長が、少し早目に迎えにきたので、私たちも、急いで食事を切り上げ、服に着替えた。

「今夜は、二種類の阿波女を、お目にかけたいと思いますが、最初は、近代的で、ピチピチし

た方を……」

といって、支局長は、往来へ出ると、タクシーを呼び止めた。徳島のタクシーは、小型だが、わりと、数が多く、拾いやすい。

どこへ連れてくかと、思ったら、夜目で、町の姿もわからないが、どうやら、昼間、ストリップを見たあたりの方角だった。ネオンの輝いた、小料理店やバーの多い横通りで、車を降りると、

「ここの家が、わりと、土地のインテリが、通う店で……」

と、支局長は、平家づくりの密閉的な建物のドアを、開けた。

バーである。なるほど、最初はバーの女を見せて、次ぎに、芸妓のくる家へでも案内するつもりかと、合点したが、そのバーが、完全なバラックだった。やたらに、ハメ板ばかり目につき、それも、カッテージ風なぞと、気どってるわけでもなかった。旅館にいると、わからないが、このバーへきて、始めて徳島が戦災都市であることを感じた。

支局長は、顔なじみらしく、二人の女が、すぐ、テーブルへやってきた。二人とも、髪や服装が質素で、肌が黒く見えたのは、あまり、お化粧も濃くなかったのだろう。

私は水割りを註文したが、ハイといって、すぐ動くところは、旅館のお光さんと、同様のものを感じた。しかし、飲み物を持ってきてからが、だいぶ、ちがってた。彼女等は、イスに坐ってから、全然無口なのである。怒ってるのかと思ったら、表情は、ニヤニヤしてる。ただ、ものをいわないのである。私は東京で、バーというところへ、あまり出入りしない理由は、ホス

テスなるものが、無用の弁舌を弄《ろう》して、その応対が煩わしいからであるが、ここのバーのように、微笑専門のサービスというのも、ちょっと、とりつく島がない。支局長は、近代的で、ピチピチした阿波女を見せると約束したが、どうも、その要素に欠けてるようである。

「こら、お客さんに、徳島言葉で会話して、聞かせてあげんか。東京から見えたんじゃけに……」

と、支局長は、彼女等に命令を下したが、二人で顔を見合わせて、ニヤニヤするだけで、無言を継続する。よほど、口を開くのが、嫌いな性分らしい。私は、ついに降参して、阿波女の美徳は、沈黙にありと、結論を下して、支局長と話を始めた。

「明日は、モラエスの旧居や墓詣りを、予定してるんですが、どのくらいの時間を、見て置けばいいんですか」

徳島とポルトガルの文人モラエスの関係は、以前から、知らないことはなかったが、ここへきてから、案内記を読んで、詳しいことがわかり、俄《にわ》かに興味を持った。

モラエスは、文豪と呼ぶほどの作家ではなかったらしいが、どこがよくて、あんなに徳島という土地を愛し、七十五歳になるまで住み続け、ここに骨を埋めることになったのか。

私も徳島へ来て見て、確かに、住み心地はよさそうに思うのだけれど、ポルトガルから渡ってきた一文人が、日本でこの土地を選び、妄執《もうしゅう》のような愛着を湧かしたことが、腑に落ちなかった。小泉八雲[*75]だって、ずいぶん松江を愛したけれど、そこで生涯を終るほど、夢中にはならなかった。

モラエスという人は、よほど変り者で、自分の好みに執着したのだろうと、考える外はなかったが、徳島案内記を読んでるうちに、

（おや、彼は、阿波女の魔力に、捉えられたのではないか）

と、気がついた。徳島という土地は、二の次ぎであって、そこに生まれた女が、ローレライの乙女の声のように、彼を呼び込んで、不帰の客としたのではないか。

なぜといって、モラエスがその呼び声を聞いたのは、徳島ではなく、神戸である。その頃、彼はポルトガルの領事だったが、神戸の福原の廓《くるわ》芸者だったおヨネに、血道をあげ、ついに結婚した。

おヨネは、阿波女だったのである。彼女の特質が、どういうものであったか、今更、説明の要はない。徳島ぐらいの美しい都会は、南仏あたりにあるかも知れないが、阿波女ほどの美質に富む女性は、近代ヨーロッパには、タネギレだろう。モラエスが魂を天外に飛ばしたのも、当然だろう。

そのおヨネは、多病であって、神戸で歿《ぼっ》し、その遺骨が、徳島の潮音寺に葬られた。モラエスは、その骨を追って、徳島へきたので、この土地の風光に惹かれたのではない。

そして、彼は徳島で再婚した。おヨネの姪《めい》の小春という女である。ここが大切――おヨネのことが、忘れられなかったら、小春なぞに目もくれなかったろうが、彼女もまた阿波女であっ

た。モラエスは好色であったにしても、おヨネのうちの阿波女に、恋慕の情を断ち切れなかったのだろう。

その証拠に、小春の方は、性悪女《しようわるおんな》であって、土地の男のタネを宿したり、模範的阿波女ともいえなかったにも拘らず、彼の鍾愛は変らなかった。模範的でなくても、いろいろの美点が、小春の体に存したのだろう。実にモラエスは、日本人の誰よりも早く、阿波女の魅力を発見した先覚者で、彼の碑を建てるなら、その点を明らかにすべきである。

小春もやがて歿して、潮音寺に墓があるが、モラエスは、その後に、まだ若い小春の妹を狙った形跡もあるから、阿波女に対する執着の深さは、想像にあまる。

しかし、その少女はモノにならず、彼は独栖《どくせい》を続けてるうちに、老病を発し、その生活の悲惨さは、永井荷風の晩年を凌《しの》ぐものがあったが、看病をしたのが、小春の母のユキという婆さんだった。

このユキは、慾張り女で、阿波女の親切を持ち合わせなかった。それは例外というよりも、恐らく、彼女が婆さんだったからだろう。女も劫《こう》を経れば、化ける。あえて阿波狸の例をひくまでもない。

私も若い頃は、天涯の孤客という語が好きで、フランスあたりの片田舎で、静かに生命を終りたいなぞと、夢想したこともあったが、モラエスの悲惨な最期を知ると、マッピラご免になった。やはり、妻子眷属《けんぞく》に囲まれて、タタミの上で、ナムアミダブツがよろしい。それに、モラエスは銀行預金が、何よりの頼りで、それが減るのを、心配しいしい、呼吸《いき》を引きとったらしいが、金額は二万余円だった。彼の死は昭和四年だから、今の金にして、二千万円ぐらいになるだろうが、永井荷風の残した預金と、大体同じなのも、一奇である。二人ともガンコで、変り者で、モラエスは遺言で、キリスト教の葬式を嫌い、仏式を望んだ。荷風より、宗教心があったのかも知れない――

「だいぶ、モラエスには、興味がおありのようですね」

私がモラエスのことばかりいうものだから、支局長が、ハイボールを一飲みしてから、話しかけた。

「そういうわけじゃありません。徳島へきてから、知識を仕入れたんです。でも、変った人らしいから、お墓詣りぐらいしたいと、思いますよ。旧居や墓は、旅館から遠いですか」

「いや、眉山の麓ですから、わけありません。もっとも、旧居は、空襲で焼けて、別な家が建ってますが……。しかし、モラエスのおかげで、徳島市も観光資源が、殖えましたよ。碑も建ったし、モラエス忌の行事もあるし、モラエス・ヨーカンなんてものも、売ってますしね……。ところで、最近、第二のモラエスみたいな人が、出てきましたよ」

と、支局長が、ニヤニヤ笑った。

「はア、また、西洋人が……」

「いや、日本人です。ご存じでしょう、ものを書く人ですから」

「さア、誰でしょう」

「但馬太郎治という人で、だいぶ前から、徳島に住んでるんです……」

私は、仰天した。彼のことは、大磯以来、すっかり忘れていたが、思いきや、四国の涯《はて》で、彼の名を聞くとは――

「どうして、但馬太郎治が、ここに来たんです。どうして、彼がここへ、流れ込んで……」

私があまり熱心に、問いかけたので、支局長も少し辟易して、

「さア、ぼくもよくは知りませんが、きっと、徳島が気に入ったんでしょう。何でも、南フランスのツーロンという海岸の町が、こことよく似てるそうですから……」

「いや、ツーロンとは、まるで、地形がちがいます。感じも、ちがいます」

「そうですか。何にしても、東京へ帰る気はないらしいですよ」

「それア、わかります。今の東京なんて、人間の住むところじゃありません。ことに、彼のように、よい時代のパリで、半生を送った人間にとっては、住むに値いしないでしょう……。しかし、それにしても、阿波の徳島とは……。一体、ここへ隠栖したのは、いつのことなんです」

私は、たたみかけて、訊いた。

まったく、これは、オドロキである。但馬太郎治が、パリにも、東京にもいないで、この四国の小都会に、隠栖していようとは。そして、桜花を求めて、徳島へきた私の耳に、彼の消息が入って来ようとは――

（やはり、太郎治は、私にとって、有縁《うえん》の士である！）

私は、不思議な因縁を、強く意識した。

「隠栖といわれますが、どうも、それが……」

支局長は、何か、困惑の表情を浮かべた。

「しかし、よほど、気に入ったんでしょう。さもなければ、失礼ですが、こんな田舎の町に、余生を送る気は、起らんでしょう」

私は、太郎治が、ちょっと、モラエスを気取ったのではないかと、推測した。

「いや、それがですね、但馬さんも、自分の意志で、この町へ住む気になったのではないらしいんです。少くとも、徳島へ住む気で、徳島へ来たんではないらしいんです」

支局長は、異様なことをいった。

「へえ、それはまた……」

「但馬さんが、ここへ来たのは、昭和三十四年のことで、私は、まだ、赴任してなかった時分ですが、とにかく、この土地の語り草になってることですから、支局の古い連中から、いろいろ、聞かされましてね……」

「とにかく、太郎治は、七年前にここへ来た。それは、彼の意志ではなかった？……」

「いや、そうじゃありません。但馬さんは、阿波踊りを見に、来遊されたんですよ。あれは、旧盆ですから、暑い盛りなんです。だから、一、二泊して、東京へ帰るつもりで……」

「なるほど。踊り見物ですか」

徳島の阿波踊りのことを、今まで書かなかったが、この土地の最大の名物であることは、いうまでもない。ことに、戦後は、大変、人気が出て、関西人ばかりか、東京からも、見物に行く者が、多くなった。〝踊らにア、損、損……〟という文句が、戦後の日本人に、共鳴を起したのだろう。

私も、先年、この踊りの実況放送を、テレビで見てから、興味をいだいた。そして、実は、徳島へきてから、一度、実演を見せてもらってる。何か観光祭りがあって、その時に出演する稽古を、一見したのだが、踊りの手振りや、三味線太鼓のハヤシは、面白くても、全然、ムードがなかった。人数も十数人で、場所も小学校体育場ときては、あの町をあげての狂躁を、想像すべくもなかった。

阿波踊りの特色は、踊りの選手が踊るのでなくて、市民全部が、参加するところにあるのだろう。市長や、警察署長も、共に踊るからだろう。そして、××連、○○連という無数の町内団体が、競演をするからだろう。

しかし、この踊りの起源は、蜂須賀藩主の入国以来といわれ、古い習慣なのに、不思議なエキゾチシズムがある。映画〝黒いオルフェ〟の南米のカーナバル風景と、ひどく似てるらしい。こんな祭りの空気は、日本に類例がないかも知れない。それで、フランス通の福島慶子女史なぞも、毎年見物にくるそうだが、但馬太郎治が遊意をそそられたのも、私には、よく気持がわかるのである。

それにしても、それは、太郎治が、われにもなく、この土地へ住みついた理由の証明にはならない。気まぐれは、彼の本性ではあるが、支局長は、何か、不可抗力のようなことを、匂わせた。

「それじゃ、モラエスの場合と、少しちがうじゃありませんか」

私は、苛ら立ち気味だった。

「そうなんです。でも、モラエス的なところが、まるでないともいえませんよ。やはり、女が介在しますからね、阿波女が……」

支局長は、ニヤニヤ笑った。私をジラすのが、面白くなってきたのだろう。

「わかりませんな、サッパリ……」

私は、サジを投げた。少し、面倒にもなってきた。

「いや、真相は、甚だ簡単なんです。但馬さんは、阿波踊りを見てる最中に、脳出血を起して、倒れたんです」

「え、あの男が?」

私の驚いたのは、病名のことである。あのハイカラ男が、卒中なんて、古風な病気にかかったのか。彼も、そんな年齢になったのか――

「何せ、あの踊りの頃の暑さといったら、徳島名物になってるくらいで、きっと、気候のせいでしょう」

「うかうか、踊り見物にも、来れませんな」

「おまけに、重症で、よく助かったと、いまだに、医者もいってるそうで……」

しかし、但馬太郎治も、心細かったろう。見知らぬ土地へきて、あの病気で倒れたとなったら——

「そうですか。あの病気は、初期の手当と看護が、大切なんでしょう」

「ええ、でも幸いにして、奥さんが側にいられましたから、すぐ、土地の病院に入院させて、ご自分で看護を……」

「奥さん？　但馬太郎治は、再婚してたんですか」

これも、私の驚きだった。といっても、紀代子夫人が死んでから、よほどになるので、再婚は当然だろうが、彼も、山城伯爵の娘を、妻に迎えたくらいで、社会的虚栄心は、強い方だから、今度も、お家柄と縁を結んだのだろう。もっとも、戦後、華族制度はなくなったから、はて、どんな家柄を選んだのか——

「そうなんです。徳島出身の人と……」

「ほウ、それで、さっき、阿波女といわれたんですね。蜂須賀侯の身寄りか、何か……」

「いや、一商人の娘です。たしか薪炭商ですが、べつに、大きな店でもありません。その女が、東京へ出てる時に、但馬さんと知り合って、結婚したらしいんです」

「へえ、まるで、知らなかった……」

「だから、但馬さんは、踊り見物を、奥さんに誘われて、始めて、徳島の土を踏んで、すぐ、発病されたわけで……」

「それは、気の毒ですね。奥さんも、大変だったでしょう。そして、但馬太郎治は、それから七年間も、ここを動かなかったわけですね。中気は、長い病気だから……」

「いえ、すっかり、元気になられました。もっとも、脚がまだ不自由のようですが……。しかし、それだけ癒ったのも、奥さんの献身的看護のせいだと、評判ですよ。まだ、お若いのに、よく、あれだけ……」

支局長は、但馬新夫人とも、面識があるらしかった。

「へえ、若い細君ですか。そして、美人なんでしょう、きっと……」

太郎治が、上流家庭の娘を貰ったのでないとすると、その女は、若くて、美人にきまってると、私は考えた。彼も、六十以上の老人になってるはずだから、若くて美しい女に、血道をあげたのであろう。

しかし、支局長は、確実な裏書きをしてくれなかった。

「いや、美醜は、主観的な問題ですから……。でも、容貌を離れて、あの奥さんは、感心なものです。頭もいいが、第一、大変な働き者ですよ。今でも、但馬さんを、養ってるんですからな」

「但馬太郎治が、妻から養われる?」

どうも、驚くことばかり、続出する。あの金持が、いつの間に、そんな転変を――

「あれだけの人だし、病人ではあるし、まさか、働きに出るわけにも行かんでしょう。奥さんの方は、洋裁学校の先生をしたり、自宅で註文品を仕立てたり……腕がいいので、評判なんですよ。でも、女の細腕ですから、無論、収入は知れたもんでしょう。奥さんの実家で、二階住いをしてるんですがね」

と、聞かされて、いよいよ、呆れることばかり。キャプリス荘主人の但馬太郎治が、今は、二階のわび住いとは――

「しかし、彼も、いい細君を貰い当てたもんですね」

どうも、話の様子では、但馬太郎治も、徳島へきて、発病する時から、昔のような、裕福な身分ではなかったらしい。東京で、今の細君と結婚した時、すでに、家産は蕩尽《とうじん》していたのだろう。もしも、多少の余力があったら、入院費用から七年間の生活費を、彼女の世話になることもなかったろう。

でも、支局長は、その点の知識は、乏しいらしかった。彼の知ってるのは、太郎治が徳島へきてからの生活に、限られていた。

「まア、奥さんが、但馬さんに惚れたんでしょうね。愛情がなければ、あれだけの苦労は、忍べるもんじゃありませんよ」

「そうでしょう。しかし、但馬太郎治も、よく、思い切って、あれだけの身代を、ツブしちまったもんですよ。小原庄助さんどころの騒ぎじゃない……」

私の知ってる彼は、常に、宝の山に安坐してただけに、有為転変が一番身に沁みた。

「しかし、富豪の息子でなくなった但馬さんに、献身の愛をささげた奥さんは、現代稀なる女性じゃないですか」

「それは、その通り……」

「だから、申しあげたでしょう、彼女は、阿波女の一人だって……」

支局長は、いい気持そうに笑った。

但馬現夫人が、徳島の産であることは、その前に聞かされてるのに、彼女が阿波女の一人といわれて、ハタと思い当るというのは、われながら、愚鈍だった。

「なるほど、阿波女、未だ滅びず——そうですね、そうですね」

と、私も感嘆した。

宿の部屋女中のお光さんに、阿波女の片鱗を認めても、一つの偶然かと、考えてたが、また一人、しかも、但馬太郎治の妻が、それに該当する事実を知って、これは、徳島県下に、男性奉仕の念に燃えた、典型的女性が、無数に現存するにちがいないと、秘境に踏み入ったような、気持になった。モラエスが、骨をこの地に埋めたのも、当然と思われた。但馬太郎治が、病いが癒えても、東京に帰らぬ理由も、これでハッキリした。

（そんな女ばかり住む土地が、まだ、日本に残ってたのか！）

私は、たまたま徳島へ旅したことの幸福を、痛感した。といって、阿波女を妻に貰う時機は、とっくに過ぎたが――

「ところで、阿波女がだいぶお気に召したようですから、今度は、唄がうたえて、話もできる彼女等を、お目にかけましょう。ここの家の阿波女は、オシばかりで、一向、為すところを知りませんから……」

支局長は、イスを立ち上って、無言サービスのホステスたちを、見降した。

「あら、遠慮しとったんですわ、うちら……」

やっと、彼女等の一人が、声を発したが、私は、ここに留まるのも、支局長がこれから案内するらしい、花柳の巷へ行くのも、興が乗らなくなった。

「待って下さい……」

私に、ある決心が、胸にひらめいたのである。

「T君、ご足労だが、これから、但馬太郎治の家へ、一走りしてくれませんか。支局長さんに、道を聞いて……」

私は、東京から同行してるT記者に、話しかけた。

「お安いご用ですが、一体、どうなさろうというんです」

「いやね、その理由は、後のことにして、とにかく、但馬太郎治という男の顔を見たくなったんです。どうも、このまま東京へ帰る気がしなくなったんです。だって、私も老人だから、いつ再遊できるやら、あぶないもんでね。この機をのがさず、彼に会って置きたいんです。ついでに、代表的阿波女の奥さんの謦咳《けいがい》にも、接したくなったんですよ……。それで、明日、彼の住いへ、訪ねて行こうと思うんですが、先方の都合はどうか。或いは、私に会いたくないというかも知れんが、とにかく、一度、意向を聞いてきてくれませんか……」

私としては、大決心だった。未知の人に、こちらから進んで、面会を求めるなんて、思いも寄らぬことだった。それを敢えてするのは、現在の但馬太郎治に対して、深甚な興味が湧き出したからなのである。

＊

支局の車に乗って、T記者が出かけると、私は、すぐ、帰り支度を始めた。但馬太郎治に対する関心が、急に昂《たか》まって、早く旅館に帰って、T記者の返事を、待ちたくなった。

「そうですか。明日《あす》、但馬さんと、お会いになるんですか」

支局長も、新聞人らしい感覚を、働かせたらしかったが、私はこれは私事だと、考えて、対手を外らした。

「さア、どういうことになりますか。とにかく、今夜は、これで、引きあげましょう。後口の阿波女に会えないのは、残念ですが……」

そして、バーへ車を呼んでもらって、支局長に別れを告げ、宿へ帰った。

すぐ、お光さんが、迎えに出た。

「お早かったですね。どこぞ、ええとこへ行かはるお話じゃったのに……」

「腹八分目にしといたよ、年を考えて……。ところで、T君は、まだ、帰って来ない？」

「はい、まだ……。ご一緒やなかったのですか」

「いや、途中で、別れたんだが……」

私は、部屋へ帰るために、階段の方へ歩きかけると、

「先生。お茶でも、あがりませんか」

宿の主人が、呼びとめた。

こんな古くさい旅館でも、ロビー風な板の間があり、応接間セットが置かれ、そこに、土地の人らしい、三人ほどの男たちが、主人と対《むか》い合ってた。

「はい、ありがとう」

「この連中、阿波デコ（人形）や浄瑠璃のことなら、よう知っとりますから、何なりと、聞いてやって下さい」

主人は、昨日、私が質問したことを、覚えてて、そんなことをいうのだろう。私は、人形や浄瑠璃よりも、今は、但馬太郎治のことで、頭が一ぱいで、そんな話はどうでもよかったが、T君の帰りを待つのに、玄関にいる方が、都合がいいと思い、誘われるままに、イスに腰かけた。

「阿波デコのご研究にでも、お越しですか」

と、薬局の主人といったような男が、口を切った。この中年男は、セビロを着てるが、もっ

しかった。

と若い二人は、ジャンパー姿で、徳島の町の人も、和服の着流しという悠長さは、流行外れら
「いや、一向……。人形会館も、通りがかりで、覗いただけです。しかし、皆さんは、土地のことなら、何でも、ご存じなんでしょうね」

私は、通り一遍の答えをした。

「へえ、もう、この連中ときたら、どこのカマボコ屋の竹輪が、なんぼ太いか、なんぼ安いかいうことまで……」

宿の主人が、口を入れた。

「そう、そう。竹輪が、名物でしたね。よく伺って、土産に買って、帰りましょう。しかし、今日も、新聞の人と話したんですが、徳島の女……つまり、阿波女ですね。全国に比類のない、優秀な女性らしいんで、驚きましたよ」

「どこが、優秀なんですか」

薬局のオヤジとおぼしき男が、聞き返した。

「つまり、阿波女というのは、男に対して、常に献身的であって、優しくて、しかも、働き者で……」

と、私が効能書きを、列べると、

「そがいな女、どこぞにおるかいね」

と、彼は、ジャンパーの青年たちの顔を、眺めた。

「さア、何かのまちがいやろな」

と、一人が、気のない返事をした。

「そんなことないでしょう。昔から〝讃岐男に阿波女〟と、いうじゃありませんか」

私の方が、土地の女の肩を持つことになった。

「そら、昔やったら、そがいな女の一人や二人、おったかも知れんですが……」

「でも、阿波女の伝統が残存してる実例を、聞いてきたばかりなんですよ……」

しかし、私が、いくら強調しても、一座の人は、笑うばかりだった。

「どうも、地つきの人は、かえって、土地の名物の真味を知らんのじゃないですか」

と、いったものの、私も、やや自信を失ってきた。何といっても、私の知識は、徳島へきてからの仕入れ品に、過ぎなかった。

「ハハハハ。その実例というのを、聞かせて、頂きたいものですな、参考のために……」

と、中年男が、意地の悪いことをいった。

こうなると、私も、行きがかり上、後へひけなくなった。

「そんなら、ハッキリいいますがね、あなたがたもご存じの但馬太郎治君の夫人……」

私がそういったのは、支局長の口ぶりで、太郎治の存在は、誰知らぬ者はないと、思われたからだ。

「但馬太郎治て、誰や」

「市会議員には、おらんぞ」

「吉野川のネキに、ゴルフ場始めた人とちがうか」

「あれは、××さんや。但馬さんて、何しとる人やろか」

と、ほんとに、彼等は、但馬太郎治の名を、知らぬらしく、顔見合わせていたが、さっきから あまり口をきかぬ、一番若いジャンパー姿の男が、私に話しかけた。

「先生、その人は、外国に長くおった東京の人で、先年から、徳島に住んどる……」

「そう、そう。その人です」

私は、手をあげた。

青年は、他の連中に、説明し始めた。

「ほれ、いつぞや、フランスの偉い人が来よった時に、通訳買うて出た人がおったろが……」

「ふん、ふん、あん人か」

「そんなら、知っとるわ」

と、但馬太郎治の存在が、やっと、明らかになった。

「すると、君は、但馬太郎治君と、ご交際があるんですか」

と、私は、青年に聞いた。

「いや、但馬さんちゅう人は、よう知りませんが、奥さんのことなら、いろいろ聞いとります。

姉と、女学校で同級生だったので……」

「君の姉さんて、失礼だが、おいくつぐらい？」

「三十五ですわ」

「但馬夫人は、もっと、若いんじゃないですか」

「いや、姉と同年です」

バーで、支局長の話を聞いた時に、私は、但馬太郎治の現在の妻が、少女のように若い印象を受けたが、考えて見ると、それでは理窟が合わなくなる。彼女が、東京へ働きに出た時は、もう、成年だったろうし、太郎治と結ばれて、彼を阿波踊りの見物に連れてきた時からも、すでに、七年たつのだし――

（つまり、太郎治の年齢と比較して、若い妻という意味なのだな）

私は、そう合点した。彼が今年六十五ぐらいで、彼女が三十五という勘定なのだろう。でも、三十ちがいとは、彼もウマくやってる。

「なるほど。ところで、一体、どういう女性なんですか、その人は？　東京へ出る前は、徳島で、何をしてたんですか」

私は、探索したくなった。

「どういうちゅうて、普通の娘はんと、変らんでしょう……。そや、あの人、文学少女ちゅう噂がありましたな」

青年は、彼女が本が好きで、ものを書く趣味があって、その上、徳島に疎開してた石井漠[*76]の門下生から、新舞踊を習ってたということまで、話した。

「はア、ノイエ・タンツ[*77]をやったんですか。すると、阿波女としては、尖端《せんたん》的ですね」

「そらア、戦後は、ガラリとちごうてしまいましたけんな。それで、あの人、東京へ出ても、ダンサーのようなことして、身を立てとるうちに、但馬さんと、知り合《お》うたいう話です」

「へえ、東京でダンサーをやってたんですか」

私は、彼女がダンスホールへ勤めてたことを、想像したが、青年は、意外なことをいった。

「いや、それが、東京の浅草で、ストリップ劇場に出とったとか、いいますわい」

「え？」

私は、驚いた。

「〝春日《かすが》はるみ〟ちゅう芸名で、スターやったんやそうですが、東京の文士は、ストリップがお好きやそうで、但馬さんも、一時、文士しとんなはったそうやから……」

東京文士の一人として、私は返事に困ったが、永井荷風が、生前、浅草のそういう場所を愛好したのは、私も知ってる。そして、荷風以上にフランス好きな太郎治が、浅草の猥雑さを愛して、ストリップ小屋の常連となり、荷風と同じように、楽屋に出入りしてるうちに、〝春日はるみ〟と親しくなった経路も、想像にあまった。しかし、太郎治が彼女と結婚に踏み切ったのは、荷風の及ぶところではなく、恐らく、戦後に帰朝した彼は、昔の栄華時代とちがって、金も乏しくなったろうが、世間的な虚栄心も少くなり、自分の思うままの道を、突進したのではあるまいか――

それにしても、彼の妻が、そういう世界の出身とは、思いも寄らぬことだった。しかも、彼女は、現在、洋裁師として、病夫を養ってる奇特な妻なのである。阿波女の典型なのである。

私は、その日に見た、徳島名物のストリップ劇場のことを、思い出した。そして、氷屋の出前持ちのような、ストリップ嬢の素顔も、思い出したが、何か、関係があるようで、ないようで――

私も、ストリップの方は、詳しくないが、浅草でやるのは、大阪や今日見物した徳島のそれのような、ムザンなものでないことは、承知してる。やはり、東京は帝都の面目があって、暴走をつつしむのだろう。それに、浅草には、大正以来、突如として、新芸術運動が行われたりして、ちょっと、ちがう空気がある。ストリップにしても、全国の尖端を切ったのだろう。春日はるみ嬢にしても、案外、矜持をもって、その職業にいそしんだかも知れず、また、彼女の素行も、人の想像するようなものでなかったかも知れない。とにかく、但馬太郎治ともあろうその道の猛者《もさ》が、生涯を共にする決心をしたのだから、タダの女性とは、思われぬではないか。

すると、問題は、やはり、阿波女の優秀性に、かかってくるのか――

「いくら、あなたがたが否定されても、私は、実例を信じざるを得ませんな」

と、私は話を戻した。

「そんでも、阿波女ちゅうようなもんは、戦後は、見当らんのですわ。テレビが普及したけに、日本国中、どこの女ごも、一緒コタになってしもうたのですわい」

敵も、なかなか、頑強だった。

「しかしですね、病気の良人を、七年間も養うような女性は、そうどこの国にもいないでしょう」

私も、敗けていなかった。

「そないなこと、あたりまえですがな」

と、薬屋のオッサンらしき男が、ケロリとした顔で答えた。

「ほんまに、そうや。亭主が働けんようになったら、かみさんが働くのが、当然や。何も阿波女でのうても、それくらいのことは……」

と、宿屋の主人まで、口を出した。

「ところが、そんな心がけの女は、もう、日本には夕ネギレになって、辛うじて、徳島に残ってるということを、あなたがたは、ご存じないんだ。ちょうど、土佐に、珍重すべき尾長鶏《おながどり》が残ってるように、徳島に阿波女が……」

と、私が、なおも説得にかかってる時に、入口の腰障子の外で、自動車の止まる音がした。

「ただ今ア……」

と、T記者が、土間へ踏み込んできた。

「やア、ご苦労さま……」

私は、早く返事が聞きたいので、イスを立ち上って、迎えた。

「おや、こんなところに、いらっしたんですか」

「いや、皆さんから、面白い話をうかがってたもんでね……」

「いや、ぼくも、但馬さんと、つい、話し込んでしまって、おそくなりました。先方も、よく、先生のことを、知ってましてね。その模様は、いずれ、後で……」

「ところで、彼は、何といいました？　明日の訪問のことを……」

「それがですね、わざわざ、お出で下さっては、恐縮だから、こちらから、明日の午後一時に、旅館へ訪ねてくるというんです。夫婦そろって……」


翌朝、目がさめた時から、私は、すぐと、そのことを考えた。

（今日は、但馬太郎治が訪ねてくるのだ）

べつに、私とどういう利害関係のあった人間でもないが、太郎治と会う興味は、まことに大きかった。私がパリで、タジマ会館に泊り、彼の名を聞いたのは、もう三十三年の昔である。それから、駿河台のキャプリス荘、大磯の僻居《へききょ》と、彼の住いの跡を追う結果となり、不思議な縁を感じて、彼や亡き夫人の過去を、知ろうとした。

しかし、そんな縁がなくても、彼は興味ある人物であり、パリや東京で栄耀栄華を極めたところが、面白い。私は生涯で、そんな経験がないから（そして、一度はやって見たかったから）

人の話でも、面白い。その実験者としての太郎治は、珍重すべき人物となるのである。

その上、徳島の旅先きで、偶然、彼の消息を知ったのも、奇縁であるが、彼が昔の栄華の山頂から急転直下、どうやら、零落の淵に沈んでるらしいことも、当人には気の毒だが、私には、一種の詩情をかき立てるのである。

「二階二間に、夫婦で住んでるんですがね。荷物が一ぱいで、寝起きの場所も、ないくらいなんですよ。炊事なんか、どうするんですかね……。ええ、奥さんの実家らしいんですが、父親は死んでしまって、母親らしいのが、階下にいましたがね。あんまり、景気はよくなさそうでした……」

と、昨夜、T記者が語ったが、二階のわび住いというだけでも、太郎治の現状は、窺われるのである。

そのために、太郎治と会う興味が、倍加したといっていい。何も、人の没落を喜ぶわけではないが、彼が羽振りをきかした時代に、会うよりも、今日の彼に対する方が、どれだけ尊重すべき機会であるか知れない。彼は、普通の人間には、思いも寄らない、大きな運命の浮き沈みを味わったので、まさに、現代の紀国屋《きのくにや》文左エ門というべきである。

紀文にしたところで、彼が終生の富豪だったら、講談の主人公にはならなかったろう。紀文が小判を撒き散らしたり、吉原の大門を閉すほどの豪遊をしたのが、なぜ人気をそそるかといえば、後に乞食同様の身の上となったからである。大衆は、富豪になれないが、乞食にもなれない。平々凡々の生涯を送ることを、運命づけられてるから、紀文の生涯に散々オマケをつけて、規格外品にこしらえあげ、その映像を愉しむのである。紀文の栄華も、零落も、話半分に聞いて置けば、真相に近いだろう。

でも、私は但馬太郎治の栄華物語に、そんなオマケをつけなかったつもりである。彼のゼイタク振りは、恐らく、私の語った以上のものだったろう。それというのも、太郎治は、紀文のように、一代にして巨富を築き、また、一代にして散じたのではない。彼は三代目であり、初代太兵衛のこしらえた財産を、蕩尽するまで、時間を要した。現代の資本主義機構とは、どういうものか知らないが、元禄時代より、モチがよくできてるのだろう。

とにかく、現代の紀国屋文左エ門が、ご来遊というのだから、私も緊張せざるを得ない。

「もう、大体、徳島見物も済んだから、今日は、但馬太郎治に会うのを主眼にして、後は宿で、ゴロゴロするとしましょう」

連日、出歩いたので、私も、少し疲れてきた。

「でも、そうはいきませんよ。城跡庭園やモラエス旧居を見るスケジュールが、残ってますよ。支局から、迎えがきます」

T記者が、強い口調でいった。

「そんな約束をしたのかな。やれ、ご苦労さまな……」

そのうちに、支局の車がきた。今日は、ジープだった。こういう車でないと、山間部の取材に行けないそうである。一歩、市の背部へ出ると、山また山が重なってるのである。

最初に、徳島城表御殿の庭園へ、連れていかれた。公園になってるというので、私はあまり期待を持たなかったが、行って見ると、これは、大した庭だった。石がみごとなのである。阿波の青石というのは、名物だそうだが、その名石ばかり集めて、実に美しい。これだけ、数多い石の美観は、日本でも少いだろう。その代り、京都の庭のような、静寂さはない。室町時代の造園というが、茶道くささが少しもなく、権力者のゼイタク気分が、横溢《おういつ》してる。この庭をつくった蜂須賀の殿様は、思い切って金を使い、人を使い、わが世の春を、謳ったのだろう。

但馬太郎治も、数々のゼイタクを試みたが、この庭の石のように、残ってるものは何か。

この旅行の出発の時に、婦人雑誌社の人から、キャプリス荘の取り壊しを、告げられたが、取り壊さなくても、あの廃屋は、自然にペシャンコになるだろう。今日会ったら、その話を聞かせてやろう。いや、いやな話を、聞かせることもないか——

同じゼイタクをするなら、石を弄《もてあそ》んだ方が、悧巧にちがいない。石は腐らないし、消えないし、今日もなお、私をして、ゼイタクの余慶に浴さしめる。太郎治も、パリ日本学生会館を残してるけれど、あれも、コンクリート建てのおかげで、命脈をつないでるが、栄華一代男の記念物として、果して、適当か、どうか。教育事業なんて、彼の父親にはふさわしいが、彼のガラに合うか、どうか。彼なぞは、女とシャンパンに、家産を蕩尽して、一物を残さずという方が、本来の生涯らしく思われる。石弄《いしいじ》りをした殿様だって、現代の民主主義町人どもに見せるつもりで、こんな庭をつくったのではないだろう。太郎治も、わび住いの二階で、日本学生会館に、恋々と、思いを残してるのか、それとも、パリのことは夢のまた夢と、悟りすましてるのか——

（とにかく、会って見なければ、わからない……）

私は、それを考えると、見物も早く切りあげて、公園を出たくなった。

「午飯には、少し早いですが、序《ついで》ですから、橋本のソバを、食って見ませんか」

と、T記者がいった。

「そう、そう。あれを、忘れるところだった……」

太郎治との会見時刻は、迫ってくるのだが、生来の食いしん坊で、すぐ、そっちへ心が動いた。

一体、徳島のソバがいいということは、数年前に、食べもの雑誌〝あまカラ〟で、一見して、忘れかねてたのだが、この地へきてから、祖谷の原産地の話も聞いて、期待を大きくした。といっても、海に近い地方のソバを、そう信用してるわけもなかった。鹿児島のソバがうまいと、人がいうから、その地へ行った時に、谷山街道の古い店を、わざわざ訪ねて、大失望をしたことがあった。今度は、どうだろうか。それを試験するためにも、一度は、寄って見たかった。

橋本という有名ソバ屋が、支局の人の話では、二軒あるそうである。その一つは、大変キレイな橋本で、もう一つは、古くて汚い橋本だそうだが、私は躊躇なく、後者を選んだ。ソバ屋なんていうものは、ピカピカした店の必要はない。

何とかいう大きな橋のタモトに、汚い方の橋本があった。しかし、汚いだけで、一向、老舗の面影はなかった。やはり、戦災を食ったからだろう。東京の場末のシナソバ屋のような店内で、風情はないが、満員に近いほど、客が立て混んでた。大部分の客が、テンプラその他の種物を、食べていた。そんなものを、食ったって、ソバの味はわからないから、

「ここの家の名物は、何です」

と、支局の人に、聞いて見た。

「ここの家に限りませんが、徳島のソバらしいソバは、やはり、生ソバでしょう」

その生ソバというのを、註文して見たが、混んでるせいか、なかなか、持って来ない。私は、但馬太郎治と約束の時間があるから、腕時計を、度々、覗いた。

やっと、品物が運ばれてきた。私は、東京のモリソバの如きものを、想像してたのだが、やや黒味のあるソバが、かなり多量に、丼に盛られてある。そして、丼の側に、二合徳利とおぼしきものと、薬味の皿がある。

「これ、どうして、食うんですか」

と、支局の人に聞いたら、丼のソバの上に、徳利の中のツユをかけて、食べるのだそうである。ツユをかけて食うソバは、山陰あたりで、お目にかかったが、こんな南国でも行われるとは、知らなかった。もっとも、四国はウドンの国であって、ソバを賞味しないが、裏日本の風習が、どう飛び火したのか――

さて、ツユをかけて食って見ると、うまくもなければ、まずくもない。ソバの匂いは、悪くないが、ツユの醤油は薄口で、ダシも上等でなかった。

「どうです、味は？」

と、支局の人に問われて、

「とにかく、これだけ食べました」

空《から》に近くなった丼を見せた。

「さア、そろそろ、宿へ帰らないと……」

T記者は、気にしないようでいて、やはり、時間を知ってた。

宿へ帰ったのは、十二時半ごろで、太郎治との約束は、午後一時だから、まだ、少し余裕があった。

「君、但馬君と、どんな話をするか、わからないが、ぼくはモーロクしてるから、すぐ、忘れちまうんですよ。済まないけど、君、覚えててくれませんか」

と、私はT記者に、頼んだ。

近来、記憶の方は、全然、自信がなくなったから、体裁は悪いが、そんな白状に及んだ。

「承知しました。何なら、メモでもとりましょうか」

「いや、その必要もないでしょう。それに、談話筆記なんかしては、初対面の人に失礼ですからね」

私は、但馬太郎治という男に、大いに気を使ってるのである。現在は尾羽打ち枯らしたと聞いては、なおさら、礼を厚くしてやりたいのである。

それなのに、時々、ゲッと、胃の中からガスが逆流してくるのには、弱った。橋本のソバ屋で、ちと食い過ぎたらしく、また、ネギの薬味も、多かったらしい。

「しかし、但馬さんとの会談が、どうして、そんなに……」

と、T記者は、私の気持に、疑問を持ったようだった。

「なるほど、これは、ごもっとも……」

T君としては、当然の疑問だろう。彼も新聞記者だから、但馬太郎治がフランス通で、ちとエロがかった雑文を書くぐらいのことは、心得てるが、彼の経歴や、いわんや、私との因縁なぞは、何も知る道理がなかった。

そこで、私は、彼が昔日の富豪であり、且つパリ以来、駿河台、大磯と、私にまつわる不思議な縁《えにし》の糸を、かいつまんで、話してやった。

「ほウ、面白いじゃありませんか、その話……。それで、昨夜、支局長に、あんなに熱心に、質問なすったんですね」

「そうですよ。私としちゃ、この徳島に、あの男が住んでるなんて、夢にも思わないことですからね」

「そして、そんな大ガネモチが、あんな貧弱な二階住いをしてるんですからね。ぼくだって、前にその話をうかがってれば、昨夜行った時に、もっと、よく観察してくるところでしたよ……。しかし、面白いですね。どうですか、それを一つ……」

「何を一つです」

「いや、今度の旅行は、吉野の花が早過ぎて、眉山のお花見に、徳島へきたんでしょう。そして、花の方は遅過ぎたけれど、但馬太郎治という人を、発見したんじゃありませんか。先生と、どこまで続く因縁かという、ミステリーになりますよ。それを、うちの連載のテーマに、いかがですか。そうすれば、今度の旅行が、ムダにならんことに……」

「君、そう簡単に考えてくれては、困りますよ。そもそも、新聞小説というものはですね……」

と、私が開き直って、講釈を始めた時に、お光さんが、フスマを開けて、

「あの、お客さまが、お見えです……」

腕時計を見ると、一時ジャスト。

「さすがに、礼儀は堅いもんだ……」

外国生活の長い男は、時間の約束を守ることを知ってると、感心したが、対手がそうなら、こっちも、初対面の客を迎えるために、坐って待つべきでないと、考えた。

私は、廊下に出て、階段の上で待った。

この旅館の階段は、二重になっていて、下は長く、上は短いのだが、その中間の踊り場のと

ころを、二人が歩いてた。一人は女性で、無論、但馬現夫人だろうが、高いところから見降すのだから、漆黒の髪ばかりで、顔はわからない。ただ、彼女が良人の腕をとるようにして、緩慢に、一歩ずつ、階段を登り始めた様子では、但馬は病気の後遺症で、脚が不自由らしかった。

（ああ、但馬太郎治が、ついに、わが眼前に現われた……）

私は、その感慨を、抑え得なかった。

「やア、ようこそ……。こちらから、お訪ねするつもりでしたのに、どうも、恐縮です」

二人を、座敷へ招じ入れると、私は、日本流に、畳の上に、両手をついた。

「いいえ、飛んでもない……。お名前は、かねがね……」

彼も、洋服の肘《ひじ》を張って、低頭の礼を行った。

「さア、どうぞ、こちらへ……」

私は、座敷の中央の餉台《ちゃぶだい》を指さした。

「ありがとうございます……。これは、あたしの家内でございまして……」

「あア、奥様でいらっしゃいますか、始めまして……」

私は、小ザッパリした洋装の女性に、型の如き挨拶をしたが、

（おや、どこかで見た顔だな）

と、心中で考えた。

やっと、餉台の前の座布団に、四人が坐った。一人は、T記者だが、彼は昨夜会ってるから、

紹介の必要はなかった。そして、但馬夫婦は、どうしても、床の間の前へ坐ろうとしないので、私は、仕方なしに、餉台の短い方の端に坐った。その方が但馬の隣席で、話がしやすいと、思ったからである。

「始めて、徳島へ来たんですが、ノンビリして、いい町じゃありませんか」

私は、努めて、隔意なく、快活に話そうとした。現在の但馬太郎治の境遇に対して、同情的な、湿っぽい口吻《こうふん》は、儀礼的に禁物と考えたのだが、心の中では、抜目なく、彼を観察しないわけに行かなかった。

（いや、一代の好男子が、まるで、海坊主みたいなジジイに、なりアがって……）

見たところ、角力の年寄か、博徒《ばくと》の大親分といった、肉体的貫禄で、頭髪は、年齢のためか、短く刈ってるのか、ハゲの一歩手前という感じだった。首も、胸も、肉が厚く、皮膚は赤味が多く、それほど暑くもないのに、ハンカチでしきりに汗を拭いてるところは、明らかに、高血圧症患者らしかった。

（人間、変れば、変るもんだな）

もし彼が六代目菊五郎の面影を存してるとすれば、〝加賀鳶《かがとび》〟の悪人アンマの舞台でも、想像する外はなかった。

悪役のアンマを、連想させたくらいだから、彼の人相は、優しくなかった。眼がギョロリと、大きく、眉が太く、口がへの字で、肌も浅黒く、スゴミさえあった。とても、駿河台の但馬屋敷の坊ちゃんの老後とは、受けとれなかった。

（きっと、彼も、私の知らないうちに、浮世の辛酸《しんさん》を、なめたのだろう）

私は、そう解釈したが、彼が頻繁に、汗を拭く度に、ひどく、いい匂いがしてくるのに、気がついた。

（おや、これは、ずいぶん高級な、オー・ド・コローニュだ）

ゲランとか、ロシヤスとかいう会社の製品だろう。国産のコローニュ水では、とても、あの独特の匂いは出ないのである。私も、フランスにいる時は、頭髪用にも、ヒゲソリの後にも、ハンカチ用にも、コローニュ水一本で、通した。男性の身だしなみとして、あれ以外のものは、キザで、下品である。

但馬太郎治は、香水好きで、彼の訪問を、受けた家では、一日中、匂いが残ると、噂を聞いたが、恐らく、人の五倍ぐらい、多量を用いるからだろう。それも、特別註文の高級コローニュ水だったろう。パリ風俗に通じた彼が、まさか、麝香《じやこう》なぞの女香水を、用いもしなかったろう。

しかし、今日の彼は、昔日の彼ではない。徳島の辺隅《へんぐう》で、二階住いの身の上である。しかもなお、フランス男の身だしなみを、忘れぬところが、心憎い。一体、どこで、手に入れたのか。まさか、昔のフランス時代のコローニュ水が、まだ、残ってるわけではあるまい。

（さすがは、腐っても鯛だな）

と、私は感心したが、こっちは、ソバの薬味のゲップが、ともすると、喉から飛び出してくるので、気恥かしかった。

いい匂いを立てるほどだけあって、彼の服装も、尾羽打ち枯らしたところがなかった。チェックの変り上着に、フラノのズボンという春のイデタチだが、地質も相当のものと踏んだ。それよりも、私が感服したのは、彼のネクタイである。

この頃は、都会の青年も、黒地にストライプと、千篇一律のタイを結んでるが、彼のは厚手の織物の面白いガラである。東京のデパートに、列んでる品物ではない。恐らく、フランス製だろうが、フランス・タイというのは、ひどく高級品と、大変安いのと、二種しかないが、彼のは、明らかに、前者である。コローニュ水とちがって、ネクタイなんて長保《ながも》ちがするから、これは、彼の栄華時代の遺品でもあろうか。

とにかく、時流を尻眼にかけたハイカラ振りで、私には、その昔の伊達男の面影が、ハッキリと、しのべるのだが、そのためか、悪人アンマの人相が、いつか、香港あたりの中国老大人の悠揚《ゆうよう》さに、変ってきた。悠揚として、抜目がない、富裕な中国商人というのは、ちょっと面白い存在であって、私は、よくタイプを知ってる。つまり、但馬太郎治は、貧しても、鈍せずというのか、それとも、生涯の見栄張りであるのか——

「ところで、但馬さん、あたしはあなたと、不思議なご縁があって、パリのタジマ会館から、駿河台のご旧居、そして、大磯のご別荘と、あなたの跡ばかり、追うことになって……」

と、私が切り出すと、

「存じております。光栄の至りで……」

さすがに、社交的弁舌は、優れてるが、本心では〝不思議な縁〟とも、思っていないらしかった。自分が住み古した家なぞは、誰が住もうが、問題ではないのだろう。

「飛んでもない……。しかし、駿河台のヴィラ・ド・モン・キャプリスは、印象が深いですな。私が住んだ時は、もう、ずいぶん荒れてましたが、それでも、昔の面影が、多少残ってましたよ。震災直後に、よく、あれだけフランス的な、立派な建築をなさったものですね」

と、私は、大いに、賞め上げた。

すると、但馬太郎治は、ニコリともしないで、簡単に答えた。

「いや、あれは、バラックでして……」

バラック？　冗談じゃない。あんなに金をかけて、宏大な建坪で、壁画のある舞踏室まで備えたバラックなんて、あるもんじゃない。でも、金持というものは（今は金持でなくても）そんな謙遜をするものなのか。それとも、ほんとは、ヴェルサイユ宮殿みたいなものを、建てたかったのだが、家庭の事情で、あの程度で、我慢したのだろうか。何しろ、金持の心理は、私の想像を超えてるから、唖然《あぜん》として、口をつぐむ外はなかった。

「でも、オノラ総裁（パリ大学都市総裁）が、日本にきた時には、あの家に泊ってもらいましたからね。少しは、役に立ちましたよ。日本料理を喜ばれましてね」

「でも、お宅には、イタリー人だかのコックがいたんでしょう」

「いえ、取り寄せたんです。小常盤《こときわ》だったか、春日だったか……」

その辺から、私は、キャプリス荘の栄華物語を、引き出そうと試みたのだが、彼は乗って来なかった。

「あの近所の理髪店のオヤジが、子供の時に、あなたと遊んだとか、いってましたが……」

「さア、よく覚えてません。何分、昔のことで……」

彼は、どうやら、慎重な態度で、ものをいってるらしかった。低い声で、考えながら、文句を探してるようだった。もっとも、私と初対面であり、何の目的で、会見を申込んだか、見当もつかなかったろう。そして、パリの芸術家は、日本人にしても、フランス人にしても、彼にタカる目的で、接近したろうから、一応の警戒は、習性になってるのかも知れない。もっとも、現在の彼に、タカられる資格はないにしても――

「どうです、おラクになさいませんか」

私は、彼が不自由な脚なのに、正坐してることに気がついた。言語の方は、少しはモツレるところがあっても、支障はなかった。それに、アグラでもかいてくれれば、彼の気持も、ほぐれやしないかと、思って――

彼は、すぐ足を崩した。やはり、我慢してたのだろう。

「大磯の家へ越してきて、あすこも、あなたの古跡と聞いて、驚いたんですが、それから間もなく、〝新潮〟へお書きになった〝わが半生の夢〟を、読みましてね……」

私は、彼の過去に、多少の知識のあることを、ほのめかした。

「いや、どうも、まったくの走り書きで、お恥かしいものを……」

それでも、彼は、マンザラでない様子だった。

「しかし、但馬さん、あなたも、面白い人生を、送られましたね。誰でも経験できる人生じゃないですよ。失礼ながら、悔いはおありにならないでしょう」

これは、私も、半分は、本気でいった。

「はア、それは……。ずいぶん、いろいろ、やりましたからな」

「決闘もね」

私は、笑った。

「あれは、若気の至りですけど、あたしア、一体、チャンバラが好きなんです。子供の時から、芝居の立回りのマネばかりやってましたから……」

その時分から、そろそろ、彼の警戒心も、解けてきたのか、問いもしないことを、自分から話し出すようになった。

「角力が強くて、まア、体力は自信がありましたから、フランスでも、よく、危いことをやりましたよ」

「そう。あなたの冒険心は、〝わが半生の夢〟の中にも、随所に表われてますね。〝アラビアのローレンス〟に憧れて、会見されたのも、その一端でしょう」

「あの時は、まだ、十代でしたから……。でも、中年になって、戦時中のフランスにいた時は、ずいぶん、生命を賭けるような危険に、遭いましたよ。また、それと闘って、乗り切るのが、面白くてね。ことによると、ドイツ人の一人ぐらい、やってるかも知れませんよ」

やってるとは、どういう意味なのか。どうやら、殺してるという風にも、受けとれるが、彼の表現は、アイマイであり、また、話が急に飛躍したり、とりとめのないところがあった。

「しかし、戦時中は、日本からの送金の道もないし、生活が大変だったでしょう」

「無論、ゼイタクはできませんでしたが、向うの雑誌に寄稿して、多少の収入がありましたからね」

「なるほど」

と、いったが、私の疑問は、解けなかった。多くのフランス文士が、仕事を奪われてる中に、外国人が文章で衣食できるものとも、思われなかった。

しかし、そんなことは、どうでもいいので、私が彼に一番聞きたかったのは、亡き紀代子夫人のことだった。あの栄華物語の女主人公だったばかりでなく、絶世の美人の妻を持った男の気持（そのわりに、冷たかった）も、知りたかったのだが、側に、現夫人が控えてるので、どうも、口に出せなかった。

その現夫人を、ソッと、私が観察してるのは、いうまでもなかった。彼女が、浅草の舞台で働いてたとすれば、どこかに、浮いた稼業の痕跡がありそうなものだが、服装や化粧といい、言葉使いといい、生まれながらのマジメ世界の住人に見えた。彼女の年齢も、昨夜の話で、見当がついてるのに、それを裏切る若さだった。

「徳島のご見物は、もう、お済みになりまして？」

その声さえ、あどけなく、若々しかった。女の細腕一本で、生活を支えてる甲斐性のようなものは、どこにも見られなかった。私はこの女性に、世帯臭さがなく、といって、軽薄さもなく、何かノビノビしてるのは、自分の考えで、自由に生きてきた、過去があるからではないかと、思った。そういえば、黒い髪をオカッパ風にした顔は、文学少女みたいなところがあった。

（そうだ、どこかで見た顔だと思ったのは、北海道の女流作家に、ソックリだからだ）

私は、思い当った。その女流作家に、私は会ったことはないが、だいぶ前に、ベスト・セラー的作品を書き、その大きな出版広告に、白樺《しらかば》の林かなんかを背景にした、感傷的な彼女の写真に、よくお目にかかったからだ。見るから腺病質らしいその顔に、特徴があった。顎《あご》が小さく、口窩《こうか》が大きく、そして、髪もオカッパのところが、よく似ていた。

（きっと、この夫人も、文学趣味を持ってるな）

私は、確信をもって、鑑定した。そういえば、昨夜の青年も、彼女は文学少女だったと、いってた。そして、但馬太郎治との結びつきも、彼の芸術癖や、絢爛な半生の夢に、惹かれたのではないかと、思われた。

それにしても、文学好きの女性なんていうものは、料理も裁縫も、不得手な上に、世帯のヤリクリときたら、幼児に劣るのが常なのに、彼女の健気さは、どこから生まれたものなのか。良人が、突然、脳溢血に倒れたのを、再起させるまでの介抱は、大変な努力だったろうが、それから今日まで、洋裁の教師と註文仕事で、家計を支えてきたのは、並み大抵の忍耐と奮闘ではなかったろう。

そして、今日の但馬太郎治が、シャンとした服装をして、コローニュ水の匂いを、プンプンさせてるのも、彼女の働きと、見るべきである。甲斐性のある女性で、良人の装いには、気を配るのだろう。といって、彼女自身も、洋裁をやってるだけあって、不体裁な服装ではなかった。

とにかく、これは、尋常な文学少女の成育の姿ではない。彼女は、女として、別個のカテゴリーに属することになるが、どうも、東京では、あまり見かけない型と、いわねばならない。

（そうだ。彼女は、阿波女だったんだ！）

それ、それ。それ以外に、何の理由があるというのだ。

阿波女は、現存するのである。昨夜は、土地の人が、絶滅を主張したが、私は反対した。そういうことは、旅人の新鮮な眼の方が、かえって、的確なのだろう。このぶんで行くと、日本狼なんていうものも、秩父の山奥あたりに、まだ一匹ぐらい、住んでるにちがいない。

それにしても、但馬太郎治という男は、何という果報者だ。絶世の美人を、最初の妻に持ったばかりでなく、彼の接した女性は、和洋（といっても、洋の方が絶対過半数だろう）に亘《わた》って、数知れぬほどだろうが、生涯の最後に当って（彼も、もう六十五歳だから、この上、数を殖やすことは、望まれないだろう）純血の阿波女を、妻に迎えたというのは、よくよく、女運に恵まれた男だ――

と、私は更めて、隣席で汗ばかり拭いてる老人を、眺めた。私と彼の関係は、パリに於ける羨望で始まり、今また、徳島で指をくわえることに、終るのか。

「そういえば、但馬さん、あたしが最初にパリへ行ったのは、一九二〇年代ですが、あの頃のパリが、一番よかった。あなたは、どう思いますか」

私は、彼の気をひいて見た。二〇年代は、彼の全盛時代だったし、私も貧乏書生ながら、パリを享楽したのである。

「それア、もう、何といったって、第一次大戦後は、黄金時代でしたよ。芝居も、音楽も、舞踊も、料理も、あの頃が一番でしたが、第一、フランス人に、まだ、義理人情がありましたよ」

彼は、意外な古風な言葉を、口にした。

「今度の戦後は、いけませんか」

「どうもね。でも、あたしア、是非、もう一度、行って見たい。一九五一年に帰ってきた時から見れば、今は、きっと、フランス人の良識が働き出して、落ちつきを取り戻してると、思うんですよ……。実は、ある筋から招待があって、今年中には、行けるんじゃないかと、思うんです」

「それア、結構ですが、しかし……」

私も、英国女王戴冠式の年に、戦後のパリを見る機会があったが、いたずらに二〇年代の昔を回顧するに留まった。太郎治のように、いい時代にいい夢を見た男は、一層、幻滅の悲しみを、味わうのではないか。

「いや、ともかく、行って見たいんです」

「あたくしも、その時は、一緒に行きたいと、思いまして……」

夫人が、口を出した。彼女は、パリも見たいが、それよりも、商売上、フランスのモードを、自分の眼で、確かめたいというのである。その方なら、幻滅の心配もないから、よけいなことはいわないことにした。

「だが、但馬さん、かりに、パリは少しも変らないとしても、こっちの方は、どうなんでしょうね」

私は、明らさまな表現を、避けた。没落した但馬太郎治を、パリがどう迎えるかということは、非礼だから、いえなかった。

「と、おっしゃると?」

「いや、つまり、あなたもあたしも、もう、年をとったと、いうことですよ。二〇年代がよかったというのは、お互いに、若かったということになりませんかね」

「そう、ほんとです、それは……」

彼は、意外な、甲高《かんだか》い声を出した。どうやら、それが、彼の地声らしかった。

「ほんとに、もう、なっちゃいませんよ」

また、金属的な声だった。本音を吐く時には、そんな声を出す男なのだろう。

但馬太郎治夫妻は、二時間ほど話して、帰って行った。

帰りがけには、旅館の主人も出てきて、彼が不自由な足で、階段を降りるのを、介添えした。

きっと、長い間、坐っていて、シビレも切れたのだろう。

それでも、帰る頃には、訪ねてきた時の警戒心もなくなったのか、かなり、打ち解けた態度になった。

「答礼に、明日、あたしの方から、お訪ねしたいんですが……」

と、玄関へ送り出した時に、私がいうと、

「いえ、そんな、お堅いことは……」

と、いっても、固辞する様子は、見せなかった。

また、部屋へ戻った時に、T記者が私に抗議をした。

「実は、今日の飛行機の切符を、申込んであるんですが……」

「そう、そう。その手筈でしたね」

徳島から羽田の直行便は、日に一回しかない。夕方の五時ごろである。それで、徳島見物も、ほとんど終ったから、但馬太郎治に会ったら、今夕の便で、帰京するつもりだったのである。

しかし、それを忘れて、明日、答礼のために、但馬太郎治を訪問すると、約束をしてしまった。

「困ったな」

「是非、お出でになりたいんですか」

T記者としては、そろそろ、この旅行にも、飽きてきたのだろう。なるべく、今日で打ち揚げにしたい、様子だった。

「是非ということもないが、約束した手前ね……」

「何なら、ぼくがこれから、お断りに行ってきても、いいですよ」

「さア、それも、どうかね。それに、彼がどんなところに住んでるか、ちょいと見てきたい好奇心もあってね」

「いや、大したことないですよ、ぼくが昨夜見てきた限りでは……」

「君はそうだろうが、こっちは、実見しないとね」

「ずいぶん、但馬さんに、興味がおありになるんですね」

「それア、君、あれだけの過去を持った、人物だからね……。じゃア、こうしようじゃないか——とにかく、今日の切符は、キャンセルすることにして、明日の直行便の席が、とれればよし、とれなかったら、明後日《あさって》の朝の早い便で、帰ろうじゃないか。大阪乗替えなら、いくらでもあるんでしょう」

「明日も、泊るんですか。まア、とにかく、交渉して見ます」

T記者は、帳場から電話をかけるために、階下へ出かけた。

（やれ、やれ、今度の旅行は、どうして、こんなに、予定変更が多くなるんだろう。吉野へ行った時には、徳島へ回るなんて、夢にも思わなかったからな。もっとも、そのおかげで、但馬太郎治に会えたんだが……）

私は、ついに、彼と会ったのだ。この事実は、短篇のタネぐらいにはなるだろう。

いいアンバイに、直行便の席が、二つとれたので、最後のスケジュールがきまった。実をいうと、私も、そろそろ里ごころがついて、この親切な宿屋にも、少し飽きてきたのである。

翌日は、午前中を、モラエスの墓詣りや、旧宅の跡の見物で、費やした。旧宅の方は、戦災で焼けて、大体、昔と似た長屋風の家屋が建ってたが、私は、家はどうでも、その環境が気に入った。

前に眉山を控え、大変静かな、横通りなのである。無論、東京都のどこへ行ったって、あんなヒッソリした感じの町はない。モラエスも、阿波女にウツツを抜かしたとしても、この環境だって、ずいぶん気に入って、居を卜《ぼく》したにちがいないのである。

（もう一人の阿波女の伜《とりこ》も、きっと、閑雅な場所で、わび住いを愉しんでるだろう。確かに徳島は、隠栖の人を包容する都会に、できてるのだろう）

私は、但馬太郎治の身の上に、想いを馳せないわけにいかなかった。

午飯《ひるめし》は、テンプラにした。徳島のサイマキ海老を、旅館で食って感心したから、専門店へ出かけたのだが、妙に高級な店で、二階に上げられ、ソレシャ上りらしい女将が、モッタイぶって、鍋前に立った。私は、どうも、女の揚げるテンプラというものに、美味を感じない。マキも、それほどでなかった。かえって、小振りのアナゴの方が、マシだった。

飯を食い終ると、そろそろ時間で、タクシーを呼んで貰い、但馬太郎治の隠栖を、訪ねることにした。地理は、T記者が心得てた。

私の方は、どこの土地へ行っても、方角オンチで、その上、地図を見るのが嫌いだから、どこを車が走ってるのか、見当もつかない。

そのうち、広い街路へ出た。新築の商店ばかり列んでたが、一軒大きな仏具屋があった。

「あの家が、瀬戸内晴美女史の生家ですよ」

T記者が、教えてくれた。彼も、支局の人に、教えられたばかりなのだろう。

「あの人も、徳島の生まれですか」

「まだ、いろいろ、いますよ。新橋のまり千代姐《ねえ》さん、武原はんさん……」

「君、よく知ってますね」

「昨夜、観光協会のパンフレットを、読んだんです」

「それにしても、ずいぶん、玉ぞろいですね。阿波女は、家庭的に優秀な女性かと思ったら、社会的な人気を博する才能もあるんですね。つまり、本質的に、働き者なんでしょう。すると、但馬太郎治の奥さんなんかも、今に、洋裁の方で、天下に名をなすかも知れんな」

私は、今更のように、阿波女の底力の強さに、驚嘆した。

そのうちに、車は、大通りを左へ曲った。

「も少し行って、右へ曲った横通りだ」

T記者が、運転手にいった。

その界隈も、空襲に遭って、新築したらしく、東京や大阪の裏町に見られるような、モルタル塗りの小店舗が、多かった。その代り、隠栖向きの閑雅な家は、一軒もなかった。

「こんなところに、住んでるんですか」

私は、モラエスの旧居のあたりが気に入って、自分も隠栖したく思ったくらいだったから、わが但馬太郎治だって、同様な閑寂境に住んでると、思ってたのである。

「ええ、何しろ、炭屋さんですからね」

T記者は、そういって間もなく、タクシーの運転手に、ストップを命じた。総二階の小店舗風な家の前だった。

私は、T記者が金を払ってる間に、ガラス越しに、家の中を覗き込んだ。誰も、人の姿はなく、商品も見えなかった。ただ、土間の隅に、申訳のように、煉炭の袋が積んであった。

「下に、奥さんのお母さんが、住んでるんですが、少し、変った人らしいですから、気になさらずに……」

T記者は、ガラス戸を開けて、中へ入った。私も、後に続いた。

「ご免下さい」

彼は、二階へ向けて、大きな声を出した。すると、階下の座敷から、婆さんらしい声で、意味のわからぬ返事が、はね返ってきたが、同時に、

「あ、いらっしゃいませ。さア、どうぞ……」

但馬現夫人の若々しい声と足音が、階段を降りてきた。彼女は、今日もキチンと服を着てたが、何か、立ち働きをしてたらしく、腰エプロンをかけていた。

私は、昨日の来訪の礼をいって、また今日の邪魔を詫びた。

「いいえ、お出で頂くような家ではございませんのですけど、但馬も、昨日のお話の続きを伺いたいと、お待ち申してまして……」

昨日よりも、彼女は能弁だった。そして、正確な標準語を使った。

「ハシゴ段が、暗うございますから、お気をつけになって……」

確かに、暗い階段だった。でも、上部は明るく、そして、和服姿の但馬太郎治が、出迎える姿が見えた。

「やア、ようこそ……」

今日は、細かい大島ガスリの対を着ていて、昨日とは、ガラリと、様子が変ってた。中国老大人というより、戦前の株屋の隠居といった、風つきだった。

私が導かれたのは、街路に面した、八畳ぐらいの部屋で、窓が広く、ひどく明るかった。挨

拶をすまして、私は、餉台の前へ、すぐ、アグラをかいた。今日は、最初から、打ち解けて話したいと、思ったのである。

「ずいぶん、荷物が一ぱいですね」

私は、正直な感想をいった。床の間には、古い肉筆浮世絵の軸が掛ってるが、積み上げた書籍と同居してるし、違い棚に至っては、書籍、人形、書類、その他の雑具が、山をなしてる。床の間が、そんな状態だから、室内は、諸道具の堆積だった。そして、中廊下を隔てて、もう一間あるらしいが、そっちは、もっと、家具が溢れてるらしかった。恐らく、東京から取り寄せた但馬の所有品と、細君の道具類をムリに、二間きりの住居に、押し込んだのだろう。

(これが、但馬太郎治の最後の住居か)

私の眼に、キャプリス荘の宏壮さが、おのずと、浮かぶのである。

これで、家が古びてたら、陰惨な気分になるのだが、幸い、木口や造作がま新しく、どうやら、若い夫婦者が、移転匆々の住居といった、明るさがあった。

「ええ、不自由といえば、不自由ですが、結構、これで、住めるんだから、不思議ですよ」

と、但馬太郎治は、大きな口を開いて、笑った。べつに、負け惜しみの調子でもなかった。

「割合い、食べ物のうまいところで、それに、外国食料品も、大てい手に入りますから……」

「でも、フランス料理は、ムリでしょう」

「無論、本式のことはできませんが、〝ポットー・フー〟ぐらいだったら、家内が……」

「ほウ、奥さんは、そっちの方も……」

「あら、ウソですよ。但馬に教えてもらった通りに、やって見るだけで……」

「そういえば、但馬さん、あなたがフランスの地方料理を、食べ歩いた文章を、〝嗜好《しこう》〟という雑誌で読んだことがあるが、戦後は、パリより、田舎の方が、うまいものがあるんじゃないですか」

「確かに、そうですね。もっとも、あたしがそんな食道楽をやったのは、戦前のことですが、ツーロンが、軍港のくせに、あれで、なかなか結構なレストオランがあるんです。それで……」

細君が、茶菓を運んできた。和菓子だったが、どうも、徳島の菓子は、ゴッテリしてる。

「ツーロンへ着いて、街を歩いてると、キャフェのテラスに、ジャン・コクトオがいましてね」

「そう、あなたの友人でしたね。でも、彼は何のために……」

「なアに、阿片を喫いに、来たんですよ。ツーロンは、港だから、阿片が手に入り易い上に、取締りも、パリより寛大なんですよ。奴さん、それを知って、パリから来たのはいいが、それから間もなく、アゲられちまいましてね……」

太郎治は、愉快そうに笑った。徳島で、コクトオの噂が出てくるのは、ちょっと、奇妙だった。

「あたしが警察に、貰い下げに行ったんです。いや、ツーロンの警察なんて、コクトオの名を知っちゃいません。大詩人だというと、驚いた顔してました。その代り、あたしのレジオン・

ド・ヌール略綬の方は、大変、効力がありましたよ。そして、大学都市理事の名刺を見せると、一議に及ばず、釈放してくれましたがね」

「その話、〝わが半生の夢〟に、ちょっと出てましたね。でも、地方料理食べ歩き途上の出来事とは、知らなかった……」

「失礼いたします」

細君が、茶菓を下げにきて、テーブル・クロスを、飼台に敷いた。何か、食べ物を出す用意と、知られた。私はテンプラで満腹だし、また、そんな厄介をかけては、本意ないし、といって、来たばかりなのに、帰り支度をするわけにもいかなかった。

やがて、細君が、ワイン・グラスや、大皿に盛ったキャナッペを、運んできた。その薄切りパンの上の品物を見て、私は驚いた。

紛れもない、ストラスブールのフォア・グラが、輪切りのパンの上に、鎮座してるのである。黒い松露が、点々として、食慾をそそる。

「これア、フォア・グラじゃないですか」

私は、声を高くした。これが、熱海の福島慶子女史邸かなんかだったら、一向、驚くこともないのだが、阿波の国徳島で、フランスの珍味に、お目にかかるとは――

「ええ、ちょうど、手に入りましたから……」

但馬太郎治は、平然として、答えた。

どうも、おかしい。昨日のコローニュ水といい、今日のフォア・グラといい、彼は、フランスといかなるルートを、持ってるのだろうか。フォア・グラは罐詰だが、フランスで買っても、小さい罐が一万円ぐらいするだろう。かりに、彼が取り寄せの便宜があるにしても、現在の身の上で、そんなゼイタクは、許されないだろう。恐らく、フランス帰りの友人の土産に、コローニュ水と共に、貰ったのだろうが、それにしても、罐詰のことだから、急いで食べる必要はない。

（これア、とって置きの珍味を、私のために、提供してくれたのだな）

そこに気がつくと、私は、大いに感激した。さすがに、但馬太郎治である。腐っても、鯛である。全盛時代の彼に、パリでご馳走になっても、私は、これほどには喜ばなかったろう。

「うまいですな。やっぱり……。これア、久しぶりだ……」

私は、馬力をかけて、お世辞をいった。ほんとは、東京を出る前に、ホテル・オークラに会があって、フォア・グラを食べてる。しかし、美味という点では、ウソをつかなかった。フォア・グラは、コックが加工したものより、罐詰から出したままを食う方が、うまいのである。

「お気に召しましたか。さア、ご遠慮なく、どうぞ……」

太郎治も、眼を細くして、喜んだ。

ただ、酒は、国産のブドー酒だった。ブドー酒は、カサばって、重いから、彼の友人も、土産にはしなかったのだろう。それに、彼も後遺症のある体だから、ほんのマネゴトしか、グラスに口をつけなかった。

私は、ブドー酒の盃《さかずき》を、重ねた。国産でも、わりと、癖のない、白ブドー酒だったからである。そして、何個も、フォア・グラのキャナッペをつまみながら、

「しかし、但馬さん、正直なところをいえば、パンが少し柔か過ぎるな」

あまり、お世辞ばかり列べては、かえって、礼儀に背くのである。キャナッペに使うパンは、新しかったら、ちょっと火取りするくらいの方がいい。パリで売ってる堅さのパンなら、最上にちがいない。

「仰せのとおりなんですがね。徳島だって、堅焼きのパンが、ないこともないんですがね……。でも、もう、いけません、エッヘッヘ」

と、太郎治が、顔をクシャクシャにして、笑った。

「どうしてです」

「噛めないんですよ。もう……」

往年の美男子が、疎《まば》らな歯を指さしながら、金属性の声を高くした。

「ご同様ですよ、こっちも、上下とも、入れ歯なんですよ」

私は、敗けずに、歯グキを剝き出して、見せた。もっとも、私の方は、老人ズレがしてるから、そんな芸当は、朝飯前だった。

「とにかく、なっちゃいませんよ、まったく……」

と、太郎治は、昨日と同じ嘆声を洩らしたが、昨日ほど、実感がなかったのは、二度目だからだろう。

「では、名誉回復に、若い時の面影を、お目にかけましょう」

彼は、立ち上って、床の間の隅から、三十号ぐらいの額ぶち入りの油彩を、持ち出してきた。

「あたしが、シャムから帰った当時の肖像なんですがね。妹が画をやるもんですから、描いてくれました……」

ルノワール風なタッチの半身像で、若いといっても、三十五、六の彼だろう。ヘルメットをかぶり、半袖の白シャツを着て、パイプをくわえてる姿だが、襟と胸に飾った勲章が、もののしかった。

「なるほど、これは、お若い……。だが、この勲章は、何です」

「百万象白傘勲章というのを、ラオスの王様から貰ったんですよ。襟にかけてるのが、それです……。あの仏印とシャムの旅行は、ほんとに、愉しかったですね。あたしア、パリも懐かしいが、あの地方のジャングルと、変った都会のことが、忘れられませんね。もし、機会があったら、もう一度、行って見たいですよ」

「確か、あなたは金鉱の採掘権を……」

「そうなんです。昔、アンコール・ワットの建築に、金を沢山用いましたね。その時の金鉱が、シャムの原始林の中に、眠ってるというんです。それだけでも、ロマンチックですからね。ちょうど、パリ生活にも飽きがきてた時でしたから、すぐ、飛びつきましたよ」

「で、あなたの所有になったんですか」

「いえ、失敗しましたよ。でも、完全に権利がなくなったわけでもありません。しかし、あの旅行は、愉しかった。あたしの冒険趣味を、あんなに満足させてくれた旅行は、なかったですよ……」

そして、今にも、機会を与えられれば、熱帯の土を踏みたい様子だったが、徳島の阿波踊りの暑さで、発病したとすれば、その旅行は、もうムリだろう。しかし、同じ再訪をするにしても、パリの男女よりも、ジャングルの鳥や獣の方が、彼の期待を裏切らないだろう。

「ところで、その後、ご両親は？」

「母は、昭和二十七年に、父は、三十三年に、亡くなりました。二人とも、箱根の別荘で……」

「それは、それは。すると……」

二代目太兵衛夫婦も、但馬商店も、あの巨富も、すべて消え去って、私の眼前にいる一人の男だけが、残ったのである。徳島の裏町に、わび住まいをする、病後の老人だけが――

「いや、これは、飛んだ長座をして……」

私は、時計を見て、そういった。

「夕方の飛行機で、帰るもんですから……。フォア・グラのおもてなし、ほんとに、ありがとう」

太郎治は、足が悪いから、階段の上で、私は別れを告げ、往来に出た。春の空が、よく晴れ、眉山の影が濃くなったのは、斜陽が近いのだろう。

但馬夫人は、タクシーを拾う私たちを送って、広い通りまで、蹤いてきた。

「大変ですね、奥さんも……」

肩を列べて歩いてる彼女に、私は、お愛想をいった。もっとも、半分は、本音でもあった。いくら、阿波女だって、後遺症のある良人を抱え、生活を支え、そして、今日のフォア・グラのキャナッペなぞを、一応はこしらえる（彼女の料理である証拠には、私たちの行った時にエプロンをかけてた）勉強をしたのは、並み大抵のことではない。太郎治も、彼女がフランス料理の腕があると、誇ってた。まあ、近代的阿波女というべきだろうが、その努力や察すべきである。

「いいえ、何も……。それに、どんなものでも、文句をいわずに、食べてくれますから……」

「昔はね、そんなラクな亭主でも、なかったでしょう。奥さんは、パリ時代や、神田駿河台の但馬君の生活を、ご存じでないでしょうが……」

「いいえ、存じております。但馬は、何もかも、話してくれますし、書いたものも、皆、読みましたし……」

「へえ、それは……」

「前の奥さまのことでも、但馬がパリで、どんな道楽をしたか、ということでも……」

もっと驚いたことに、彼女は、実に、但馬家のことに、よく通じてた。過去のことばかりでなく、現在残ってる遠縁の人たちとの交際は、彼女がやってるらしいのである。まるで、最上の秘書である。これは、どうも、賢夫人の部類に、属するのではないのか。

「但馬君は、現在、幸福ですね。あたしには、よくわかります。なまじ、もう一度、フランスなんか、行かない方が、いいかも知れない……。でも、ほんとに、招待してくれる筋があるんですか」

「ええ、この秋あたりには、実現するんじゃないかと、思ってます」

「それにしても、あの体じゃ、ずいぶん、お気をつけにならないと……」

私は、但馬太郎治が、長途の旅行をして、パリで、脳出血を再発しないとも限らないと、考えたのだ。しかし、その後から、すぐ、考えが変った。

(役者が舞台で死ぬのが、本望だというなら、但馬太郎治も、パリで生涯を終ることに、不満はないだろうな。何といっても、彼は立役者だったのだ。あれだけ、パリのヒノキ舞台で、大見得を切った日本人は、一人もないのだ)

そんなことを考えながら、ふと、夫人の顔を見て、意外だった。まるで、私の考えてることが、彼女に伝わったように、長いマツ毛の先きに、涙が溜ってるのである。私が慌てて、眼を外らした時に、工合よく、T記者がタクシーを認めて、手を上げた。

「じゃア、奥さん、ご機嫌よう。いつ、お目にかかれるか、わかりませんが、どうぞ、ご幸福で……」

「ありがとうございます」

私たちは、車へ乗り込んだ。

宿へ帰って、カバンを詰めて、はみ出した土産物を、ビニールの風呂敷に包んで、そして、お光さんのいれてくれたお茶を、一ぱい飲んだところへ、支局長が車を持って、迎えにきた。

「もう、そんな時間ですか」

「ええ、もう、そろそろ……」

そして、私たちは、三夜を送った、この古びた旅館を出た。何か、慌しい出発になってしまった。プラリときた徳島に、但馬太郎治なんてものが、住んでたために、意外な時間を食ってしまったのだろう。

夕づいた吉野川鉄橋を渡って、平坦な道を走り飽きた頃に、空港へ入った。着いた時は、すぐ車に乗ったので、気がつかなかったが、小さな待合室の建物が、ポツンとあるだけで、草原だけが、広かった。

「七時ごろには、羽田へお着きですか。銀座で一ぱいという時間ですね」

支局長がいった。

「冗談じゃありません。もう、クタクタですよ」

それよりも、待合室の中に、おでんの匂いが立ちこめてるのが、気になった。隅の方に、カウンター式のおでん屋があり、そこで、酒を飲んでる男たちもいた。おでん屋のある空港建物も、珍らしかった。

「食って見ようか」

竹輪のうまいところだから、おでんのタネもいいだろうと、思った。

「いや、もう、時間がないでしょう」

T記者は若いから、おでんには興味がないようだった。

飛行機は、高知発で、徳島へ寄ってくのだが、もう着いていて、待合場の前に、巨姿ともいえない姿を現わしてた。

やがて、アナウンスがあって、私たちは、支局長に別れを告げ、列の後についた。案外、乗客は少なかった。これでは、予定を変更しても、切符が手に入るわけだった。

私たちの席は、機翼が視界を邪魔する場所だったが、一度きた路だから、眺望なぞは、どうでもよかった。それに、ひどく、疲れを感じた。

やがて、高空へ達して、ベルト解きのシグナルが出た。

「やれ、やれ、やっとこれで、帰れるのか」

私は、煙草に火をつけた。

「どうも、ご苦労さまでした。お疲れになりアしませんか」

「ご苦労は、そちらさまだ。わがままな老人と、五日もつきあっちゃ、シンが疲れたでしょう。

それに、至るところで、予定変更だったからね」

「いや、何事も、社のためですから……」

そういわれると、まことに、面目《めんぼく》ない。吉野以来、ムダ歩きをして、何もタネは拾えなかったのである。

でも、私は、少し面倒くさくなった。東京へ帰っても、インスピレーションは湧きそうもなく、また旅行に出るのも、厄介である。

「ねえ、但馬太郎治のことでも、タネにしましょうか。新聞には向かないかも知れないけれど、まアどうでもいいや。要するに、書くことが大切、書いて見ないことにはね……」

〔1967（昭和42）年4月18日～9月23日「読売新聞」初出〕

注解

＊1　コワントロウ　フランス語cointreauフランス産の甘いリキュールの一種。

＊2　フジタ　藤田嗣治。レオナルド・フジタ（一八八六―一九六八）。東京に生まれ、一九一〇（明治四十三）年東京美術学校を卒業。三年後にフランスに渡り、ピカソ、モジリアニらと同じグループに属した。何回か帰国し、そのたびに話題を呼んだ。第二次大戦中芸術院会員になったが、戦後フランスに渡ってついにフランスに帰化した。日本が生んだ最も国際的な現代画家。

＊3　アイカイ　俳諧（はいかい）。フランス語では原則として〃h〃を発音しないので、〃ha・hi・he・ho〃が〃a・i・e・o〃の発音になることから。

＊4　木下杢太郎　（一八八五―一九四五）。医学者・詩人・劇作家。本名太田正雄。北原白秋と雑誌「スバル」「屋上庭園」を発刊。代表詩集『食後の唄』は耽美《たんび》主義の名作で、江戸趣味を近代感覚であしらった印象的な詩が収められている。ほかに異国情緒に富む戯曲や小説などがある。

＊5　エビアン水　Evian　スイスとの国境にあるレマン湖畔の町エビアンで出る天然の清水。

フランスの水道は石灰分を多く含んでいるため、この水の壜詰めが食堂やカフェで名産の葡萄酒より高い値段で売られている。

＊6　但馬太郎治　パリを舞台に、日本人離れの生活を送った薩摩《さつま》治郎八《じろはち》氏が、作者に与えた投影として生まれたのがこの人物。薩摩氏は一九〇一（明治三十四）年東京神田駿河台の生まれ。父は〝近江商人〟で日本一の木綿問屋薩摩治兵衛（二代目）。治郎八氏は、パリに日本人留学生のための日本学生館を寄付し、パリ国際大学都市終身理事。絵画の収集家としても名を成した。

＊7　福島繁太郎　（一八九五—一九六〇）。美術評論家。フランス生活がながく、『フランス画家の印象』『ピカソ』などの著作がある。

＊8　松方幸次郎　（一八六五—一九五〇）。公爵松方正義の三男。川崎造船所社長として長く実業界で活躍した。一方、第一次世界大戦ごろ、欧州各地で収集した美術品の「松方コレクション」はとくに有名で、美術収集家としてもわが国有数の人。コレクションとしてはヴィビール氏収集の浮世絵を入手して、これも「松方コレクション」と呼ばれるが、現在東京国立博物館に収められている。

＊9　早川雪洲　（一八八九—一九七三）。国際的な映画俳優。一九二三（大正十二）年頃からフランス・イギリスで名を高めた。のち日本の新派の舞台にも立ち、戦後はアメリカ映画「戦場にかける橋」で、アカデミー賞にノミネートされた。

＊10　コクトオ　ジャン・コクトオJean Cocteau（一八八九―一九六三）。詩・小説・劇作・映画と各分野に多才な近代フランスの代表的芸術家。典雅で空想的な作風で知られ、代表作は小説『恐るべき子供たち』、映画「美女と野獣」「オルフェ」など。

＊11　ラジゲ　レエモン・ラディゲRaymond Radiguet（一九〇三―二三）。フランスの詩人・小説家。ジャン・コクトオに詩才を認められたが、頽廃的な生活を送って二十歳で亡くなった。代表作は『肉体の悪魔』『ドルジェル伯の舞踏会』ほか。

＊12　侯爵　明治憲法時代の華族に与えられた五爵（公・侯・伯・子・男）の二番目の位。

＊13　アーア、やんなっちゃった……　ウクレレ漫談で人気のある芸人・牧伸二《まきしんじ》（一九三四―二〇一三）が、舞台などで軽妙な社会諷刺の弾き唄いをするときのきまりことば。

＊14　天長節　戦前の祝祭日のひとつ。いまの「天皇誕生日」。

＊15　西園寺公　西園寺公望《きんもち》（一八四九―一九四〇）。明治・大正・昭和三代にわたる政治家。大正末期からは唯一の「元老」として、後継内閣首班の奏請権を持った。

＊16　ポアンカレ　Raymond Poincaré（一八六〇―一九三四）。フランスの政治家。蔵相・首相、さらに一九一三年に大統領となった。第一次世界大戦の際、ロシアとの同盟を強化してドイツに対抗し、戦後ルール地方を領土とした。また経済安定政策に成功した。

＊17　マローー　アンドレ・マルローAndré Malraux（一九〇一―一九七六）。フランスの作家・政治家。青春時代を東洋での冒険にかけ、のち反戦小説を多く書いて行動派の文学者と目

された。戦後はド・ゴール体制の思想的支柱として重きをなし、文化相を務めた。

＊18　スフ　ステープル・ファイバー（Staple fiber）の略。太平洋戦争中の羊毛・綿糸の欠乏に応じて用いられた人造繊維。スフ織物はペラペラした光沢があり、弱かった。

＊19　江州商人　江州は近江の国。いまの滋賀県。近江出身の商人は、勤勉で利に敏《さと》く、江戸の初期から伊勢商人とならんで多くの成功者を出した。江商《ごうしょう》ともいう。

＊20　上野の戦争　一八六八（慶応四）年（つまり明治元年）四月、大政奉還に反対した幕府の家臣らが、彰義隊《しょうぎたい》と称して江戸上野の寛永寺にたてこもり、明治政府に反抗した戦い。五月十五日、大村益次郎のひきいる官軍に討ち滅ぼされた。

＊21　西南戦争　一八七七（明治十）年の西郷隆盛らの叛乱。隆盛は征韓論が容れられず官職を辞して郷里鹿児島に帰り私学校を開いた。その私学校の生徒らが隆盛をたてて兵をあげ熊本に進攻したが、結局は有栖川宮熾仁親王《ありすがわのみやたるひと》を総督とする朝廷征討軍に平定され、隆盛以下は自刃した。

＊22　売家と唐風で書く　「売り家と唐様に書く三代目」という江戸川柳《せんりゅう》をふまえてのことば。「唐様」は「中国流」で、ふつう行書・草書以外の楷書・篆《てん》書・隷《れい》書などの書体のこと。それだけに、特別の学問素養のある人の筆をいう。勤倹貯蓄、家業に精を出して財をなしても、三代目あたりになると驕《おご》りが身について遊芸道楽のはてにすっかり落ちぶれてしまう、しかしなお「売り家」と唐様で書いたりするところに、往時の全盛ぶりがしのばれて

哀れが深い、という川柳。

＊23　バトラー　butler　執事、召使い頭《がしら》。主として、食事とワイン類の指図をする。

＊24　狩野芳崖　（一八二八—八八）。明治の画家。山口県の人。江戸の狩野絵所で学び、明治画壇の革新に功績があった。

＊25　プチ・パレエ　Petit Palais　パリ市立展覧会場。コンコルド広場に近いシャンゼリゼ大通りにあり、近くのグラン・パレエとともにパリ万国博の会場として建てられたもの。各種の美術展が次々に開かれている。

＊26　伯爵　前出の「侯爵」を参照。

＊27　堂上華族　公家《くげ》華族のこと。武家時代に朝廷につかえた貴族の家柄は、明治維新後、華族に列せられた。

＊28　ラプラード　ピエール・ラプラードPierre Laprade（一八七五—一九三一）。フランスの画家。明るい詩的空間にみちた作風を守り、室内風景や街頭風景を多く描いた。

＊29　ローランサン　マリー・ローランサンMarie Laurencin（一八八五—一九五六）。フランスの女流画家。ロートレックやマネの影響を受け、淡い色調で繊細な詩情あふれる作品を描いた。

＊30　スノッブ生活　スノッブは俗物・えせ紳士のこと。名誉慾や出世慾がさかんで、上には媚《こ》びへつらい、下には鼻であしらい、なにごとも上流ぶるような男。

＊31　メチエ　フランス語 métier 仕事。
＊32　ボードレエル　シャルル・ボードレールCharles Baudelaire（一八二一―一八六七）フランスの詩人・批評家。象徴派の先き駆けとして近代詩に新しい領域を開拓。散文詩や絵画批評の著作もある。代表作は詩集『悪の華』。
＊33　ミスタンゲット　Mistinguett（一八七三または一八七五―一九五六）。フランスのシャンソン歌手、レビュー・スター。花売り娘から歌手になり、ムーラン・ルージュやカジノ・ド・パリなどの花形として、五十年以上も舞台生活をつづけた。脚の美しさとパリの下町気質に人気があった。
＊34　タブリエ　フランス語 tablier（婦人服の）胸の装飾。転じて（こどもの）よだれかけ。うわっぱり。
＊35　浜口首相　浜口雄幸《おさち》（一八七〇―一九三一）。政治家。高知県の人。蔵相・内相から、民政党の初代総裁として首相となり、緊縮政策を断行したが、一九三〇（昭和五）年、東京駅で狙撃され、翌年なくなった。
＊36　華族　一八六九（明治二）年に公卿や旧大名にたまわった族籍。公卿華族・大名華族の区別がある。
＊37　佐野学（一八九二―一九五三）。社会思想家。大分県生まれ。日本共産党の中央執行委員長、コミンテルン（国際共産主義運動の統一指導機関）の常任執行委員となったが、一

九二九（昭和四）年投獄され、一九三三（昭和八）年転向を声明。戦後、労農前衛党委員長、早大教授。代表著作『露西亜経済史』『西洋社会思想史』ほか。

＊38 防空壕　敵機の空襲を避ける土穴。戦争中東京など大都会では、どこの家庭でも庭先や近くの崖に穴を掘り、空襲のたびに避難した。戦後の焼野原で、しばらくは大ぜいの人が防空壕生活をつづけていた。

＊39 ガソリン自動車　戦時中は燃料不足から、自動車は木炭や薪《まき》を燃やして走った。「米のごはん」と同じように、もの珍らしさ、ありがたさをこめた言いかた。

＊40 フラゴナール　Jean Honoré Fragonard（一七三二—一八〇六）。フランスの画家。ロココの代表画家ブーシェの芸術を受けつぎ、官能的な女体など、自由奔放で華麗な作品を描いた。

＊41 ポール・クローデル　Paul Claudel（一八六八—一九五五）。フランスの作家・詩人・外交官。第一次大戦後、日本大使・アメリカ大使をつとめた。

＊42 熊谷蓮生坊　（一一四一—一二〇八）。源平時代の武将熊谷直実《なおざね》が、一ノ谷の戦いで若い公達《きんだち》、平敦盛《たいらのあつもり》を斬り、これを機縁としてのちに仏門に入って称《とな》えた名。歌舞伎「一谷嫩《いちのたにふたば》軍記《ぐんき》」の舞台で「熊谷陣屋の場」の主人公として登場している。

＊43 正木不如丘　本名・俊二（一八八七—一九六二）。随筆家・探偵小説家・医博。東大医学部卒。文筆活動で知られる一方、長野県富士見高原日光療養所長として結核患者の診療

にもつくした。『木賊《とくさ》の秋』『法医学教室』など多くの作品がある。

＊44 花柳の巷 遊女や芸者などのいる町。色町。遊廓。

＊45 柳橋 東京の代表的な花柳界。

＊46 アントルメ フランス語 entremets（主な料理の中間に出る）ひと口料理。おいしいわきざら。

＊47 パージ 英語 Purge 追放。終戦後GHQの手によって日本の各界で公職追放が行われた。

＊48 鈴木文史朗 本名文四郎（一八九〇―一九五一）。新聞記者・評論家。朝日新聞の海外特派記者から同社常務取締役となり、戦後参議院議員に当選、またリーダーズ・ダイジェストの日本語版主幹として活躍。日本青年館理事長としても青年運動に力をつくした。

＊49 ソワレ フランス語 soiré イヴニング・ドレス。夜会服。

＊50 シナ事変 昭和十二年七月、蘆溝橋《ろこうきょう》事件をきっかけにして起った日本とシナ（中国）との戦争。太平洋戦争の一部で、日華事変・日中戦争などとも呼ばれる。

＊51 小野小町 絶世の美人とうたわれた平安朝の歌人。

＊52 ワンマン道路 ワンマン首相といわれ、大磯に私邸のあった故吉田茂（一八七八―一九六七）が作らせた道路というので、この名で呼ばれた。ワンマンは自分の思いどおりにふるまう人。独裁者。

＊53 広重 安藤広重（一七九七―一八五八）。江戸末期の浮世絵師。別名歌川広重。「東海道

五十三次」「江戸名所百景」などが代表作で、遠景描写のすぐれた風景画を得意とした。

＊54　伊藤公　伊藤博文（一八四一―一九〇九）。明治維新の功臣で、大政治家。公爵。

＊55　海水浴発祥地　一八八五（明治十八）年、軍医総監松本順の推薦で、大磯の照ケ崎海岸に海水旅館潮濤館が建てられ、海水浴場として人を集めた。当時は潮湯治《しおとうじ》と呼ばれ、健康増進と病気療養のために行われた。欧米にならった海水浴は、これより前の明治十三年に兵庫県須磨明石海岸で、また翌年愛知県大野の千鳥浜海岸で、後藤新平らによって始められている。

＊56　ヒナ鍔　江戸小ばなしから出たという落語の題。大名の若様が一文銭を拾ったが、そこは世事にうといこととて「おヒナ様の太刀のツバであろう」とお守役に語った。――というところから始まり、この名がある。ここでは金銭にこだわらぬ育ちのよい少年という意味に使ってある。

＊57　福島慶子　（一九〇〇―一九八三）。随筆家・美術評論家。銀座に画廊を持ち、大の食通としても知られている。『巴里たべある記』『生活読本』『うちの宿六』など著作が多い。

＊58　沢田美喜　（一九〇一―一九八〇）。国連大使を勤めた沢田廉三の夫人。神奈川県大磯にエリザベス・サンダース・ホームを作り、混血孤児の救済と教育につくしている。

＊59　ＮＹＫ　日本郵船株式会社のイニシャルをとった略号。一八八五（明治十八）年に設立された汽船会社で、戦前は世界各国へ航路をはりめぐらしていた。

＊60　ポールとヴィルジニイ〝Paul et Virginie〟フランスの作家サン＝ピエールが一七八七年に作った小説。イル・ド・フランスの美しい自然を背景にした少年少女の哀《かな》しい恋物語。

＊61　レ・ミゼラブル〝Les Misérables〟フランスの文豪ヴィクトル・ユーゴーが一八六二年に刊行した小説。社会の苛酷な迫害によってねじけた主人公ジャン＝ヴァルジャンの心が、やがて清らかな愛でよみがえる様を描いた作品。日本では『噫無情《ああむじょう》』（黒岩涙香《るいこう》訳）で知られた。

＊62　水上滝太郎（一八八七―一九四〇）。小説家。東京の人。慶大理財科出身。明治生命の要職にあるかたわら創作や評論に活躍。代表作は『大阪の宿』『貝殻追放』ほか。

＊63　芦田均（一八八七―一九五九）。政治家・外交官。太平洋戦争後の一九四八（昭和二十三）年三月、内閣首班となったが、昭和電工事件で瓦解。

＊64　華族制度　明治憲法時代の制度。皇族の下、士族の上に位したのが華族で、公・侯・伯・子・男の五つの爵位を持つ者とその家族は、皇室から特別の待遇を受けた。

＊65　紀文大尽　紀伊国屋文左衛門（生没年不詳）。江戸中期の豪商。紀州（和歌山）の人。商機を見る眼がさとく、ミカンや木材を決死の覚悟で江戸へ積み出し、数年にして巨万の富を得たといわれる。その生活は華美をきわめ、遊里でのあそびも豪勢で〝紀文大尽〟と呼ばれて騒がれた。ただし、〝大尽〟といわれた人は初代紀文の息子とする説もある。

＊66　梅暦　春色《しゅんしょく》梅暦。為永《ためなが》春水作の人情本。美男子丹次郎を主人公に、江戸町人の恋愛生

活と日常生活とを巧みに描いたもの。

＊67　ドン・ジュアン　Don Juan　ドン・ファン。スペインの名家の出という伝説的漁色家。モリエールの劇、モーツァルトの歌劇、バイロンの詩などに描かれ、世界一の色男として名をとどろかせた。

＊68　アラビアのローレンス　Thomas Edward Lawrence（一八八八―一九三五）。イギリスの探検家・著述家・また行政家。第一次大戦中、アラブ民族独立の指導者として活躍、〝アラビアのローレンス〟と呼ばれて、その波乱にみちた生涯はなかば伝説化している。

＊69　反枢軸側　〝枢軸〟は、ドイツ・イタリー間の友好協力関係を呼んだが、のち第二次大戦の前から戦時中にかけて、日本・ドイツ・イタリー三国とその同盟国相互間に結ばれた関係をいった。

＊70　日独協定　正式には「日独防共協定」。一九三六（昭和十一）年十一月二十五日、ドイツと日本の間に調印された軍事相互協定。満州事変以来の日本の国際的孤立化と、北方の脅威だったソ連の南下を牽制する目的で決められた。翌年十一月、イタリーもこれに加え、「日独伊三国防共協定」となった。当時の外相は松岡洋右、駐独大使は大島浩だった。

＊71　チャンコロ　中国人をさげすんでの呼び名。チャンは中国の古名「清（しん）」。

＊72　国家総動員法　一九三八（昭和十三）年四月一日に、近衛内閣によって制定公布された全面的な戦時統制法。必要とあれば国民の生活や産業・経済等を政府が思うように統制で

きる内容をもっていた。

*73 ダラニ　せんぶりの根などを煮つめて作った腹痛のくすり。ダラニ（陀羅尼）は、古い梵語《ぼんご》の発音のまま唱える長い句、または経文の中の呪文で、僧侶がこの陀羅尼を誦する時、眠気ざましに口に含んだ苦い薬を「陀羅尼助《だらにすけ》」または「だらすけ」「だらに」と呼んだ。

*74 菊池寛　（一八八八—一九四八）。作家。香川県の人。雑誌「文藝春秋」を創刊。『無名作家の日記』『忠直卿行状記』『恩讐の彼方に』『父帰る』『藤十郎の恋』『第二の接吻』ほか多くの小説や戯曲がある。

*75 小泉八雲　（一八五〇—一九〇四）。もとイギリス人ラフカディオ・ハーン Lafcadio Hearn 明治の文学者。一八九〇（明治二十三）年来日し、松江の人小泉節子と結婚。のち帰化。松江・熊本・東京で英語・英文学を講じた。『心』『怪談』などの英文の著作で日本を海外に紹介した。

*76 石井漠　（一八八六—一九六二）。舞踊家。洋舞界の元老、中心的存在だった。一九二二（大正十一）年から五年間、欧米各地で日本の洋舞家として初の公演をした。〝踊る馬鹿、踊らぬ馬鹿〟のことばは有名。

*77 ノイエ・タンツ　Neue Tantz 新舞踊。

（お断り）

本書は1969年に朝日新聞社より発刊された『獅子文六全集 第十巻』を底本としております。

あきらかに間違いと思われるものについては訂正いたしましたが、基本的には底本にしたがっております。また、一部の固有名詞や難読漢字には編集部で振り仮名を振っています。

本文中には女中、フランス女、家僕、チャンコロ、ホモなどの言葉や人種・身分・職業・身体等に関する表現で、現在からみれば、不当、不適切と思われる箇所がありますが、著者に差別的意図のないこと、時代背景と作品価値とを鑑み、著者が故人でもあるため、原文のままにしております。

差別や侮蔑の助長、温存を意図するものでないことをご理解ください。

獅子 文六（しし ぶんろく）
1893（明治26）年７月１日—1969（昭和44）年12月13日、享年76。神奈川県出身。本名・岩田豊雄。新聞、雑誌に多くのユーモア小説を戦前〜戦後と連載し、好評を博す。代表作に『悦ちゃん』『自由学校』『大番』など。

P+D BOOKS とは

P+D BOOKS（ピー プラス ディー ブックス）とは
P+Dとはペーパーバックとデジタルの略称です。
後世に受け継がれるべき名作でありながら、現在入手困難となっている作品を、
B6判ペーパーバック書籍と電子書籍を、同時かつ同価格で発売・発信する、
小学館のまったく新しいスタイルのブックレーベルです。

但馬太郎治伝

2023年5月16日　初版第1刷発行

著者　獅子文六
発行人　石川和男
発行所　株式会社　小学館
〒101-8001
東京都千代田区一ツ橋2-3-1
電話　編集　03-3230-9355
販売　03-5281-3555
印刷所　大日本印刷株式会社
製本所　大日本印刷株式会社
装丁　おおうちおさむ　山田彩純
（ナノナノグラフィックス）

ISBN978-4-09-352463-6

P+D BOOKS